霧崎雀
ill こずみっく
災害で卵を失ったドラゴンが何故か俺を育てはじめた
The dragon who lost the egg
in the disaster started raising me
for some reason

「オオオオオオオオオオオ!!」
ルシェラ
カファルに拾われた人間(?)

天を舞うカファルと地に立つルシェラ。
二重の咆哮が天をつんざき地を揺るがした。
カファル
クグセ山に棲まうレッドドラゴン

クグセ山での生活

災害で卵を失ったドラゴンが何故か俺を育てはじめた

霧崎雀
ill こずみっく

The dragon who lost the egg in the disaster started raising me for some reason

CONTENTS

プロローグ　生き餌

「げふっ……!?」

[redacted]は、自分の身体を貫いて腹から突き出した、血まみれの剣を見た。

口から鮮血を吐いて、ようやく、自分は背後から刺されたのだと気が付いた。

「悪く思うなよ、[redacted]」

実際まったく悪びれていない声が背後から聞こえた。

「五人全員死ぬよりは、四人が生き残ってお宝を手に入れるべきだ。それが合理的判断ってやつだろ？　山の魔獣どもは人の血のニオイに敏感だ、お前の死体に集まってくる。そうすりゃ俺らは生きて逃げられるさ」

ゲメルはそう言いつつ[redacted]の尻を蹴って、突き刺していた剣を引き抜いた。そして[redacted]のズボンで刃の血を拭い、水筒の水で刃を清めた。血混じりの水が[redacted]の背中に掛かった。

「おい、いいのかよ」

「へっ、元はと言えば全部コイツのせいじゃねえか。足手まといが居たら生きて帰るのも難しくなる。……だが他言無用だぞ、生きて帰れば俺たちはみんな共犯者だからな」

ゲメルと一緒に居る三人もヘラヘラ笑っているだけで、止めたり咎めたりはしなかった。

冒険者。

それは、魔物の跋扈する野山に分け入り、魔物の駆除や資源の回収をして生計を立てる者たち。彼らは大抵の場合、『パーティー』と呼ばれる四人前後のチームを組み、活動する。

ゲメルたちはパーティーを組み、〝七ツ目賽〟と名乗って仕事をしている。そして[redacted]も〝七ツ目賽〟の一員だ。

だが正確には[redacted]は冒険者ではない。

同業組合《ギルド》には便宜上、冒険者として登録しているが、実際には事務仕事を引き受ける『マネージャー』だった。

ここはドラゴンの棲む山、クグセ山の奥深く。徘徊する魔物たちは恐ろしく強い危険領域。人外レベルの強さを誇る熟練の冒険者でも命を落としかねない場所だ。

〝七ツ目賽〟は、本来立ち入り禁止であるこの山に忍び込んだ。だが案の定、じわりじわりと迫り来る魔物たちに追い詰められ、そして、ゲメルが『打開策』を閃き実行に移したところだった。

「冒険者証、忘れんなよ」

「おっと、そうだった」

ゲメルはメンバーに指摘され、倒れている[redacted]の荷物を奪った。

バッグを引っ掻き回して、銀色のプレートが入っている事を確認し、彼はニヤリと笑う。

「これでお前は仮に発見されても、どこの誰だか分からない、立ち入り禁止の山に勝手に入った馬鹿な密採者ってことだ」

そしてゲメルは、[redacted]の耳元で囁く。

くさい息が[redacted]にかかった。

「てめ……畜生っ……」

「まあ悪くない雑用係だったぜ、お前。でももう要らねえや。世・話・に・な・っ・た・な」

思いっきり悪意を込めて吐き捨てると、ゲメルは他の三人を促し、■■■■■の荷物を持って、魔物が寄ってこないうちにコソコソと木々の向こうに消えていった。

それきり戻って来る事は無かった。

「あ、い、つ、ら……！　ダメだ、くそ、死ねるか！　死ねない……！　俺は、俺は、こんなとこで、死ぬ、わけには……！」

ギャアギャアと、鳥か魔物か分からない鳴き声が響き渡る。

人の手が入っていない緑豊かな山の中、■■■■■は下生えを掴んで這い進んだ。

腹部に穿たれた穴から真っ赤な熱が染み出して、じわりと脈打ち、草の上へ流れていく。

呼吸は震え、そして徐々に凍えつつあった。その手は力を失い、亀に勝てる程度だった匍匐《ほふく》の速度は、やがてナメクジにも負けるほどになった。

それでも、死ぬことはできないと、死ぬわけにはいかないと■■■■■は思っていた。

地面の感触が身体を離れ、ふわりと浮遊感を覚えたその時、終わったかと思った。

遂に魂が身体を飛び出し、天へ昇り始めてしまったのかと。

だが、どうやら少し違ったようだ。

大きくてごつごつしたものが■■■■■の身体を捕らえ、そして運んでいた。

I 命拾い

[redacted]が次に目を開けた時、全身が石のように重くて、ほんの一瞬でも気を抜いたら命を放棄して本当に石になってしまいそうで、だけど[redacted]はまだ、確かに生きていた。

[redacted]は、乾いた枝葉を積み上げて作った、何十人でも一緒に寝られそうなベッドの上に倒れていた。野ざらしのベッドは、その巨大ささえ無視すれば禽獣の寝床そのものだ。

空は明るく、のどかな風が吹き抜けていく。

[redacted]は何かを考えるのも億劫なほど衰弱していたが、何が起きたか必死で理解しようとした。

もっとも、考えるまでもなく、ちょっと見回せばすぐそこに圧倒的事実が存在したのだけれど。

[redacted]の傍らには、パッと見て人間の数十倍はあろうかという巨体が、器用に身体を丸めてうずくまっていた。

優美にして力強い隆々たる肉体は、艶やかに赤い鱗と、それが溶け合うかのように形成された分厚い甲殻によって形成されている。

長い首と尾は、よくしなる鞭のようで官能的にすら見える。

力強い顎門《あぎと》を備えた頭部はギロチンの如く、茶色い縦長瞳孔の双眸は焼け付く太陽のように輝き、気高く白い角は天をも貫かんとする鋭さ。

その背には、今は折りたたまれている強大な皮膜の翼……

――ドラゴン……！

恐怖と感動のあまり息も止まるほどの偉容《いよう》だった。

[redacted]は理解する。

つまり、自分が今寝そべっているのはドラゴンの巣だ。

ここはクグセ山。ドラゴンの棲む山。

人の近づくべきではない場所。

そこで死にかけていたのだから、まあ、後はどうなるか察せようというものだ。

――俺は、餌になるのか……？

クグセ山に棲まうドラゴンは、確か今、卵を抱いているという話だった。

弱り切った死にかけの人間……なるほど、生まれたばかりの雛竜の最初の食事にはうってつけだろう。

ドラゴンは、[redacted]が目を開けたことに気付くと、その長い首を伸ばして大きな顔を近づけてきた。そして、すんすんとニオイを嗅いできた。

大人の男の腕より太いほどの牙が間近にちらつき、食いつかれるだけで死ぬなぁと、[redacted]は考えた。

しかし、ドラゴンは[redacted]を食いちぎろうなどとしなかった。代わりに何か大きなものを咥えて持ち上げると、[redacted]の隣にどさりと落としたのだ。

灰色の毛並みを持つ巨大な熊の魔物だった。だがそいつは一目で致命傷と分かる傷を腹部に負っていて、もはや事切れていた。間違いない、このドラゴンがやったのだ。

ドラゴンは魔獣の死骸を■■■■■の目の前に置いて、鼻先でついと押しやった。

『……グルルルル……ルゥゥゥ……』

喉の奥で息を転がすようにドラゴンは鳴いた。

威嚇とは思えない、人に喩えるなら『猫なで声』とでも形容すべき声音で。

■■■■■は何事か理解できなかった。

ただそこにある屍肉の塊を呆然と見ていると、ドラゴンは、首でもかしげるかのようにうろうろと顔を動かして、それから魔獣の腹にかぶりついた。

その大きな牙は、生半可な矢では跳ね返してしまいそうなほど分厚い魔獣の毛皮を容易く貫き、逞しい前肢で押さえながら引き裂いた。

血の滴る肉が露出する。

ドラゴンはそれを自ら口にはせず、ただ、ずいと■■■■■の方へ押しやった。

――な、なんだ？　こいつ……何を……？

さては、自分に餌をやり、太らせてから食おうとしているのかと■■■■■は考える。そんなまどろっこしいことをしなくても、この魔獣の肉を食えばよさそうなものだが。

ともあれ■■■■■は、自分が、何かを食わなければ死ぬ状態なのだという事は分かっていた。

血を流しすぎた。身体の中にエネルギーが足りない。はらわたを切り裂くような飢えを感じる。

補うためには何かを……たとえそれが得体の知れない生肉であっても食うしかない。

■■■■■はわずかに頭を上げて這いずり、生肉にかぶりついた。

じわりと滲む血の味が、鉄臭く口の中に広がった。

そして、すぐに力尽きた。

硬すぎる。人間の口の力は、生肉を噛みちぎって食う肉食獣に遠く及ばない。まして衰弱して力が出ない今、これを食うことなど不可能だった。

『……ルルルル……ォォォォ……』

突っ伏した[redacted]の頭の上で、ドラゴンは何故だか悲しげに鳴いていた。

ドラゴンは、今度は自分が魔獣の死骸にかぶりつく。

肉を噛みちぎって口に含むと、それをグチャグチャと咀嚼し、呑み込まずに吐き出した。

ミンチになった肉が[redacted]の前に積み上がる。

なるほど、これなら食えるだろう。

血と、ドラゴンの唾液に塗れた肉塊は、しかし生のものよりも遥かに柔らかくほぐされていた。

何故このドラゴンはこうまでして自分に肉を食わせたいのかと疑問に思ったが、だがその答えを考えるより先に、意識があるうちに食わなければおそらくこのまま死んでしまう。

[redacted]はミンチ肉を口にした。

そして、飲み下そうとしてむせ返り、嘔吐した。

「うえっ！　うげえええっ！　うべっ！」

飲み込みかけた肉と、黒い血の混じった胃液が[redacted]の口から吐き出された。

血生臭い生肉はそもそも人間の身体には受け付けないものなのだ。

「あ、あぐ、う……」

息も絶え絶えで[redacted]はまた突っ伏した。辛うじて残っていた生命力まで吐き出してしまったかのような気分で、もう動けなかった。

『……ウ？　ウ？　ウ？』

ドラゴンは妙な声を上げながら、力無く横たわる■■■■■を鼻先で突っついたり、ミンチ肉の山にもう一回噛みついてみたり、せわしなく狼狽えるような動きをしていた。

『……ウグルルルゥ！』

そして瞬間的な熱風が■■■■■の頬と髪を撫でる。

何かに苛立ったように、八つ当たりのように、ドラゴンが魔獣の死骸に炎を吐きかけたのだ。

魔獣の血の染みた枝葉はぶすぶすと燻って、そして哀れな肉塊は……

油の焼ける良い匂いを漂わせていた。

――これ、は……!?

鼻腔をくすぐる、命の香り。
■■■■■は最後の力を振り絞って身体を動かした。
ドラゴンのブレスを浴びたミンチ肉は、生焼けと言ってもいいような状態だったが、しかし多少は火が通り、表面の油が焦げてシュウシュウと泡立っていた。
■■■■■は肉に手を伸ばし必死で口の中に押し込んだ。
血生臭くはあった。しかし、多少炙られただけでもそれは、人が食える物の味になっていた。

『ルッ？』

ドラゴンは小さく喉を鳴らし、それから用心深く■■■■■の様子を観察した。
■■■■■は、炎を浴びた肉片のみ掴み取っては、叩き付けるように口に運ぶ。

冷たくなりかけていた肉体に熱が染み渡っていく。

そして、食べるのに必死すぎて息が苦しくなった辺りで手を止めると、腹を重く感じて、食欲よりも疲労感の方が勝っていた。

——あれ……？　腹に穴が空いてた気がするんだが……

食べたものが腹の傷から出て行きはしないかと心配して、今更ではあるが[redacted]は、傷が消えている事に気が付いた。

普通なら絶対に死ぬ傷だ。そう簡単には治らない。

もし、魔法の薬やら高位の回復魔法で治療を施せば、たちどころに傷を塞ぐということも可能ではあろうが。

『ルルルル……クルルルル……』

ドラゴンはゴツゴツした鼻先を[redacted]に擦り付けてきた。先程までは狼狽えていた様子だが、今は落ち着きを取り戻していた。

身動きする元気も無いので、[redacted]はされるがままだ。

『ルォウ……ウルルル……』

ドラゴンは何事か、優しく囁いた。

それはまったく意味の分からない言語だったけれど、聞いた瞬間、心臓が燃え上がるかのようにドクンと鳴って、焼き印でも押されたかのように強く強く意識に焼き付けられた単語があった。

『ルシェラ』、と。

女の、というか雌の名前なのだという事も、何故かニュアンスで分かった。

ドラゴンは[redacted]を、ルシェラと呼んだ。

――ルシェラ？　誰だ、それは。俺は……俺の……名前は…………？

自分は確かに人として二十余年の月日を生きたはず。だが、その間使っていたはずの名前がまるで思い出せなくなっていたのだ。

[redacted]は気付く。

ルシェラ。

塗り重ねた油絵の具みたいに、その名が全てを塗りつぶしていく。

それからルシェラはようやく気付く。

「…………あれ……？」

疑問の声はか細く、甲高く。

着ていた服は袖も丈も余り、ブカブカになっていた。

骨張った腰に辛うじて引っかかっているベルトは長すぎて、もはやどれほどきつく締めたところで、ズボンを留める道具として役目を果たさない。

ルシェラは確かに大人の男であったはずなのに、今は子どもの姿になっていた。それも……存在したはずのモノがどこかへ消え失せて、少女となっていた。

何が起こったのかこれっぽっちも分からない。このドラゴンが何故ルシェラを巣に連れ込んで肉を食わせたのかも。何故気が付けば女の子になっていたのかも。

――ルシェラ。ルシェラ……変だな、俺、元からそういう名前だったような気までしてきた……

不思議と、その名前がしっくりくる。

まるで、ルシェラという名前がピッタリ嵌まるよう、自分という器の形を無理やり変えられてしまったかのようだ。

死にかけたせいで頭が混乱して幻覚でも見ているのだろうかと、ルシェラは訝しんだ。

だがすぐに、そんな事を考えている場合ではなくなった。

「…………さ、寒い……」

ものを食べて身体が温まったかと思ったのも束の間。

輝かしい夏の太陽の下、ルシェラはおぞましいほどの寒さに包まれていた。

先程まではまったく感覚が麻痺していたのだ。食事をして身体に熱が入ったことで、自分が凍えそうになっている事を自覚できた。

高い山だと登るほど寒くなると言うけれど、この山は比較的低く植生も豊かなくらいだから、関係無いだろう。

だというのに、寒い。雪の中を転げ回った後のように、ルシェラは凍えかけていた。

身体が燃えるように熱を帯びていた。そして、それとは裏腹に寒いのだ。

「う、うう……」

枝葉のベッドの上で、ルシェラは身体を丸めた。

少しでも身体から熱が逃げないようにと考えたのだ。

もちろん、それは焼け石に水だったが。

歯の根が合わず、打ち合わされた奥歯がガチガチと鳴った。

『……クルルルル……』

ドラゴンはルシェラに顔を近づけ、様子をうかがっていた。

反応を見るかのように鼻先を擦り付けてきたけれど、ルシェルはそれに反応するような余裕は無い。

硬く身を丸めて寒さに耐えていた。

上着も、毛布も、寒さから身を守れるようなものはここに無いのだから、後は身体を丸くするだけが抵抗の手段だった。

『グルル……ルルルゥ……』

ドラゴンは何かを呟いた様子だった。

途端、ルシェラは口から炎を流し込まれたかのように思った。

理解しがたいほどのエネルギーがルシェラを満たしていく。

――これ、は、魔法……？

ルシェラはこれまでの人生で幾度か、回復魔法というものを受けた記憶がある。その感覚によく似ていた。……もっとも、その圧力は比べものにならないが。

ドラゴンは強大な魔力を持つ魔物だ。もし、強大なドラゴンがその力でもって人に魔法を施せばどうなるか。

死に瀕した者でさえ命を繋げるであろう。

ああ、そうかとルシェラは思う。傷が塞がっているのも、今こうして生きているのも、きっと、このドラゴンが治癒の魔法を施していたためなのだろう。

だが魔法というのは、無から有を生み出す奇跡の力ではない。

むしろルシェラは、これだけの魔法を受けても未だ死にかけているほどの絶望的状況にあると言うべきだろう。本当に、死んでいて当然の状況だったのだ。

魔法を受けたルシェラは、少し呼吸が楽になったような気がした。未だ身体は震え続けていたが、死の影は遠のいたように思われた。

ドラゴンはその巨躯をルシェラの隣に横たえると、首を伸ばして巻き取るように、ルシェラを内に包んで丸くなった。

細かな鱗のびっしりと付いた首が、ルシェラの背中に優しく押し当てられた。

「……あったかい……」

何なのだろうと思っていると、火に当たっているかのようにルシェラの背中が温かくなる。

ドラゴンは鞴《ふいご》のような音を立てて呼吸していた。牙がぎらつく口元からは、炎の欠片がこぼれている。

ドラゴンの代名詞と言えば、その口から吐き出される強力なブレス攻撃。万物を焼き尽くす炎の吐息は恐怖の象徴だ。

だが、このドラゴンは喉の中で炎を往復させ、ルシェラを温めようとしていた。

そもそもドラゴンの巨体は卵を温めようとすれば押し潰してしまいかねないし、厚い甲殻と鱗は体熱を外に伝えがたい。しかし喉は比較的鱗が薄く、また、炎を孕んだ吐息を行き来させることで任意に熱を持たせることが可能だ。

そのため、炎のブレスを使えるドラゴンはしばしば、卵や雛を温めるために喉を使うのだ。

全身を苛む寒気が和らぐと、ルシェラはもう、何を考えるのも億劫になってしまった。

泥沼に沈み込んでいくかのようにルシェラは眠りに落ちていった。

＊　＊　＊

それから数日間の記憶は曖昧だった。

ドラゴンはどうすればルシェラが肉を食うか覚えたようで、どこからか持ち出した肉を咀嚼して炎を浴びせては差し出した。

熱で朦朧としたままルシェラはそれを食らい、腹がくちくなると気絶するように眠った。

ドラゴンはルシェラに喉を巻き付けて温め続けた。

どこからか降って湧いた冷たい水を喉に流し込まれたような気がする。

よく覚えていないが、幾度か粗相をして全身を舐め回されたような記憶もある。

ある朝目を覚ました時、ルシェラは自分が生きている事を実感した。

汗にまみれた小さな身体を引きずるように、ドラゴンの首に手を突いて支えにしつつ立ち上がり、ルシェラは朝日を見た。

ドラゴンの巣は山の中でも少し開けていて、不自然に小高くなった地形の場所にあった。昇りかけた美しい太陽がルシェラの目に滲み、朝を告げる鳥が歌いながら空を渡っていった。ドラゴンは鍛冶場の炉のように炎の寝息を吐きながら眠っていた。

ふらつきながらルシェラが一歩踏み出すと、すぐに目に入るものがある。

大きな巣の端に置かれていたのは、分厚い殻を持つ大きな卵の残骸だった。

三枚重ねて置いてある欠片は、本来なら卵の内側に当たるはずの部分まで乾いた泥にまみれ、しかも曲面の角度から察するに、卵一個分には足りない量だ。全体の半分にも満たないだろう。

ルシェラの居る場所からは、木々の頭越しに崖が見えた。

そこは、大規模に崩れ落ちていた。

ルシェラが山に入る少し前、比較的雨が多いこの地方でも百年に一度と言われるほどの大豪雨が襲ってきた。そのせいで、クグセ山を含む周辺の山地では、土砂崩れや河川の氾濫など、水害が発生していた。

きっと、あの土砂崩れの下に、卵の残りの欠片も、生まれてくる前の雛竜も、呑み込まれてしまったのだろう。

この山のドラゴンは崖の半ばに巣を作り卵を温めているという話だった。その位置取りは普段なら、獣や不埒者による襲撃からも、雨による水没からも卵を守ってくれたのだろう。崖が丸ごと崩れ去るような百年に一度の豪雨が無ければ。

——ん？　俺はどうして巣の場所を知ってるんだ？

ルシェラは何故か、そうと知っていた。

どこかで誰か、人から聞いたような気がするのに、誰にどうやって聞いたのか思い出せない。

鉛筆で書いた文章に雑に消しゴムを掛けたみたいに、ルシェラの頭の中の全ての記憶は、人として暮らしたこれまでの人生の記憶は、曖昧に掠れていた。

ただ、割れた卵を見て、ルシェラは静かに理解した。

『ああ、終わってしまったんだな』と。何故だか、そう、腑に落ちた。

喪失感がじわりと手足に滲む。

ルシェラという名前。それはきっと、生まれてくる子どもに、この母竜が付けるはずだった名前なのだ。

ルシェラは以前、名前を付けるという行為の意味を、とある術師から聞いた事がある。名付けるというのは、存在を規定し、曖昧でハッキリしないものに形を与える手続きでもあるのだと。

で、あるならば。

ドラゴンほどの強大な存在が『娘の名』を与えることによって、ルシェラを己の娘と規定したのならどうなるか。

ある種の強制力すら伴う定義《ラベリング》づけになることだろう。

そうと理解してもルシェラは、別に恐ろしいと思わなかった。むしろある種の感動すら覚えたほどだ。まあ、少女の姿にされた事に関しては『どうしてこうなったのだ』と思わなくもないけれど。

ドラゴンはルシェラの命を救った。

まさに、病の我が子を看病するかのように献身的に世話をして命を救った。

ドラゴンともあろう者が自分のためにここまでしてくれるなんて。そう思えば、温かい気持ちが込み上げてくるようにさえ思う。

ただ、一欠片の氷を呑み込んだかのように、小さな棘が指に刺さっているかのように、現状を受け容れがたい気持ちがルシェラの中には残っていた。何か大切な事を忘れているような、形の無い喪失感。それが何なのか、自分自身でも分からないまま。

目を覚ましたドラゴンは、ルシェラが自分の足で歩いているのを見て、感極まった様子で鼻面をすり寄せて来た。

＊　＊　＊

一方その頃。

クグセ山の麓の街、クグトフルム。

パーティー〝七ツ目賽〟が拠点として用いている、二階建ての貸家の一室にて。

「くそっ！　結局一番のお宝は逃しちまったか」

金貨袋を前に悔やむゲメルの姿があった。

もちろんこれは大金だ。しかし、狙いどおりにいっていたら金貨袋はこの四倍くらいの大きさになっていたはずなのだ。

「そう言うなよ、貴重な薬草がどっさり手に入ったじゃねえか」

「ああ、さすがドラゴンの山だぜ」

逃した魚を惜しむゲメルに対して、残りのメンバーたちはホクホク顔だ。

クグトフルムはクグセ山に最も近い街。

山から流れ落ちる川による水運と農業によって栄え、湯治場としても有名だ。

だが、クグセ山そのものにはほとんど手を付けていない。洞窟だろうが遺跡だろうが平気で飛び込んでいくのが冒険者というものだが、街にある冒険者ギルドの支部は山への立ち入りを禁じている。

理由はまず、レッドドラゴンが棲み、強力な『変異体』の魔物が跋扈するクグセ山は危険すぎるという単純なもの。

もう一つの理由は、クグセ山の利権に関して北側の国マルトガルズと南側の国セトゥレウが互いに主張していたからだ。冒険者ギルドの原則は『政治不介入』。どちらの国のギルドも山に手を出しがたくなっていた。

もっとも、この対立は最近になって再燃してこそいるものの、レッドドラゴンのせいでお互い山に入れない状況なので棚上げされている部分もあった。ドラゴンの住む魔境はそれほど危険な場所なのだ。

立ち入り禁止の危険地帯と言われようが、そこは資源の宝庫。金に目が眩んだ密採者はしばしば立ち入り、しばしば死んでいる。

〝七ツ目賽〟は運が良かった方だ。五人で入り、四人が資源を持ち帰って大儲けできたのだから。

彼らは心がけの悪いパーティーで、あくどい金儲けをする事がしばしばあった。出所を明かしたくない品物を、足が付かないように換金する手段もよく知っていた。その成果が、この金貨袋だった。

「雑用係一人と引き換えにこれが手に入ったなら、いい商売だったろ」

「ああ、あの…………」

笑いながらメンバーに言われて、リーダーである巨漢のゲメルは自分もヘラヘラと笑う。

だが、そこで急に真顔になった。

「なあ、あいつの名前、なんだっけ？」

「おいおい、いくら能無しの寄生虫野郎だったからって……」

「はあ?」

沈黙が、流れた。

〝七ツ目賽〟はマネージャーを雇っていた。

冒険者パーティーのマネージャーというのは、実のところあまり聞かない役職だ。だが『彼』はあちこちのパーティーに、自分をマネージャーとして雇ってくれないかと申し入れていた。

ゲメルが『彼』を雇ったのは、単に、パーティー拠点として借りた家の掃除をする使用人が必要だと思っていたからだ。

『彼』はよく働いた。マネージャーを自称するだけあって、雑用だけではなく冒険者ギルドへの手続きなどもこなした。そのためゲメルは、雑用係に相応しい程度の給料は払ってやっていた。

ただ辟易したのは、『彼』が冒険者としての仕事にまで口を挟んできた事だ。『あれは危ない』『これはよせ』と儲け話をふいにするような事を言ったり、逆に面倒くさい仕事を受注してきてゲメル自ら突っ返した事もある。これから依頼で戦う魔物について調べてきて、実戦では役に立たないような知識まで偉そうにベラベラ開陳していた事もあり、ぶん殴って黙らせるかゲメルは度々悩んだ。

『彼』は戦う才能が無かった。魔法も使えなかった。

なのに一流の(ゲメルは自分を一流だと思っている)冒険者と一緒に仕事をすることで、自分まで腕っこきの冒険者になったつもりで気取っているのだろうと思い、ゲメルたちは『彼』を寄生虫野郎と呼んでいた。

そんな寄生虫野郎も、何故だかクグセ山行きに自ら志願して同行し、そして、犠牲となった。最期にようやく冒険者らしいことができて『彼』も本望だろうとゲメルは考えていた。ゴミのような奴だと思っていたので、殺したことは特に気に病んでいない。

そいつの、名前が、思い出せない。

「あれ？　思い出せねえ」

「俺もだ……」

「んな馬鹿な。あいつの名前っつったら………あれ？」

全員、二日酔いの朝みたいな顔をしていた。

冒険中に不気味な目に遭った事は何度かあったが、それとはまた別種の不気味さがあった。

過程はどうあれ〝七ツ目賽〟は『彼』と一年以上の付き合いだ。それが、名前を思い出せないなんて。

「あいつの冒険者証、あったよな？」

「あ、ああ、そうだな。名前が書いてあるはずだよな……」

ゲメルは部屋の隅に置いてあった背負い鞄から銀色のプレートを引っ張り出した。

冒険者ギルドが発行している冒険者証だ。

そこには所有者の名前と、所有者の状態を示すいくつかの数字が刻まれていた。もし冒険中に白骨死体を見つけても、そこに冒険者証が落ちていれば誰の死体か分かるという寸法だ。

冒険者たちの間には『ステータス』という概念がある。冒険者証に書かれた数字は、それだ。

『ステータス』は個々人の能力を便宜的に数値化したもので、かつて栄華を誇った古代文明の住人たちが、何らかの遊戯に用いていたという能力算定技術を遺物から再現したものだ。

冒険者ギルドが発行する冒険者証には、いつからかこの技術が取り入れられ、所有者の能力を数字化して自動で表示するようになっている。

冒険者ギルドが『ステータス』の概念を採用したことで、冒険者たちの実力は、確かにある側面では可視化され誤魔化しが利かなくなった。それは依頼をする側にとっても管理をする側にとっても一定の基準となり、冒険者自身にとっては自らを誇示する格好の材料となった。同時に、数字に反映されない技能が軽視される傾向に繋がったとの指摘もあるのだが……

とにかく、その冒険者証が、おかしな事になっていた。

＝＝＝＝＝

名前　[redacted]
Ｌｖ３　ＨＰ　27／27　ＭＰ　０／０　ＳＴ　13／60
膂力　10　魔力　０　敏捷　11　器用　10　耐久　11　抵抗　14

＝＝＝＝＝

煤《すす》で書いたように冒険者証表面に浮かんでいるはずだった、『彼』の名前。

それがまるで塗りつぶしたように消えていた。

「なんでまだＨＰが残ってるんだ？　死んだならゼロのはずだよな？」

「いや、それより名前の所……おかしいだろ、なんでこんな事になってるんだ？」

四人は『彼』の冒険者証を覗き込んで息を呑む。

「冒険者証って古代人のオモチャだったんだろ？　そんなワケ分かんないもんなら、想定外の事態でぶっ壊れ……」

「ンなチャチなもんじゃねえぞ、これは」

名前を確認しようとしたのに名前の表示が壊れていた、というのも気に掛かるが、それ以上にゲメルが気にしたのは『ＨＰ』の表記だ。

『ＨＰ』というのは、身体の損傷によって絶命するラインを『ＨＰゼロ』と仮定し、どの程度のダメージに耐えられるかを数字化したものである。つまり、死んでいれば数字はゼロのはず。

ゲメルは確かに『彼』を突き刺して致命傷を負わせた。よりよい餌になるよう敢えてトドメを刺さなかったが虫の息だった。あのまま死ぬのが当然だったはずだ。

「あの野郎、回復薬でも隠し持ってたな」

「ど、どうすんだよ！　あいつが生きて帰ってきたら俺らは……！」

「落ーちー着ーけ！　奴をどこに置き去りにしたのか、忘れたか？」

狼狽えるメンバーをゲメルは一喝する。

「仮に生き延びたとしても魔獣かドラゴンの餌になるだけだ。まだ生き延びてるって事は、どっかに隠れてるのかも知れねえが、だとしたら飢えて死ぬだけだ。俺たちはこいつを観察して、ＨＰがゼロになる時を待てばいい。そしたらその時こそ、大儲けの祝杯を挙げようぜ」

2 竜の教え、竜の育て

『一週間……いや、五日。それくらいなら、なんとかなるだろうが』

粘り着く泥のような、息苦しい夢の中で、誰かの声がする。

『分かった。五日だな。それまで持ちこたえさせてほしい』

記憶《ゆめ》の中で[redacted]は叫んでいた。誰かも分からぬ男に向かって叫んでいた。

『おい、待て。何をする気だ』

『俺は五日で戻る。絶対に戻る！　だから、その時には…………』

＊　＊　＊

「ハッ⁉」

弾かれたようにルシェラは目を覚ます。

顔を上げればそこは、枝葉で作られた大きなベッドの上。吹き抜ける風がルシェラの長い髪を弄び、うなじを撫でていく。全身汗だくで、不安の鎖が胸を締め付けていた。

「……今、のは？」

夢を見た。いや、ただの夢じゃない。あれは記憶だった、という気がする。

だけど、あれは誰なのか。どこなのか。帰らなければならない、と思ったのは何故か。それが、まったく思い出せない。ただルシェラの中には、押し潰されそうな不安と焦燥の、その残り滓だけがわだかまっていた。

ドラゴンから娘としての名を貰ったせいなのか、それとも半死半生の大怪我をしたせいなのか、ルシェラはこれまでの人生の記憶が掠れてしまっていた。

自分がどうしてクグセ山に入ったのかも、何故死にかけていたのかも覚えていない。『五日で戻る』と言ったような気もするが、ルシェラがこの山に来てから既に半月くらいは経っていた。

「あのドラゴンは……出かけてるのかな」

首を傾けても傍らに深紅の巨体は無く、巨大な枝葉のベッドに、今はルシェラ独りきり。

ドラゴンは三日か四日に一度ほどのペースで山を出て、狩りに行っている様子だった。

とは言っても、人里を襲っているわけではない。

群れを出て単独生活をしているドラゴンの中には、人里を襲って家畜《エサ》や財宝を略奪する個体も存在するそうだが、クグセ山のドラゴンはお行儀が良く、山に住み着いて七十年余り、人里に手を出した事は無い。山から魔物が迷い出る事は周辺住民に警戒されているが、天を舞うドラゴンは今や景色の一部みたいな扱いだった。

ドラゴンはどこか近くの、人が住めない未開の領域まで飛んで狩りをしているらしい。あの巨体を維持するだけの肉を食らい、ルシェラにもお土産を持ってくる。この山にも獲物は沢山いるだろうに、敢えて出かけているのは何故なのかルシェラは知らない。多分、もっと獲物が豊富な狩り場を知っているのだろうとルシェラは思っていた。

一命を取り留めたルシェラだが、未だ本調子には遠く、気怠い身体を持て余し、日がな一日、ドラゴンの巣で転がっている日々を送っていた。

暇となれば、気に掛かるのは自分のこと。

どうしても生きて帰らなければならないと思っていたような気がするし、誰かを烈火の如く怨んでいたような気もする。

自分についての手掛かりは、身につけていた物品くらいだろうか。

――ドラゴン退治に来た勇者ってわけじゃないよな、俺。うーん……よく覚えてないけど、そんな強かったら死にかけたりしない気がするぞ。本当に俺、なんでこんな場所で死にかけてたんだ？　なんでドラゴンの棲む山なんかに登ったんだ？

成人男性向けなのでもはや自分にはサイズが合わなくなったシャツを、ルシェラは巻き付けるように着ていた。腹部分と背中部分に穴が空いて血で汚れたシャツを見て、ルシェラは首をかしげるばかりだ。どう見ても冒険用の装備じゃない、ただのシャツだ。腰のベルトにはナイフもあったが、これはどこにでも売っていそうな野外活動用のもので、戦闘用ですらなかった。

身体を貫通する刺し傷。

剣で突き刺されたか、あるいは長い角を持つ魔物にでも一突きされたか。

自分は強かった、という記憶は無い。だから、こんな場所で死ぬ原因はいくらでも思い当たる。

問題はそんな戦うことすらできない男が何のため、こんな危険な山に登ったのかという謎だった。

そんなことを考えていたルシェラは、奇妙な吐息に気付くのが遅れた。

「グフゥ……グルルルル……」

「……ん？」

サク、と。

ドラゴンの巨躯によってならされた枝葉のベッドを、踏みしめる足音がした。

ルシェラが振り向いた先に居たのは……今のルシェラの十倍くらいは体重がありそうな、熊と猪を足して2を掛けたような、黒い毛皮を持つ奇怪な獣だった。

ルシェラはこんな魔物、見た事が無かった。おそらくこいつはドラゴンの発する気によって異常な変異を遂げた魔物・『変異体』だろう。ドラゴンの棲む領域にはそうした、強力な力を持つ魔物たちがうろついていて、人の侵入を拒むのだ。

そいつが。

ひとっ飛びにルシェラに襲いかかることのできる位置に居て。

鋼の鎗《やり》の穂先みたいな牙を並べた口から、興奮のあまり涎を垂らして。

爛々と光る目でルシェラを見ていた。

「…………ひっ……」

ルシェラは息を呑み、硬直する。指一本でも動かしたら、それを合図にこの魔物は自分に飛びかかってくるという気がした。

猪熊の魔物は弧を描くようにジリジリと歩いて距離を詰めてくる。様子をうかがっているらしい。ルシェラを見て小さな獲物と油断せず、力があるのではないか、思いも寄らぬ手段で逃げ出すのではないかと、慎重に狩りをしているのだ。その知恵が恐ろしい。

ルシェラは全身を石のように固めたまま、視線だけで周囲の様子を探った。自分が生き残る可能性は僅かでも存在しないものかと必死に探った。

ここは山の中でも開けた場所。逃げ隠れする余地は皆無。

使えそうな物も無い。ベルトに収まっていたナイフくらい。戦闘用の造りではなく、魔法の効果も無さそうで、こんなもので魔物を倒すのは熟練の冒険者でも難しかろう。

つまり、死ぬ。

望みがあるとするなら、自分に襲いかかる瞬間に魔物が足をもつれさせて転倒してくれないか、というくらいだ。

「う、わ、わわわわーっ⁉」

「ゴアアアア！」

叫びながらルシェラが走り出した瞬間、巨体に似つかわしくないほどの俊敏さで魔物もスタートを切った。時間と空間が粘ついたようにさえ思える中、地を踏み鳴らす力強い足音がルシェラの背後に迫る。

あと四歩。

振動。

あと二歩。

吐息。

『グオオオオオ‼』

次の一歩で手が掛かるか、と思った刹那。山が震えるかのような雄叫びが降ってきた。

ルシェラは走りながら竦み上がったせいで足がもつれてすっ転び、ルシェラを追いかけていた魔物も震えて辺りを見回す。

風が唸った。空を斬り裂く羽音がした。

流星のような勢いで深紅の巨影が飛翔し、こちらへ向かって来る。

脚を折りたたむように身体に密着させ、鼻先を先端とした流線型の姿勢。空に浮かんだ赤い石ころみたいに見えていたのに、その影はみるみるうちに見上げるほどに大きくなった。山の女王の帰還だ。

それを見て猪熊の魔物は踵を返し、脱兎の如く逃げ出した。

だが、それすらも遅い！　レッドドラゴンは山が近づくと、羽ばたいて僅かに勢いを殺しつつ姿勢を変え、逞しい後肢を突き出して強襲着地！

「ギャン！」

地震かと思うほどの地響きだった。

鋭い爪を備えた後肢で踏み潰された魔物は、引っぱたかれた犬みたいな情けない悲鳴を上げ、一瞬で絶命していた。

『グルルルル……ルルゥ……』

「あ、あう、あの、ありがとう……」

まだ激しく脈打つ胸を押さえて、ルシェラはドラゴンに礼を言った。

どうやら、また彼女に命を救われたらしい。

巨大なレッドドラゴンは、隣にうずくまっているだけでも凄まじい迫力だったが、こうして動いている姿を見ると圧倒されるほどだ。

体長はおよそ二十メートルほどだろうか。ゴツゴツとした巨体は全体的にシャープな印象で、生物として洗練されている。

やはりドラゴンと言えば、そのブレスが代名詞のように語られるが、こうして相対してみればブレスなどオマケみたいなものだと思ってしまう。ただただ存在の重さが違う。彼女が軽く前肢の爪を振るうだけで、人など枯れ葉のように裂かれてしまうことだろう。

しかし彼女はその爪も牙も、ルシェラを引き裂くためには使わない。

彼女は巨大な顔の鼻面をルシェラに擦り付け『ただいま』の挨拶をすると、ルシェラの身体をあちこちから覗き込んで怪我が無いか確かめる。

それから侵入者の残骸を忌々しげに幾度か踏みつけると、何か思案するようにその死骸のニオイを嗅いで、前肢の爪でざくざくと解体し始めた。

いつもは狩りの後、持ち帰ったお土産をこうして解体するのだけれど、今回は巣へ急行するため投げ捨ててしまったようだ。まあ、代わりの獲物がここで獲れたのだから問題なかろう。

ドラゴンは四足歩行でも後肢を支えに立ち上がっても行動に支障は無いらしく、鋭い爪を備えた前肢はいくらか器用な作業もできる様子。ドラゴンは鋭利な爪を肉と毛皮の隙間に食い込ませ、綺麗に剥がしていく。

魔獣の死骸は瞬く間に、毛皮と肉に分けられた。

するとドラゴンは肉の一部を噛みちぎり、軽く咀嚼して柔らかくすると、肉を口に含んだまま炎を噴いて焼いた。

この世で一番豪華な竈だな、とルシェラは思う。

やがて、ほどよく焼けた肉がルシェラの前に吐き出された。

「……ありがとう」

ドラゴンを見上げてルシェラは、今度はご飯のお礼を言った。

だが彼女は特に反応を見せない。ルシェラの言葉が分からない様子だった。

ドラゴンは人よりも賢く、人に化けるという話を聞く。しかしルシェラは、このレッドドラゴンが人の姿になるところなど見た事が無かった。

そもそもルシェラの言葉すら理解していない。別に、このドラゴンに限って頭が悪いわけではなさそうだが、単に人と触れずに生きてきたために人の言葉を知らないのだろうか。だとしたら他のドラゴンはどこかで人と関わったために人の言葉を覚えたのか、などと、考えても仕方ない事をルシェラは色々考えていた。

ともあれ、ルシェラは供された食事に手を付ける。

ドラゴンの炎で焼かれた魔獣肉は、なんとも形容しがたい癖のある味だった。血抜きもしていない獲れたての肉だ。食べると不思議な熱が腹の中に溜まっていくように感じられた。

ルシェラが食べ始めると、ドラゴンは首をユラユラと揺らしながらルシェラを見ていた。ドラゴンの表情はよく分からないが喜んでいるようだ。

妙な話だ。豪雨災害で卵を失ったドラゴンが今、死にかけていた人間を拾って、娘の名を与えて世話をしている。

彼女は甲斐甲斐しくルシェラの面倒を見ている。それこそ本当の娘のように。そして、それを楽しんでいる……ように、見える。

気まぐれと呼ぶべきなのか。愛玩と言うべきなのか。それとも、寂しさの埋め合わせか。その全部か。

命を救われたのはありがたいけれど、彼女の感情をどう受け止めれば良いのか、ルシェラにはよく分かっていない。何しろ言葉も通じない相手だ。何を考えているのかよく分からず、お互いに手探りでコミュニケーションを取るしかない。

ドラゴンはルシェラの食事を見ながら、猪熊の魔獣の毛皮を切り刻み始めた。

手足の部分を裁ち落とし、首も落とし、肉をこそぐ。

すると胴体部分だけの綺麗な毛皮が残った。房飾りのようなカラフルなアクセントを入れた、鼠色の毛皮だ。

彼女はその毛皮を摘まみ上げて確認すると、肉を食らっているルシェラの背中にいきなりそれを被せてきた。

「おうっ⁉」

なかなか重かった。

「えっ、何？　着ろってこと？」

見上げればドラゴンはユラユラと首を動かしていた。

今、ルシェラは、サイズが合わなくなったブカブカシャツをワンピースのように着ているだけという、ちょっとみっともないし防寒力もあまり見込めない格好だ。

まだ暑い季節だが、秋にもなれば夜は涼しい。シャツ一枚ではしのげないだろう。

そういう事情をどこまで理解しているかは分からないが、ドラゴンは防寒の必要性を認識したようだ。

「ありがとう……」

本日三度目のお礼を言ってはみたものの、やはりドラゴンは無反応。

――ありがとうって言っても、それが伝わらないんだよな。人同士ならニュアンスとか様子を見て分かると思うんだけど……

そこでふとルシェラは思い立ち、逞しいドラゴンに歩み寄ると、彼女の脚に鼻から顔を擦り付けてみた。

彼女がルシェラに対して、しばしば見せていた仕草の真似をしたのだ。

『……ルルルルルル……』

「あはは、ちょっと……ふわぁ！」

ドラゴンはすぐさまやり返してきた。

やさしく喉を鳴らしながら首を伸ばし、ルシェラに擦り付けたのだ。

巨大なドラゴンにそんなことをされたもので、ルシェラは柔らかな枝葉の上に尻餅をついて一回転した。ルシェラは、背中に被っていた毛皮と絡まり合って倒れ込む。

「…………生臭い」

獣から大雑把に引き剥がしただけの、加工も何もあったものじゃない毛皮はむせ返るほど生臭かった。

が、凍えるよりはマシだ。ニオイは……そのうちマシになるだろうと思うしかなかった。

『……ルォウ……オウウウ……』

ドラゴンが何かを喋った。

それは音としては極めて単純ないななきでしかないのだけれど、それを聞いたルシェラの頭には吐き気をもたらすほど多量の情報が入り込んでくる。

《念話《テレパシー》》という、相手の精神と心だけで会話をする魔法が世の中にはあるのだが、似たようなものだろうか。ただ、ドラゴンの言葉は、魔法が使えないルシェラにも容赦無く降りかかって情報を叩き付けてくる。

もちろんルシェラにはドラゴン語など分からない。それはまるで、頭の中で強制的に難解な暗号を解かされているような気分だった。

だが、ルシェラと。

その名前だけは意味が拾えた。彼女が与えた名前だ。

「……ルシェラ。ルシェラ」

ルシェラは繰り返し呟きながら、自分の身体にぴたぴたと触れる。

それからドラゴンの顔に触れて、見上げた。

『あなたの名前を教えて』。そう言ったつもりだ。

ドラゴンが意味を掴みかねていたのは、数瞬だ。牙を剥きだし彼女は短くいななく。

『……クルルル……ルゥウオオオ……』

『カファル』。

ルシェラには確かに、そう聞こえた。

「カファル？　……カファル」

呼び返すなり彼女は熱烈に鼻先を擦り付けてきて、もし彼女が力加減を誤ればルシェラは圧死するところだった。

＊＊＊

それから、さらに数日が経った。

「うーん……」

ルシェラは腕組みして、馬防柵の出来損ないみたいな、ただ木の枝を逆立てた隙間だらけの柵を睨んでいた。

「ダメだ……全然ダメ……こんなの魔物どころか害獣の侵入すら防げない……」

丸一日がかりの力作を失敗作だったと認めるのは、なかなかの勇気が必要だった。

カファルの巣は、山の中なのに奇妙に開けていて、少し小高くなった場所に存在する。元は木々が生い茂っていた場所をカファルが平らにして、そこにあった植物類をベッドの材料にしたのだろうか。

その広場の外縁部に、ルシェラは魔物の侵入を防ぐ柵を作ろうとしていた。

カファルの発するエネルギーである『竜気』を浴びたせいか異様に頑丈に育った、そこら辺の植物の枝をナイフでどうにかこうにか七転八倒して伐採し、地面に埋めて先を尖らせる……

その結果できあがったのが、柵未満のよく分からないオブジェだ。見る目の無い金持ちに『前衛芸術作品だ』と言って見せれば引き取ってもらえるかも知れない。

「やっぱ、俺ができることなんてたかが知れてるか。魔物避けの効果も、カファルのマーキングに比べたら無いに等しいだろうし……」

ルシェラは山林の木々の中に時折混じる、こんがり焼かれた樹木を眺めて溜息をつく。

ドラゴンのブレスには独特の香気があり、焼かれたものは特徴的なニオイがする。カファルはこれで縄張りを主張して魔物たちを遠ざけている様子だった。とは言え、『変異体』の魔物には知恵が回るものも居るようで、先日はカファルが狩りのために巣を空けていると気付いて忍び込んできた。

そのせいかカファルはあの後、山火事にならないか心配なくらい念入りに巣の周囲をマーキングして、さらに遠出をしなくなった。

今も山の中で狩りをしているところだ。最初からそうしていてくれれば、あんな危険な目に遭う事も無かっただろうが、一方的に守られて世話をされているルシェラの身分で注文を付けることもできまい。ルシェラを生かすも死なせるも、全てはカファル次第だった。

『ガアアッ！』

咆哮が轟き、ルシェラはそちらに目をやった。

「おっ、仕留めたかな？」

植生豊かなクグセ山は木々のせいで見通しが悪い場所が多いが、カファルの巣は少し小高く盛り上がった場所にあり、しかも探す対象も小山のような巨躯なのだから見つけ出すのは容易だ。

小手をかざして遠くを見れば、緑の海みたいに並んだ木々の向こうに、背中と翼を突き出した深紅の巨体が見えた。

上空から急降下で獲物に襲いかかったカファルは、短い格闘戦でトドメを刺したようで、やがて何かを掴んでふわりと舞い上がる。

彼女が大きく羽ばたくだけで、木々は軋んでしなった。

遠くからでもしっかりシルエットが分かるほど大きい、レッドドラゴン。

それが更に大きく、見上げるほどに大きく、みるみる近づいてきた。

太く強靱な脚に、ミスリルすら貫く爪に、がっちりと魔獣の骸を抱え込んで。

「わぷっ！」

ルシェラは羽ばたきの風圧で吹き飛ばされそうになる。

カファルが着地するだけで、山がずんと揺れた。

『ルルルル……』

「おかえりなさい」

もはや新鮮な肉塊でしかない槍角鹿《ジョストディア》をひとまず脇に置いて、カファルは鼻面を擦り付けルシェラに挨拶をする。

それから彼女は、ルシェラが作った柵らしきものを興味深げに爪で突く。

『ル？』

「あの、これは魔物が入ってこないようにって……」

わたわたと手を動かして、何とか通じないかとルシェラは試みた。

カファルは、ドラゴンの足なら簡単に踏み潰せそうなちゃちな防壁を観察していたが、ふーむ、と長く鼻息を吐くと、藪を踏み潰し木々を掻き分け進み始める。

『ウォウ』

「え？　付いて来いってこと？」

ルシェラが首をかしげつつついて行くと、大して歩かないうちに一人と一匹は美しい川の畔に辿り着いた。

クグセ山は湧き水の多い山だ。先日のような大雨洪水はさすがに珍しいとしても、雨量豊富で水が豊か。流れ出る川は下流の人々を潤して命の源となっているのだ。

木漏れ日が川面で輝いて、鏡のように反射していた。涼やかな風がルシェラの髪を弄んでは逃げて行く。

カファルは川面に顔を突っ込んで、ちょうど居合わせた哀れな魚ごと、川の水をがぶがぶ飲み始めた。水位が下がるのではないかと心配になるほどの豪快な飲みっぷりだ。

一緒に水を飲むべきか、ルシェラは少し迷った。今までルシェラは、カファルが魔法で大気中の水分を集めて精製した水を貰っていたのだ。だが、それでは彼女が出かけている間、水も飲めない。要は山の水に慣れればいいのだと、ルシェラもカファルに並んで水を飲むことにした。

鏡のように輝く川面からは、奔放に伸びた長い赤毛の美少女が覗き返していた。

「……誰だよ⁉」

水面に映る美少女は、やや引き攣った笑みを浮かべながら言った。

以前の自分がどんな姿だったかは若干曖昧だが、今の姿とまるで違うという事は分かる。

人間で言うなら外見は十歳かそこら。

カファルの鱗のように美しい深紅の色をした髪は、放牧中の羊の毛みたいに伸びて腰ぐらいまでの長さがある。

顔立ちは年相応に……つまり外見年齢相応にという意味だが……可愛らしくあどけない。カファルと同じ透き通った茶色の目は、人とは違い、太陽の下の猫のように瞳孔が縦に長かった。

肌はドラゴンの角にも似て、鋭く無垢な白。身体は細くもしなやかに引き締まっていて、野生動物的な機能美を感じさせる造形だった。

ちなみに今着ているのは、ボロボロでブカブカのシャツをズボン用のベルトで留めたもの。そして、褐色の狼みたいな魔獣の毛皮をマント状にして被ったものだ。

少なくとも今は少女の姿をしている者として下着を身につけないのはどうかと思ったが、そんな繊細な物体を作成する道具はなかったので諦めている。

なおカファルが最初にくれた猪か熊か分からない魔獣の毛皮は、大きすぎるし重すぎるので防寒具兼寝袋にすることにした。

『グルルル……』

「え、何？」

水面に映る少女を呆然と見ていると、カファルはルシェラの背中を指の節で小突く。

巨岩さえ握りつぶせそうな彼女の手の中、ゆらめく陽炎が生まれ、やがてそれは渦巻く炎の塊となった。

『グォウ！』

「うひゃあ！」

一声カファルが吼えると、その火の玉は川の上に飛び、そこで大爆発を起こした。

川面に直接触れたわけでもないのに、一瞬川がヘコんで大波を立てるような爆発だ。

ルシェラの耳がキーンと鳴った。沢山の魚が白い腹を見せて浮かんできて、清い流れに攫われていった。

「ブレス……じゃない、これ魔法？」

規模はでかすぎるし威力も強すぎるが、似たような魔法をルシェラも知っていた。

炎の爆発によって敵を攻撃する魔法、《爆炎火球《ファイアーボール》》だ。

『……ルルルル……』

カファルが喉を鳴らすと、ルシェラの頭に膨大な数式か、あるいは何かの設計図のようなものがよぎった。頭を焼き切られそうなほどの情報量だ。

普段彼女が発する声とは違う、何かを伝える声。

カファルはもう一度、手の中に火の玉を生みだして投じた。

またも山を薙ぐような大爆発が起こり、熱された川が悲鳴のように水煙を上げる。

『……ルルルル……』

「あっ……もしかして、教えてる？」

またも同じ『情報』が頭に叩き込まれ、内容が理解できないながらもルシェラは察した。

カファルはこれをルシェラに教えようとしている。

あんな壁を作ったところで身を守るのは無理だから、戦えるようになれ、戦って身を守れるようになれと言っている。

『……ルルルル……』

「そんなあ。俺、魔法の才能は皆無だって言われたような覚えがあるんだけど……」

魔法というのは……少なくとも人間にとっては……誰でも使える便利な技術というわけではない。

まず十人に一人はまったく才能が無い。ルシェラはそれだ。

残りの者もほとんどが、練習すれば些細な魔法が一つ二つ使えようという程度。厳しい修業を積んでようやく半人前だ。

魔法によって身を立てられるほどの者は一握りにすぎない。そしてその中にさえ歴然とした才能の差が存在し……おそらくカファルの魔法は、そんな人族最高の術師さえ遥かに超えている。

――ドラゴンなんてみーんな強力な魔法使えるだろうからな。この世には力を持たない存在《ひと》が居るって事さえ考えつかないんじゃ…………

途方に暮れているルシェラを見て、カファルはそわそわと首を動かしている。

『ウォウ』

「わかったって、やるだけやってみるから！」

期待に満ちたドラゴンの視線を受けて、ヤケクソでルシェラは川に向けて手をかざす。ひとまず構えから入ってみた。

どうすれば魔力を操れるのかなんて、ルシェラはよく分からない。

だが魔法で大切なのは、『何が起こるか』のイメージを砂一粒見分けるほどの精密さで思い描くことなのだという。

なら、今の爆発を強く思い描けば良いのだろうか。

カファルが教えた呪文らしきものを、意味も分からぬまま頭の中でそのまま反芻する。

じわり。

身体の中を熱が駆け巡った。

「《爆炎火球《ファイアーボール》》‼」

ルシェラは、叫んだ。その声が燃えた。

ルシェラの掌より生み出された眩い炎が飛翔し、そして、爆ぜた。

「へ？」

唖然としているルシェラの髪が、自ら生みだした爆風にばたついた。

ルシェラは今、確かに魔法を使った。使えてしまった。

――《爆炎火球《ファイアーボール》》って、それなりに難しい魔法で……これが使える程の実力なら冒険者として食いっぱぐれないってレベルのやつだぞ？　なんで俺こんなの使えたんだ？　レッドドラゴンから直々に教わったから⁉

レッドドラゴンは、燃える紅蓮の鱗が示唆するかのように、炎に親しい魔物だ。

そのレッドドラゴンが自ら手ほどきをしたのであれば無能者が魔法を習得するということもあり得《う》る……の、かも知れない。

『……クルルル……ルォウル……』

「うわっぷ！」

カファルはそわそわと首を動かしながら顔を近づけ、大きな舌でルシェラを舐め回した。

生暖かくて柔らかい巨大なものが情熱的にぶつかってきて、ルシェラを翻弄した。

「うひー、べちょべちょ」

全身くまなく舐め回され、ルシェラはずぶ濡れにされた。

これまでもルシェラは何度かカファルに全身を舐め回されている。おそらく母竜が雛竜の身体を清め、病気を防ぐためにすることなのだろう。後は親愛の表現か。

多分、この場合は褒めている。熱烈に。

ドラゴンの唾液は魔法薬《ポーション》の材料でもあり、結晶化したものを竜涎香と呼ぶ。別に人間の唾液みたいに汚さを感じたり臭く思ったりはしないけれど、なんとも説明しがたい不思議な香りだった。

そう言えば、シャツに付いた血の跡がいつの間にやら随分薄れている。洗い落とされたと言うよりも、まるで布地に命の息吹を吹き込まれ、代謝を生み出されたかのようだ。もしかしたらこれも、何度もカファルに舐め回されたせいなのかも知れない。

まあ、不潔でないとしても、べちゃべちゃに舐め回された状態はあまり快適ではない。

「……水浴びするか」

どうせ誰も見ていないのだからと、ルシェラは服と毛皮を放り出し、素裸で川に飛び込んだ。

＊　＊　＊

清流に向かって張り出した木々も、緑はいつしか色褪せて、徐々に近づく秋の気配を漂わせる。

しかし、落葉樹の葉が赤や黄色に色付くより、河原が黒く染まる方が早かった。

「《灼火閃光《フレイムレイ》》！」

ルシェラが叫ぶと紅蓮の熱線が迸《ほとばし》り、河原の石を焼け焦げさせつつ弾き飛ばし、一直線のミゾを刻んだ。

カファルに魔法を教わってから既に一ヶ月。ルシェラは魔法の訓練に明け暮れていた。身の安全が懸かっているのだから必死だった。

いくらドラゴンの庇護下にあると言えど、ここは人智を超えた強さの魔物たちがうろつく魔境。護身の術は身につけておくべきだ。使えなかったはずの魔法が何故か使えるようになったのは奇妙だが、僥倖には違いない。

ついでに言うなら、炎を自ら生み出せるなら生活水準が遥かに向上する。肉などを自分で焼くこともできるし、カファルに頼らず暖を取ることもできる。自由に火を使えるかどうかは、山中でのサバイバル生活で、獣の如く生きるか人として文明に生きるかの分水嶺となるのだろう。

……もっとも、既に『生活用の火』という領域を遥かに超えているような気はする。

ルシェラは術師（※魔法の使い手）ではなかった。多分。

記憶が曖昧なので確定的なことは言えないが違った気がする。

だが魔法の知識は何故かそこそこあった。そんな『知っていただけの魔法』を、ルシェラはいくつも再現できるようになっていた。

正しい術式など習っていないのだから、きっとやり方はデタラメなのだろうけれど、不思議とそれができてしまう。

「今日はもうこれくらいでいいかな」

ここ最近の練習で、焦げ付いて荒れ果てた河原を見てルシェラは汗を拭った。

山火事を起こさないため、魔法は巣の近くの河原で練習しているのだ。

最初、カファルはルシェラが出歩くことを牽制しており、巣から出ようとするだけで低く唸りながら押し戻して、訓練の時も必ず自分が引率していた。

この山は危険だと、ルシェラも理解している。だから出歩くときはカファルに従い、カファルが狩りで巣を留守にしている最中にはじっとしていた。

カファルはそんなルシェラの姿を見て安心したのか、ルシェラが出歩くことを少しだけ許すようになった。実際この辺りは、カファルのマーキングが功を奏したのか、魔物も見かけない。

「さて。今日は向こうから回って帰るか」

巣への帰り道、ルシェラはぐるりと大回りするように歩いて辺りを探索する。

少しずつでも山の地理を覚えるためだが、目的はもう一つあった。

藪の中を進んでいくと、山に満ちる緑の中に、さらに鮮やかな彩りが混ざった。

赤、オレンジ、紫。色も形もとりどりに、満開の花よりも麗しく、周囲の木々は沢山の瑞々しい果実をぶら下げていた。

「すごいな。これって何の果物なんだろう。カファルが居るせいで魔物だけじゃなく、植物も変異してるのかな？」

カファルの巣の周囲は、見た事も無いような果実がまるで果樹園のように豊富に実っているのだ。それはカファルにとっては関心に値しない、小さすぎる食料らしかったが、ルシェラにとってはありがたすぎる大地の恵みだ。

ルシェラは一枚余分に持ってきた毛皮を地面に敷いた。

そして太い枝にひらりと飛び乗ると、手当たり次第に果物をもぎ取ってはフワフワの毛皮目がけて投げ落とした。

「鳥や虫にちょっと食べられても俺が食べる分は充分だな。って言うか絶対食べきれない」

たちまち毛皮の上は果物でいっぱいになる。

そろそろ良いかと思ったルシェラは、最後に一つ摘んだ果実にかぶりついた。

「んまい」

蜜を蓄えた果実はジューシーで甘い。

もぎたての新鮮な果物は天上の美味だった。

「山の恵みに感謝だなー、ホント」

ストンと地面に飛び降りて、ルシェラは毛皮で果物を包み、それを背負う。

カファルは相変わらず肉ばかり寄越しているのだが、人間が雑食性の動物である以上、肉だけの食生活というのはどこかで破綻していたはずだ。

折しも今は実りの秋。肉食生活で不足していそうな栄養を補い、味覚に変化を付けるのに、この果物はうってつけだった。

ただ、食べきれない果実はやがて熟れて腐る。そして冬が来る。

人の世界であれば、食べきれない果実を誰かに売ってお金に換え、冬のための蓄えにもできるのだが、この山の中の自給自足生活ではそうもいかないわけで、何か手は無いものかとルシェラは考えているところだった。

「おっと！」

轟《ごう》、と風が唸ってルシェラは荷物ごと転びそうになった。マントのように羽織った毛皮と、ボロボロのシャツの裾がはためく。

山の上を飛んでいたカファルが戻って来て、低空で羽ばたいて巣に着地したようだ。ルシェラが出歩いている間は山の上を飛んでいるか、巣にいても高く首を伸ばして辺りの様子を窺っているのだ。

ただし、今日に限っては、カファルが山を飛んでいた理由は『警戒』だけではなかった。

「ただいまー……って、それ……」

『クルルルル……』

ルシェラとタイミングを合わせるように帰ってきた彼女は、強靭な後肢で狩りの獲物を掴んでいた。ルシェラが魔法の練習をしている間、山の中で狩りをしていたらしい。

だが、いつもと違って、獲物はまだ生きて動いていた。

「……ガッ、ガッ……グルルル……」

熊より大きな狼みたいな魔獣だ。

頭と腹から血を流して、新緑色の毛皮を赤く濡らしている。だが弱った様子も見せず、食いしばった牙の間から荒い息を吐いて、凶暴な顔で睨み付けていた。

『ウォウ』

「……戦え、って言ってる？　もしかして」

カファルは魔獣にトドメを刺さず、そのままリリース。

緑色の狼は即座に跳ね起き、見境を無くした目でルシェラを睨み付け、間髪入れずに襲いかかってきた。

「わーっ⁉」

ルシェラは背負ってきた果物の包みを放り出し、身を投げての横っ飛びで突進を回避した。

――無理だって！　『変異体』の魔獣を俺なんかが相手できるわけない！

と、心中で悲鳴を上げようと、狼の魔獣は止まらない。ルシェラが身を起こしたときにはもう、次の攻撃の構えを取っていた。

「あーもう！　なら俺の魔法見せてやる！　《爆炎火球《ファイアーボール》》‼」

ルシェラの手から火の玉が生み出され、向かってくる狼を迎撃する。

衝突！　爆発！

「ギョアアアアア‼」

「う、うわわっ！」

だが！　爆風と爆炎を吹き払い突き抜け、狼は猛進してきた。

そも、ドラゴンの住処にうろつくような『変異体』の魔物は、超人的能力を持つ凄腕冒険者たちが力を合わせてやっと対処できるレベルの猛者。

中位攻撃魔法の一発ごとき、かすり傷。牽制にしかならない！

狼の魔獣は血混じりのヨダレを撒き散らし、牙を剥きだしてルシェラに飛びかかる！

「わああ！」

地面に転がって爪と牙を掻い潜り、ルシェラはどうにか一撃を回避した。

だが、狼の魔獣は早い、速い、迅い！　ルシェラが身を起こしたその時、眼前には迫り来る死の顎門《あぎと》が、既に。

『グォウ！』

「ギッ‼」

それがルシェラに届く寸前、カファルの前肢が狼の魔獣を叩き伏せた。ドラゴンの怪力に掛かっては、この巨狼も為す術無い様子で、必死で拘束から逃れようともがくのみだ。

『グルルル……』

「無理だってばぁ！　俺、ただの人間なんだから！」

『もうちょっと頑張りましょう』と言わんばかりのカファルに向かって、ルシェラはぶんぶん首を振る。

分かってはいる。ここは、そういう場所なのだと。

今はカファルに守られているが、この魔獣と戦えるようにならなければ、自由に山を歩き回ることはおそらく不可能。

それどころかカファルが巣を離れている間に襲われたら為す術無く死ぬしかないだろう。倒せなくてもせめて、抵抗できるようにならなければ。

しかし、いくらなんでもこの訓練は無茶だとルシェラは思う。

『ル』

スン……と若干肩を落とした様子を見せ、カファルは掴んでいた巨狼を握り潰す。

「ギャイン！」

おそらく全身の骨が砕けて内臓が破裂したのだろう。狼の魔獣は数度痙攣し、それっきり動かなくなった。

「良かったあ……こんなの相手に特訓させられたら死んじゃうよ」

命拾いしたらしいと思い、ルシェラは溜息をついた。

そんなルシェラを尻目にカファルは羽ばたき、舞い上がる。

「ん？」

そして空から山を見下ろし、やがて急降下して何かに襲いかかった。

木々が揺れ、鳥が逃げ飛び、何かの悲鳴と咆哮がこだまする。

「んん？」

やがてカファルは、山から何かを掴んで飛び上がる。

半透明の体液を流して吊り下げられているのは、全身に黒い剛毛が生えた、二つの頭を持つ大グモだった。

「キシャアアアア‼」

『ウォウ』

「さっきよりちょっと弱い奴持ってきたー⁉」

カファルは大グモを巣の近くに投下。

大グモは不格好に着地するもすぐに起き上がり、鉤爪が付いた十二本の脚をシャカシャカと動かしてルシェラに襲いかかってきた。

「ファ、《爆炎火球《ファイアーボール》》‼」

「シャアアア！　キアアアア‼」

「うわっ、うわわー⁉」

相手の動きも怪我で鈍っており、ギリギリで対処できる程度だった。そのせいでカファルは止めに入らず、首をユラユラ動かしつつ我が子の雄姿を見守る態勢。

ルシェラの命懸けの追いかけっこは巣の周りで夕暮れまで続いた。

＊＊＊

一方その頃。

クグトフルムの街、中心部の冒険者ギルド支部にて。

銀行のように立派なロビーにゲメルが姿を現したとき、ちょうど受付を担当していた女性職員はぎょっとした。すぐにいつもの営業スマイルを取り繕ったが、その仕草はゲメルを苛立たせるに充分だった。

「よーう」

「お、お久しぶりですね、〝七ツ目賽〟のゲメルさん。しばらく支部の方にはお見えになりませんでしたが」

「ああ。雑用係がその手の仕事は全部やってたからな。まあそいつが死んだから次が見つかるまでしょうがなくって所だ。……言っとくが、俺は止めたんだぞ？　なのにあいつが仕事《クエスト》についてくるっつーからよ」

『彼』が死んだ事は既にギルドも把握している。

いつも支部に顔を出していた『彼』を、急に見かけなくなったもので、訝しんだギルド側がゲメルに直接聞きに来たのだ。

「はい、そうですね。その……マネージャーの方……のことはご愁傷様でした」

——言い淀んだ？　まさか、こいつも名前を忘れてるのか？

受付嬢の弔辞はどうでもいい。『彼』の名前が出なかったのが奇妙だった。

しかし、その辺りのことを深く聞くと、何かとんでもない恐怖に触れてしまいそうな予感がして、ゲメルは何も言わなかった。

「まあいい……依頼《クエスト》を寄越してくれ。うちの指名は入ってるか？」

クグセ山で大儲けした〝七ツ目賽〟は、このところまったく仕事をせず遊びほうけていたのだが、ゲメルは先程金勘定をして、そろそろまた仕事をした方が良いのではないかと思ったところだった。

「指名依頼は今はございません」

「じゃあ適当にちょうど良いのをくれや」

「でしたらこちらの調査・討伐依頼をお願いできますでしょうか。推定脅威度は五となります」

「なら俺らのレベルだな。報酬もそれだけ高えんだろ？」

受付嬢は依頼書を取り出してゲメルに見せる。

お役所構文で書かれた依頼書は非常に難解だったが、摘要を述べるなら『家畜が襲われていたので魔物の仕業だろうと思ってギルドに討伐を依頼したところ、脅威度が低く見積もられて全然請ける奴が来ねえ。仕方なく自警団が警戒していたら三人も惨殺された。凶暴な魔物の仕業に違いない、いい加減助けに来い』という恨みと苛立ちが滲んだ内容だ。

「予備調査では貪食群狼《レギオンウルフ》の仕業ではないかとされています。こちらが調査報告書です。報酬は通常どおり、基本額に加え討伐対象と討伐数によって決定される出来高制です」

「いいじゃねえか、こいつは俺の依頼《クエスト》だ」

渡された調査報告書には一切目を通さず、ゲメルは受諾を決めた。

それからゲメルは二十分待たされ、依頼《クエスト》の受諾手続きとしていくつかのサインをさせられた。

――ったく面倒くせえ。やっぱり雑用係は必要だな。こんなつまんねえ手続きのために毎度支部まで来るとかやってらんねえぜ。

マネージャーに任せていた手続きを久々にやらされて、ゲメルは既にうんざりしていた。

〝七ツ目賽〟は今、飛ぶ鳥どころかドラゴンすら落とすような勢いでメキメキ頭角を現しているパーティー（少なくともゲメルはそう思っている）だ。

高報酬の依頼も次々こなし、さらにゲメルの神業的なやりくり（少なくともゲメルはそう思っている）によって、金など使っても使っても余るほどだ。

雑用係を一人雇う程度の余裕はある。面倒事を押しつける下僕が一人くらい居てもいいだろう。

もっとも、次は仕事に余計な口を挟まない従順な奴が良いとゲメルは思っていた。若い女で巨乳なら更に良い。

――まあ、この依頼《クエスト》が終わったら考えるか。

ゲメルは依頼書を受け取り、帰っていった。

そんな彼がギルド支部に怒鳴り込んでくるのは、一週間後のことだった。

＊　＊　＊

「騙しやがったなてめぇコンチクショウ‼」

「ひいっ！」

ゲメルは力一杯、拳をカウンターに叩き付けた。

巨漢でもあり、冒険者として戦いの経験を積んだ彼の身体能力は既に人間の物理限界以上だ。頑強なはずのカウンターテーブルは干ばつ被害を受けた畑のようにひび割れた。

「何がレギオンウルフだ、狼ですらねえ単なるゴブリンの群れじゃねえか！　しかも上位種も居ねえ六匹ばかしのしょぼい群れ‼　俺ぁ〝七ツ目賽〟だぞ、分かってんのか！　こんなクソ安い仕事をさせやがって‼」

　ゲメルの怒鳴り声に、ギルドのロビーは騒然とする。

　事前の調査で想定されていたような強力な魔物ではなく、一山いくらのザコの仕業だったのだ。楽な仕事ではあるが、それはゲメルの基準からすれば小遣い程度の報酬しか貰えない雑用まがいの依頼《クエスト》だった。こんな仕事をしている暇があれば、もっと自分たちに相応しいレベルの仕事をして、がっぽり稼げたはずだ。

「も、申し訳ありません！　ですが、全てギルドの規定どおりに……」

「だったら調査やってる奴ら全員クビにしろ‼　こんなくだらんミスで俺らエース冒険者（少なくともゲメルはそう思っている）の時間を無駄にさせてよお！」

「ですが、こ、このように予備調査と異なる魔物が討伐対象となる事も多く、また予備調査は冒険者の方の安全確保のため最大限に脅威を見積もる方向でして……！」

「言い訳してんじゃねえ！　高いはずの依頼《クエスト》でゴミみてえなザコと戦わされた事はここ一年以上なかったぞ⁉」

　ゲメルが叫ぶと、それを聞いて、ロビーに居合わせた冒険者たちはどよめき顔を見合わせた。

「え、何言ってんだ？　あいつ」

「普通、だよな……？」

「あんだと？」

まるっきり頭がおかしい奴みたいな目を向けられて、ゲメルはうすら寒く感じた。

カウンターの向こうでは、脅されて縮こまっていた若い女性職員の代わりに、オフィスの奥に居た年配の職員が出張ってくる。

「大変申し訳ありませんが、それが普通です。貴方ほどの等級の冒険者でも『ハズレ』の依頼《クエスト》を掴んでしまう事はままあります」

「じゃあ、なんで……」

呆気にとられるゲメル。

「あなたのパーティーは……その、マネージャーさん？　彼が……そういった依頼《クエスト》を全て弾いていましたので」

涙目の若い職員がそれでもハッキリと言った。

年配の職員も深く頷く。

「ええ、神業的な眼力でしたね。調査書を一字残らず読み込んで、報告者や調査員の癖まで把握して文字の裏にある事実を読み、『ハズレ』を見通していました。私の方からも意見を伺うようになったのですが、彼は『確証を持てないものもある』と言いながら推理を披露してくれて……これが嘘のように当たるんです。実際、彼の指南を参考にして支部内で調査報告査定を改善したんですよ」

「あいつが……そんなことを？」

エルフ語でも聞かされているかのように、ゲメルには全てが理解不能だった。

分かったのは先日殺した雑用係が、なんかよく分からない妙な特技を持っていたらしいという事だけだ。

「な、ならもういい！　うちへの指名依頼を寄越しな」

「来て、おりませんが……」

「はあ⁉」

威嚇するニワトリみたいな挙動でゲメルが顔を近づけると、若い女性職員は俯いてびくりと震える。

「俺らがハズレを処理してる間に、一つも来てねえってのか⁉　前は指名依頼がどんどん来たんだぞ。お前ら、さてはウチへの依頼を止めてやがるな⁉」

特定の冒険者を指定して発注される依頼は、冒険者の等級に応じた固定報酬の割合が大きくなるのだ。

中堅から頭一つ抜け出したくらいのランクである〝七ツ目賽〟にとって、指名依頼はかなり美味しい。ハズレを引けば時間の無駄みたいな安い仕事になる一般の討伐依頼と比べれば、こちらはハズレでも大きな儲けが出る。

ゲメルは、仕事があるのが当然というつもりでここへ来ている。

これまでは気に食わない依頼を断れるほど指名依頼があったのに。

「あの、それは……指名依頼の獲得にギルドは関知しておりません。おそらく以前はマネージャーさんが依頼人の方と個別に交渉し、ギルドを介して依頼するようお願いしていたものかと

「……」

「んだと？」

受付嬢は震えながら抗弁する。また、思い出したくもない奴の存在を持ち出して。

――またあいつかよ、くそ、気分悪《わり》ぃ……

ゲメルは『もったいないことをした』とか『悪いことをした』とは一欠片も考えなかった。

ただ、見下しきっていた無能者の[redacted]が自分の存在を支えていたという事実は、自分の身体の一部が無能な寄生虫野郎でできているかのように思われて大変不愉快だった。

「ゲメル様。ロビーではお静かに。また備品の意図的破損はギルド規約により懲罰対象となることもあり得ます」

年配の職員は三角眼鏡を冷たく光らせ、ゲメルを睨み付ける。

ふと背後に気配を感じて振り返れば、ゲメルと遜色ないほどの大男が二人、腕組みをして睨み付けていた。

「……くそっ！　酒だ‼」

苛立ちをぶつける先を失ったゲメルは床を蹴りつける。そして這々の体で帰っていった。

＊

「ああ、怖かった。助けてくれてありがとうございます、チーフ」

「いいのよ……まったく、彼をあれだけ付け上がらせた『マネージャーさん』の罪も重いわね」

騒乱の気配が去ったギルドロビーは、徐々に平時の賑わいを取り戻し始めた。

そんな中で二人のギルド職員は溜息をつく。

ゲメルは元々、素行の悪さで知られていた冒険者で……そういう冒険者は珍しくもないのだが……彼の雇った『マネージャー』がゲメルの代わりにギルド支部に来るようになってホッとしたという職員は一人ではない。

「……あの『マネージャーさん』の名前、思い出せた？」

「いいえ、まだです……担当する冒険者の方の名前を忘れてしまうなんて、管理官失格です」

「いいのよ。私も思い出せないんだから」

「にしても、なんであんな人がゲメルさんなんかと仕事を？」

「さあ……人には色々事情があるからね。他の冒険者はマネージャーなんか雇おうと思わなかったのかも知れないわ。北のマルトガルズでは普通らしいけど、冒険者にマネージャーがつく事なんてこっちじゃ珍しいから」

「あんなことができるならマネージャーじゃなくてギルド職員になればよかったのに……」

「ギルドの学歴主義は知ってるでしょ」

年配のチーフはこめかみを揉む。

このところ異常事態に悩まされていた頭を、ほぐすかのように。

「『彼』の名前が書かれた資料は全てギルドから消えてしまった……ただ単純に死んだってわけじゃないわよね。何が起こったっていうの、マネージャー君……」

＊　＊　＊

「ゲメル、戻ったか！」
「あ？　どうした？」
ゲメルが憂さ晴らし用の酒を適当に買い込んでパーティー拠点の貸家に戻って来るなり、三人のパーティーメンバーが揃って玄関前まで飛び出して出迎えた。
全員が、腕利きの冒険者としてありえざる事に、新米冒険者が初めて魔物と戦うときのような切羽詰まった顔をしていた。
「ちょ……見ろよこれ」
家の中に引きずり込まれたゲメルは、テーブルの上にぽつんと置かれた銀色のプレートを示される。
「あの野郎の冒険者証？」
首をかしげながらそれを持ち上げたゲメルは、すぐに他のメンバーと同じような顔をすることになった。
＝＝＝＝＝＝
名前　[redacted]
Ｌｖ５　ＨＰ　６２１／６２１　ＭＰ　１０９０／１０９０　ＳＴ　５５９／５５９
膂力　17　魔力　43　敏捷　15　器用　12　耐久　39　抵抗　78
＝＝＝＝＝＝
「なん…………だ、こりゃあ」
名前部分が塗りつぶされた不気味な冒険者証に、絶対にあり得ないはずの数字の羅列を見て、ゲメルは血の気が引いた。

「あいつの荷物、始末しようと思って漁ってたらこんな事になってたんだ」

「ゲメル、お前今ステータスいくつだ？」

問われてゲメルは自分の冒険者証を見る。

＝＝＝＝＝＝
名前　ゲメル
Lv22　ＨＰ　１３９／１３９　ＭＰ　５／５　ＳＴ　１１２／１１２
膂力　24　魔力　３　敏捷　14　器用　14　耐久　19　抵抗　16
＝＝＝＝＝＝

膂力以降の六つの数字に関して述べるなら、10が一般人の平均。ただし魔力は『才能を持つ者の平均』が10となる。

20は一流、あるいは一芸。30は超人、あるいは英雄傑物。

人は、その成長速度に才能の差こそあれど、訓練を積み戦うほどに鍛えられていく。そしてやがては肉体の限界を超えるのだ。能力値的には20でさえ肉体の物理的限界を超えているという話だった。それはもはや、生きている魔法だ。

だが、冒険者証に表示された[redacted]の能力値はそれさえ軽く超えた。

ＨＰやＭＰはもっと極端だ。国に数人というレベルの英雄でさえ２００やそこら。３００すら普通あり得ない。

ゲメルも最近は立て続けに良い仕事をこなせていたので、肉体は良い具合に仕上がっている。

ハッキリ言って、これは自慢できる数字だ。ステータスの見方を分かっている依頼人ならこれだけで感服し、ゲメルの力を信頼する。

だが、確かに部分的には勝っていると言えど、[redacted]に比べればゲメルのステータスのなんと卑小なことか。

「おかしいだろ、こいつの魔力とMP……」

「一流の術師が何人分だ？」

「体力系もおかしい」

「ドラゴンに踏まれてもケロッとしてそう」

「つーかなんなんだよ抵抗78って」

「どんなステータスでもあり得ない数字だろ。魔王に呪われても死なないぞ、こんなの」

冒険者証という見知った物体に、あり得ない数字が羅列されているという気味の悪さ。

皆、縫いとめられたように銀色のプレートを見ていた。

「や、やっぱり壊れたんだろ、これ。人がここまで強くなれるわけねえ。ましてあの寄生虫野郎じゃあな」

「ゲメル、お前が『冒険者証は壊れない』って言ったんだぞ」

「絶対はねえだろ⁉　普通は壊れないって話だよ！」

ゲメルは自分の声が上擦っているのが分かった。

「なあ、もう捨てようぜ、これ……」

やがて、誰からともなくそう言った。

「どうやって？　見つかったらやべーぞ。これ、簡単にゃ割れねえんだから」

　ゲメルは冷静に、努めて冷静に、慎重に判断した。

　本音を言うならゲメルもこんな不気味な物体を手元に残しておきたくない。しかしゲメルは一流なので（少なくともゲメルはそう思っている）、厄介な物は捨て方をちゃんと考えないとかえって余計な厄介事を招くのだと知っていた。

「放っておけばいいだろ。適当にしまって、な」

「ああ、バレやしねえよ」

　皆、頷く。

　しかし誰の顔にも自信や余裕は見て取れなかった。

「もし、これが壊れてなかったら……？」

　誰かが言った。言ったのはゲメルだったかも知れない。

　それはあり得ない事のはずなのに、まるで見えない重石に喉を潰されているかのように、誰も否定の言葉を吐けなかった。

3 山の住人

「ふぁあ……」

ミノムシみたいに毛皮の寝袋にくるまって寝ていたルシェラは、その中で伸びをして這い出した。吹きさらしのドラゴンの巣には、朝から容赦無い日差しが降り注いでいる。

「あれ、カファルは？」

いつもルシェラの寝袋を守るように寝そべっている巨体が見当たらず、ルシェラは辺りを見回す。そして、すぐに見つかった。

彼女は、大きな巣の端にとぐろを巻くように座り込んでいた。上半身をぺたりと地に伏せた彼女の鼻先には、つやつやとした硬質な物体がある。

――卵の殻……

その曲面の角度から、元のサイズを推察することができる大きな卵の殻。おそらく卵全体の半分にも満たない量。残りの部分がどうなったかは問うまでもない。

三つの欠片に分かれたそれは、カファルの巣の端に、墓標のようにずっと置かれていた。

卵の殻は白く美しく輝いている。カファルが時折、舐めて清めているからだ。

『ル？』

「おはよ」

『クルルル……』

ルシェラが起き出したことに気が付いたカファルは、鼻先を擦り付けて朝の挨拶。

それから、巣の端に置いてあった獲物の残りをカファルは咥え込み、口の中で焼いて吐き出す。いつもの食事だ。

「ん。今日もありがと」

丸焼きになった肉塊の表面の焦げた部分をナイフで削いで、ルシェラはその内側を切り取り、口に運ぶ。

野性味溢れる癖が強い肉は、獣臭く、血生臭い。だがもう、かなり慣れた。生肉に比べれば充分食える。味が嫌になってきたときは、山の中で見つけたハーブを擦り込んで変化を付けていた。

――そう言えばこれって『変異体』じゃない普通の魔物だよね？　特訓相手として持ってきたとき以外は、俺に出す食事って、普通の魔物ばっかりだな。やっぱ『変異体』はドラゴンにとっても一筋縄じゃいかない獲物なのかな？

作業的に肉を食いながらルシェラは考える。

『変異体』の魔物を食べた事は数少ないのだが、あれらは普通の魔物より美味しかったという気がする。血生臭いのは同じだが、燃えるような食感で、何と言うか、奇妙な満足感があった。

たまには『変異体』の肉をカファルが獲ってきてくれないかな、と思ったりするけれど、世話をされている立場で贅沢を言うわけにもいかないだろう。

ルシェラが肉を食べ始めたのを見ると、カファルは羽ばたき飛び立つ。

「わわわわわ」

烈風が辺りを薙ぎ払い、ルシェラは転げてしまいそうになった。

「……あれ、今日は久々に遠くへ狩りに行くのかな？　いってらっしゃーい」

ぐんぐん高度を上げて山から離れていくカファルに、ルシェラは地上から手を振った。

カファルは最近ずっとクグセ山の中で狩りをして、ルシェラに獲物を運んでいた。しかしその間、カファルがあまり食事をしていないのではないかとルシェラは疑っていた。獲物はルシェラに渡すばかりで、食べきれずに腐りそうになった分を処理するだけ。この巨体を維持する食事としてはどう見ても足りないし、それ以外に自分のための狩りをしている様子も無かった。

彼女の我慢が何を意味するのかルシェラは知らないけれど、これで大丈夫なのか気がかりだったから、自分の食事をしに行く気になったのなら良い事だとルシェラは思っていた。

満腹になるまで黙々と肉を食い、それから暇になったルシェラは、自然と、カファルが見ていた卵の殻の方へ目をやった。

当たり前のようにいつもそこにあって、景色の一部かと錯覚する事もある卵。しかし、ルシェラにとっては景色でも、カファルにとってはまったく違う重さがある。

いつまでもカファルは卵の殻を巣において、時折、清めている。生まれてくることさえできなかった我が子を愛おしむように。

「カファルは、ずっとこれを取っといてるんだよな。本物の、ルシェラの……」

本物、という言葉は自分でも驚くほどに、ルシェラの心に細波を立てた。

――本物って、何？　『ルシェラ』は俺じゃないのか？

自分という存在の根拠を脅かされているような恐怖。そして、ないがしろにされているようなやるせなさを感じた。

ルシェラは気が付く。

そもそも自分は災害で死んだ本物の『ルシェラ』の代わりだろうに、いつの間にかカファルを独占して当然であるかのように思っていた、傲慢な独占欲に。そんな風に思うほどカファルを信頼して全てを委ねていた自分に。

それは我が侭にすぎないのだと、ルシェラは自覚している。子どもみたいな自分の意地が恥ずかしくなっただけだ。

申し訳なさも手伝って、ルシェラは、『ルシェラ』とちゃんと向き合うべきなのではないかという気になってきた。今、ルシェラがここに居るのが『ルシェラ』の代わりなのだとしたら、せめて彼女に対して誠実であるべきなのだろうと。

卵の殻の前に膝をついてルシェラは座った。

──これが人なら、死者の魂の安らぎを神に祈るところなんだけれど……

ドラゴンは神に祈らない。

人は神に創られたと言われ、数多の恩寵を受けて生きる。そして死すれば神の懐に還り、やがては輪廻転生するとされる。

だがドラゴンは違う。生物の形態をとりながらも、ドラゴンは天地の構成要素の断片であり、『世界が存在する以上、必然的にドラゴンは存在する』と言われる。彼らに庇護者たる神は無く、天国だの地獄だのという概念も無く、死ねば魂すらも世界に還元される。だいたいあんな強大な存在から、大いなる何者かに祈って庇護を乞うなんて発想は出てこないのかも知れない。

そんなドラゴンが、産まれてくる前に死んでいった我が子をどう悼むのか、ドラゴンならぬ人の身であるルシェラにはピンと来ない。

それでも分かるのはカファルが未だに『ルシェラ』を悼み、悲しんでいるのだという事だ。

――俺はカファルの、孤独の慰めくらいにはなってるんだろうか？

ルシェラは神に祈るくらいしか、弔い方を知らない。

果たしてそれはカファルと『ルシェラ』にとって、如何ほどの救いとなるのか。分からない。

分からないけれど、ルシェラは祈りと共に、そっと卵の殻に触れた。

電流。

「痛っ⁉」

の、ような痛み。

反射的にルシェラは手を引っ込める。

小さく柔らかな外見の手から、鮮血が染み出していた。

「……え？」

醜く肉を裂いた傷跡がルシェラの手の甲にあった。

そして、目の前に、血の付いた牙があった。

正確には、透明な牙の表面に血が付いたことで、辛うじて数本の牙の形を視認できる……そういうモノがあった。

生暖かいそよ風みたいな吐息を感じ、ルシェラは総毛立つ。

――透明な魔物……！　こんな『変異体』も、この山に居たのか！

魔物の中には、比較的少数ながら、姿を消して透明になれる者がいる。その手の魔物が『変異体』になったか、あるいはドラゴンの力を吸収する中で後天的に透明化能力を身につけたか。

いずれにせよ、透明化能力がある魔物というのは、どれもこれも一筋縄ではいかない相手で冒険者たちの恐怖の対象だ。密かに近寄ってきて、そして気が付いた時には、為す術無く全てが終わっているのだから。

どうやらルシェラは、何も分からないまま死ぬ事だけは避けられたようだ。

ただし、まだ『めでたしめでたし』ではないようだった。

血に塗れた数本の牙から、柔らかな枝葉のベッドに沈み込んだ足形から、ルシェラは相対する何者かの体躯を類推する。四本足。ルシェラの手の噛み傷からしても、大きさは中型犬ぐらい。

見えざる何者かは、卵の殻の傍らに立ち、ルシェラの方を見て様子をうかがっている……ようだ。ほとんど見えないからよく分からないが。

ルシェラは宙に浮いた血の痕から目を離さないようにしつつ、じりじりと後ずさる。

膠着状態の中、見えざる獣は何を思ったか。

卵の殻のうち一つが、血まみれの透明な牙に咥えられ、持ち上げられる。

「あっ……」

と、言う間も無かった。

かと思えばそれは、バリバリと噛み砕かれてしまった。

見えざる獣は、クラッカーでも食べるみたいに、ドラゴンの卵の殻を噛み砕いて呑み込んだのだ。不思議なもので、透明なものの体内に入ってしまうと、卵の殻は見えなくなった。

ドラゴンの力により、通常の魔物から異常な変異を遂げた『変異体』……

山に漂う竜気も関わりあるだろうが、より大きな影響を与えるのは、抜け落ちた鱗や爪、フンなどだ。それを食らうことで『変異体』は力を手にする。

……で、あるならば卵の殻などはどうだろうか。より積極的に力を付けようとする『変異体』が、それを狙ったところでおかしくない。

三枚の卵の殻は、二枚になった。

——ダメだ。

怒りとも焦燥とも付かない感情が、ルシェラの中に芽生えた。

あれはもはや命ですらない。だけど、カファルの大切なものだ。

大切な人と離ればなれになる恐怖をルシェラは知っていた。まだお別れも済んでいないだろうに、このままではカファルは娘とのつながりを奪われる事になる。

そんな悲劇を見たくはない。カファルが悲しむ姿を見たくない。ただその一念で、自分の身の安全だの考えは吹っ飛んで、必死で。

「それは、ダメ！」

ルシェラは、逃げずに、向かっていった。

これまでもカファルが持ってきた『変異体』と戦った事はある。まあ、戦ったと言っても、魔法で牽制しつつカファルが止めに入るまで逃げ回るばかりだったが。しかし、今、ルシェラは初めて攻撃の意思を抱いた。全身の血が、毛細血管に至るまで燃え上がったような錯覚を覚えた。

握り拳が、見えない獣に叩き込まれる。肉を歪めた衝撃が、骨を砕いて霧散する、そんな、有機的でおぞましくもある手応え。

「ギイッ！」

見えざる獣は跳ね飛んで悲鳴を上げた。そしてずるりと音を立て、起き上がった……ようだ。

ルシェラは残った卵の殻を抱え込む。しかし、その瞬間、まったく思ってもみなかった方向から衝撃を受けた。

「ひゃん⁉」

瞬きの間もズレが無いほどの同時。両足の太ももに燃えるような痛みが走り、ルシェラは裏返った悲鳴を上げた。

生育過程で急に水を吸いすぎて割れたトマトみたいに、ぱっくり開いた傷が足にできていた。流れ出た血によって、赤い軌跡が一瞬、宙に描かれる。血に濡れた鉤爪らしきものがルシェラから、左右に一つずつ飛び離れるところだった。

――複数⁉

見えないものが、まだ、居た。

血に染まった前肢が……つまり、それを持つ魔物が、さらに二匹。

弧を描くようにルシェラの周囲を歩きつつ観察していた。足音も息づかいも、微か。隠密の術《すべ》を心得た魔物だ。

深い割りに出血の少ない傷。風のように素早い動き。（本来はここまで極端でないが）姿無きものであるという特性。獲物の足を執拗に狙って動きを封じようとする習性。

そして。

――三匹居る！　しまった、鎌鼬《ウインドビースト》の類なのか！

自分でも不思議に思えるほど、ルシェラは魔物に関する知識を持っている。透明な魔物であるという事と、これまでに拾えた情報から、ルシェラは既に敵の正体に目星を付けていた。

必ず三つ子で生まれ、生きている限り兄弟姉妹で行動する奇妙な魔物、ウィンドビースト。姿を隠して襲いかかる性質を持ったウィンドビーストたちは、止血剤めいた性質を持つある種の毒によって獲物の出血を抑える技を持つ。返り血で姿が明らかにならぬようにだとも言われるが真相は定かでない。

ちょうど卵の殻が三つあるんだ、ドラゴンの留守にこっそり奪って一匹一枚ずつ分けようぜ……なんてことをこいつらが相談したかは知る由も無いが、カファルの留守を狙って空き巣に入った事は確かだ。

ウィンドビーストは空腹時を除けば、あまり好戦的でない魔物だ。だが兄弟姉妹を守るためならどんな強大な敵にも挑みかかるという。いわんや、自分より弱い者をや。

挟み撃ち状態になったルシェラは、見えない敵を刺激しないよう慎重に呼吸をした。

「ググ、グルルル……」

手傷を負った一匹だけが憎々しげに唸る。

ルシェラの攻撃は確かにこいつにダメージを与えていた。理屈で言えば、この山に棲む『変異体』たちと同じようにカファルの竜気を浴びて、また当の『変異体』を食らってきたのだから、ルシェラの肉体も変異しておかしくないように思う。今にして思えば魔法が使えるようになったのも、そのせいか。

見えざる襲撃者に勝てるかどうかは、分からない。だが。今ここで何をするべきなのか、という事だけは明瞭だった。

「《爆炎火球《ファイアーボール》》！」

　機先を制し、包囲陣の一角目がけてルシェラは炎の魔法を放った。

　ルシェラの指先から飛んだ火の玉を、ウィンドビーストは飛び退いて回避。だが、火の玉は狙いを外して地面に着弾するなり、炸裂した。

「シュイイイ！」

　煽りを食ったウィンドビーストは、這い回る蛇のような声を上げて転がった。毛皮が焦げたか、煙立つ。しかし、次の瞬間には稲妻の如く駆け、そいつはルシェラに飛びかかってきた。

「うっ！」

　絶妙の連携だった。

　一匹が襲いかかる瞬間、残りの二匹もそれに呼応する。

　僅かに返り血が付着しているため、居場所を判別することはできるが、動きを見極めにくい透明な敵の攻撃に、ルシェラの反応は遅れた。

　卵の殻を抱え込むように伏せたルシェラの背中が斬り裂かれる。マントのように身につけていた毛皮（『変異体』の毛皮だから異様に頑丈だ）さえも引き裂かれ、その下のボロボロシャツなど当然何の役にも立たず、背中が熱く痛んだ。

「このっ！」

　さっと払うようにルシェラは、卵の殻を片腕で抱えたまま、もう片方の腕を振る。

　だがその時にはもうウィンドビーストたちは、ルシェラを中心とした正三角形の包囲陣形を取っていた。

——そうだ、こいつらはこうやって狩りをするんだ。……どうすればいい⁉

ルシェラは対処法を知っている。手分けして対処し連携を崩すとか、集中攻撃で数を減らして数の有利を得るとか。だが、それは全て手札があってこそのもの。もしここに肩を並べて戦う仲間が居れば。戦闘用のマジックアイテムがあれば。

身一つで多数の敵と相対するなんていうのは、自分がどれだけ強くても、何が相手だろうとも、普通は避けるべき状況だ。圧倒的な実力差が無ければ勝てない。

今のルシェラは、炎の魔法をいくらか使えて、常人より身体能力が高いというだけ。しかも両足に傷を負っている。強化された肉体は幸いにもまだ動くが、『ちょっと動きが鈍った』というそれだけの事が、素早く手強く数まで多い相手に対しては致命的だ。

——気が付いてくれ、カファル！

「《段雷《シグナルファイア》》！」

さっとルシェラは天を指差す。

すると、派手な煙の軌跡を残して一発の魔法弾が天高く打ち上がり、そこで、腹の底に響く音を立てて炸裂した。

ただそれだけの火魔法。カファルがこれに気が付いて、ルシェラの意図を察し、戻って来ることを祈るしかない。

だがここで魔法を使ったルシェラの動きは、まず敵を刺激して反射的に攻撃を誘発するものであり、しかもその魔法が攻撃魔法ではなかったので、目の前の敵にしてみればただの隙だった。

「……っ！」

腰骨をへし折るような勢いの、横合いからの突撃。吹き飛ばされたルシェラは受身も取れず、無様に突っ伏す。抱えていた卵の殻をルシェラは取り落とした。

背中を押さえつける獣の体重。首筋にかかる息。

ルシェラは死に物狂いで手を伸ばし、ゴワゴワとした透明な毛皮を掴んだ。そして、反対の手で突っ張って身体を反転させながら、獣の肉体を地面に叩き付けた。

「グギイ！」

見えざる獣の悲鳴が上がる。

拘束から逃れたルシェラは、取り落とした卵の殻に手を伸ばそうとする。

その手が、ズンと、地面に縫い付けられた。

「っ！　あ、あ……！」

また別のウィンドビーストが即座に攻撃したのだ。前肢の中で一本だけ鎌のように長く鋭い爪がルシェラの手を貫き通していた。

脳天まで駆け抜ける痛み。

だが、すぐにさらなる痛みを感じ、手の痛さは相対的にどうでもよくなった。残り二匹のウィンドビーストが、鋭い鎌爪を突き刺しながらルシェラの背中に飛びかかり、押さえ付けたのだ。

「ごぼっ！」

ルシェラは血を吐いた。

背後から突き刺すその傷は、さして遠くない昔の記憶を想起させるように感じられた。

焼け付くような悔しさと無力感も、また、馴染みのあるものだった。

もはや、手を伸ばすことさえできない。

魔法なら使えるかも知れないが、こいつらをまとめて吹き飛ばすような魔法を使えば、ルシェラ自身も無事では済まないか。

何より、守るべき卵の殻まで吹き飛んでしまうかも知れない。……その一瞬の躊躇いが、最後の反撃のチャンスを自ら潰した。

三つの死の顎門《あぎと》が、同時に、ルシェラの首筋へと迫り……

『グオオオオオオ‼』

風は震え、地は揺らぐ。

耳をつんざくほどの大音量の咆哮が轟いた。

ウィンドビーストたちがビクリと震え、凍り付いたのを、押さえ込まれているルシェラは感じた。

空が唸り、その音は徐々に大きく。

ルシェラの身体に突き刺さっていた爪が引き抜かれた。そして背中に感じていた重さが消える。

三匹の獣は全速力で逃げ出した。と、思った矢先だった。

『ゴアゥ！』

空が赤くなった、と思ったらルシェラの腹の下で突き上げるように地面が揺れ、爆風が辺りを薙いだ。燃えながらへし折れた木々が跳ね飛ぶ音がした。

上空から打ち下ろされたカファルのブレスが山林の一部を吹き飛ばしたらしい。ウィンドビーストたちが逃げ去ったのか、この一撃で絶命したのか、ルシェラには分からなかった。

「カファ、ル……」

血の味がする口でルシェラは呟いた。

羽ばたきによって生まれた風が吹き付けて、目の前に大きな足が着地する。

『クルルル……』

カファルは悲しげに鳴いて鼻面を寄せた。

どくん、どくん、とルシェラの心臓が急に熱く脈打ち、輝かしいものが全身を満たしていく。

カファルが魔法で傷を癒しているのだ。

痛みの残滓みたいな疼痛がまだ残っていたけれど、ルシェラは立ち上がる。ボロ切れ同然に引き裂かれたシャツの残骸はルシェラ自身の血で汚れていた。血は洗えば落ちるかも知れないが、さすがにもう捨てるしかなさそうだ。

「カファル……助けてくれて、ありがとう」

太陽を背負って、深紅の巨体がルシェラを見下ろしていた。

そんなカファルに向かってルシェラは、傍らに転がっていた卵の殻を差し出した。

「ごめん。卵の欠片、三つあったよね。減っちゃった……」

『ウ、ウゥ……』

小さく唸りながらカファルはルシェラを見ていた。それからいつもより念入りに、ルシェラに鼻面をすり寄せて、ルシェラの頭を舐め回す。深く感謝するカファルの気持ちが感じられた。

そしてカファルは卵の殻を摘まみ上げると、しばし……何かを躊躇う様子で愛おしげに見つめ

ていたけれど、それを指の腹で撫でた。

奇妙で劇的な変化が起きた。

卵の殻に細かな亀裂が入ったのだ。

「カファル……？」

細かなヒビは、見る間に卵の殻を侵蝕し、それが全体に行き渡ったと思った瞬間。

涼やかな鐘が鳴るかのように、世界に響くものがあった。

命の音がして、卵の殻は砕け散る。

粉々になって風に散り、輝きながら溶けていった。

「え⁉」

『オオオオオオ！　オオオオオオオ‼』

カファルは咆えた。散りゆく光を見て咆えるように泣いた。

ドラゴンも人のように涙を流すのだとルシェラは知った。魔力の結晶体にも等しい、真珠のような涙が真っ赤な鱗を濡らし、刺々しい顎の先から滴った。

「なんで、こんな……」

『オオオオオオ‼』

『決別』……そんな言葉がルシェラの脳裏をよぎる。これは別れの儀式だ。ドラゴンのやり方なのか、カファルのやり方なのか、それは分からないが。

自分の気持ちに見切りを付けている。そんな気がした。あるいはそれは、『ルシェラ』の死を受け容れるということなのか。

そして、終わった。全てが終わった。

卵の殻は、もうここに無く、光の残滓さえ見えなくなった。

カファルは項垂れていた。放心したように、あるいは悲しみのあまり動けずにいるかのように。

「……カファル……」

ルシェラは、それ以上、声を掛けることも触れることもできなかった。

結局この日、何が起きたのか、ルシェラには半分も理解できなかった。全ての意味を知るのはまだ先の事だった。

ただ一つ、ルシェラの目に見えた変化は、次の日からカファルの狩りの獲物が『変異体』の魔物ばかりとなって、それをルシェラに食わせるようになったという事だ。

ルシェラはカファルの大切なものを命懸けで守ろうとした。

この日からカファルにとって、ルシェラという存在の意味が変わったのだ。

＊　＊　＊

クグセ山は、雨が多い。

「降るなあ……」

ざあざあ、ばらばらと音がする。

カファルの巣は水はけが良く、こちらに崩れてきそうな崖も近くには無い。かつて豪雨災害で卵を失ったカファルの用心が生きている、という印象だ。ただし雨風を遮るものも無い。

カファルは翼を大きく拡げて立っていた。その翼を屋根にしているのだ。カファル自身は雨も風もまったく気にしないようだが、雛竜が体温を奪われては危険だという事は分かっているのだろう。彼女は直立不動でルシェラを守っていた。雨が降ったときはいつもこんな調子だ。

「そうやってて疲れないの？　……人間だったらそんな風に、雨の中でじっとしてるのすごいキツイよ」

『ル？』

「屋根があれば、そんなことしなくっても濡れないですむんだけどな」

シャツがダメになってしまったので、かつてマントだった毛皮を二分割して身体に巻き付けているルシェラは、カファルを見上げて言った。

実際この吹きさらしの巣では、雨や風への対処法が乏しく、物を保管することさえ難しい。

――豪雨による土砂崩れで卵を失ってるわけだもんな。カファルはもう洞窟とかに棲む気はなさそう。じゃあやっぱり、この辺に小屋を建てるしかないのかな。

秋が来て、徐々に気温も下がっており、ルシェラは住処の必要性を強く認識していた。

とは言えルシェラに建築の知識は無く、できることはと言えば言葉が通じるかも怪しいカファルに相談するくらいだけれど……まずどうやって伝えればいいか。

ルシェラは一計を案じた。

巣を構成する枝葉の山から枝を一本引っ張り出して、湿った土の上に絵を描いたのだ。

「ほら、こういうの見た事ない？　人間はさ、こういうの、家って言うんだけど、家を建てて住むの。雨が降ってるときに家があればしのげるし、冬の寒さだって防げるし……」

あまり上手とは言えないが、ルシェラは地面に雨と家の絵を描く。

カファルは翼の屋根を拡げたまま、その絵を覗き込んできた。

——伝わるかなあ……何かを伝えようとしていることだけは分かると思うんだけど……

絵を指差し、身振りで訴えるルシェラ。

カファルは一度、首をかしげた。それから、咆えた。

『……ルルルルゥ……グオゥ‼』

突如、地が揺れた。

巣材として積み上げてあった枝葉がバキバキと音を立てて掻き分けられ、その下から岩の塊が生えてくる。

何かの書物の挿絵で見たような覚えがあるのだが、砂漠地方には粘土を固めた家屋があるのだそうだ。ちょうどそれと同じような、しかし粘土ではない、完全に整形されてくり貫かれた岩の家だった。

ワンルームで、ドアの無い入り口と、穴でしかない窓がある。

「こ、こ、こ……こういうことできるんなら、もっと早くやってよ⁉」

『ル？』

突然、巣の中に生えてきた岩の家。

おそらく魔法によって地面を変化させ作り出したものだ。火・水・地・風の元素に働きかけて自然現象に似た効果を発揮する魔法を元素魔法と呼ぶのだが、地の元素魔法には地形を変化させるものも存在する。そういった魔法をドラゴンが使ったとしたら、この程度は容易いのだろう。

——もしかして、この辺りの地形が不自然に盛り上がってるのもカファルの魔法のせい？

今更気が付いたのだが、この巣は山中の平たい地形にこんもり盛り上がった場所という、カファルに都合が良すぎて不自然な立地だ。巣作りに都合が良い地形を魔法で拵《こしら》えたのだろう、彼女自身が。

早速ルシェラは岩の『家』の中に入ってみる。

家具も暖炉も無い、窓と入り口だけの部屋だけれど、そこは雨風をしのぐに充分だった。吹きさらしの枝葉のベッドしかない巣よりは百倍マシだ。

と、その時、岩の家が揺れた。カファルの鼻の先が入り口に突っ込まれていた。

『……クルルルル……』

「ちょ、ちょっと、そんな悲しそうに……」

鼻息が吹き込む。

小さな岩の家に籠もってしまったルシェラを恋しがって、カファルは少しでも物理的距離を近づけようとしていた。

「そうだ！　えっと、だからこうじゃなく……人間サイズにこだわる必要とかなくて……もしできるならだけど……」

ルシェラはカファルの顔面で塞がってしまった入り口を避け、大きな窓穴から外に飛び出した。そして地面に大きな家の絵を描き、その中に居るドラゴンと小さな人を描いた。

『ル！』

今度は山が思いっきり揺れた。

巣の両側からせり上がった岩がカファルの頭上で結び合ってアーチを作り、三方を塞ぐ壁となる。材質が岩である事とデカすぎる事を除けば、雪が降ったときに子どもたちが作るようなかまくらと同じ形だ。

無から有を生み出しているのではなく、あくまで地面の形を変えているだけ。岩が出てきて屋根を作った分だけ周囲の地面は削られ、岩のかまくらの周りはまるでお城の堀池みたいに大きなミゾになった。

「ふわー……すごっ！」

目も眩むほどに高い天井を見上げ、ルシェラはあんぐりと口を開けることしかできなかった。

人族も大きな石造建築を作る際、ある程度は魔法を使って骨組みを組む事があるのだが、ここまで大雑把で強烈なものを一瞬で作るのは無理だろう。

「……てゆーか、こういうことできるのに今までやらなかったって事は、本当に『屋根を作る』って発想が無かったんだな、こいつ……」

『ル？』

さすがにルシェラはちょっと呆れてカファルを見る。

翼を拡げてルシェラを守ってはいたが、母竜にとって……つまり彼女が守る雛竜にとって、雨というのは本来その程度の脅威でしかないのだ。洞窟に棲めば翼を広げる必要がないので便利だろうが、しかし、所詮それだけでしかない。人とは基準がだいぶ違うのだ。

まあ、分かってくれたようなのでよしとした。

カファルはさっそく屋根の下でうずくまり、ルシェラは定位置である彼女の首を背もたれにして座った。

「これだけ広いと風が吹き込むけど……ま、いいか」

やがて冬が来る。

しかし、ドラゴンの隣は温かだった。

——これなら冬もどうにかしのげるかな……？

ここなら保存食を蓄えることも問題無いだろうし、雪が降っても大丈夫。

これだけ広い岩のドームに棲んでいるのだから、寒ければ焚き火くらいできるし、そのための焚き付けはいくらでもある。炎の魔法もだいぶ上手くなったとルシェラは自負している。

そして、安心しかけて思い直した。

——いやいや、待て。呑気にそんなこと考えてて良いのか？　もし俺に家族とか居たら、帰りを待ってるんじゃないのか？

それは、ずっと考えてはいたけれど、頭の片隅に押しやっていた考えだ。

カファルは、時々やり方がドラゴン流で危険ではあったけれど、ルシェラを深く思いやって育てようとしている。時々は大変で、しかし彼女との生活は幸せだった。

だから、忘れてしまいそうになる。掠れてしまった記憶のことを。自分はカファルの子になる前にも生きていた時間があるのだという事を。もしかしたら、どこかに自分の帰りを待っている人が居るかも知れないという事実を。

——生き延びて帰らなければと思った気がする。その理由だけでも確かめたいんだ。調べてみて、もし天涯孤独だったりしたら、ま、別にそれでもいいんだ。そしたら今度こそ山に住むさ。

降りしきる雨はいつまでも止まず。

賑やかしくも穏やかな音色を聞くうち、ルシェラは眠りに落ちていた。

＊　＊　＊

「だから、そう、別に山を出ようってんじゃなくてさ、ちょっと……街へ出かけたいんだ。って伝わるかな……？」

　雨上がりの湿った地面に、ルシェラはいくつかの絵を描いた。

『山を下りていく人』。

『街に入っていく人』。

『山に帰ってくる人』。

　ルシェラは人里へ行きたかった。

　砕けた記憶を繋ぎ合わせ、自分は何者であったのか知りたかった。

　何かをやり残してしまったという気持ちに決着を付けたかった。

　わざわざ帰ってくるところまで絵に描いたのは、カファルはルシェラがどこかへ行ってしまう事を恐れているような気がしたからだ。

　ルシェラが巣を離れすぎると、カファルはすぐさま飛んで行って連れ戻そうとする。

　それは、巣を離れると危ないからという理由もあるのだろうけれど、もしかしたらそれだけではないのかも知れないとルシェラは感じていた。

　カファルはルシェラが描いた絵を見ていた。

　やがて鋭い爪で意外なほど器用に、ルシェラよりやや写実的に、地面に絵を書き足した。

熊のような魔獣に襲われる小さな人……ルシェラの姿を。

『まだ無理だ』。彼女はそう言っている。

「う、そっかあ……」

カファルが持ってくる『教材』との戦いは幾度を数えたか。

逃げ回ることだけはだいぶ上手くなったとルシェラは思っている。

しかし、山を下りられるほどではないと、カファルはそう考えているのだ。

「じゃ、じゃあこういうのは？」

ルシェラは、山を下る自分の絵と、登って帰ってくる自分の絵を踏み消し、代わりに空を飛ぶドラゴンと、その背中に乗る小さな人影を描いた。

行き帰り、カファルの力を借りることができれば問題無いだろう。

と、思ったのだが。

カファルは、並んだ絵の後半をさっと指の側面で払って掻き消した。

そして、鎧兜を身につけた人間たちに囲まれるドラゴンの絵を描き足した。

「…………そうか」

ドラゴンは強大だ。もちろんカファルも。

だが、不死身でも無敵でもない。事実、人族の英雄たちが悪しきドラゴンを討伐した英雄譚はいくつも存在するではないか。遥か昔には人族とドラゴンが世界の支配権を争って種族ぐるみの大戦争をした事だってある。

ドラゴンが倒されるのはニュースだが、しかし、世界をひっくり返すほどの事件ではないのだ。

考えてみれば、カファルは群れに属していないドラゴンだ。

何十匹、何百匹ものドラゴンが棲む、恐るべき竜の根城がこの世界には沢山あると言う。どんな英雄だってそんな所に踏み込んでは行けないだろう。

だが、単独で生活しているカファルは？

たとえば人里近くに下りてきたなどの理由で危険なドラゴンだと見做されれば、世界中から腕利きの竜殺しが呼び寄せられてドラゴン退治が始まってしまうなんて事もあり得る。

もっとも、これまで七十年余り、誰も『クグセ山のドラゴン』に手を出せなかったのだから、心配しすぎではないかとも少し思った。しかし、カファルにも何か考えがあるのかも知れないし、お願いする立場のルシェラからでは無理は言えない。

「分かったよ……」

『……ルルルル……』

ひときわ悲しげに彼女は鳴いた。

そして鼻をすり寄せ、念入りに頬ずりした。どうにもならない事を詫びるかのように。

「わかった、つまり、こう！」

ルシェラは新しい絵を描いた。

それは、魔獣をやっつけている自分の絵だ。

『クルルルル……』

「うっぷ！」

カファルは嬉しげに喉を鳴らし、べちゃべちゃとルシェラを舐め回した。

自分の意を酌んで励ましてくれたことが嬉しいのだろう、きっと。

「あはは……まあ、俺は人間だからどこまでやれるか分かんないけどね。頑張るよ」

カファルの課す修業は大雑把で危険だが、しかし成果は上がっている。

もし人里へ出るために必要だというなら、もうちょっと頑張ってみてもいいかとルシェラは思った。それまではこの幸せな停滞を味わっていてもいいはずだ。

『ウォウ』

「え」

一声鳴くと翼を拡げ、カファルは急に飛び立った。

山の上を旋回したかと思うと、彼女は急降下して山を揺るがすような勢いで着地。

そして再び舞い上がったときには、彼女は木々の間から何かを掴み出していた。

「キシャアアアア！」「シュルルルルル」

「メエエエエエエ」

頭から四匹の蛇が生えて口から酸毒を滴らせる羊が、カファルの後肢にぶら下がっているのを見て、ルシェラは踵を返して逃げ出した。

＊　＊　＊

いよいよ木々が葉を落とし始め、冬の足音が背後に迫ってきた頃の事。

「ガアアアア！」

牙を持つ漆黒のモップみたいな魔獣が、ズンズンと地を踏みしめ、鮮やかに色付いた落ち葉を蹴立ててルシェラに向かってくる。

魔獣の黒い毛並みが、油を溶かした水みたいに一瞬、七色に輝いた。するとその身体からは雷光が迸り、投じられた槍のようにルシェラ目がけて襲いかかってきたのだ。

「はっ！」

ルシェラは姿勢を低くして走った。

――要は魔法を使うのと同じ感覚なんだ！　魔力を巡らせろ、身体の一部にしろ！　これが加速の感覚……！

稲妻が爆ぜる。地面を焼き焦がす。だが、ルシェラはもうそこに居ない。

ルシェラはジグザグに走った。

魔獣は慌てたように迎撃する。大振りな前肢の一撃。遅い。くぐり抜ける。

稲妻。爪。牙。

いつどこに来るかルシェラは見切る。逃げる練習だけは既にバッチリだ。だがルシェラは、逃げるだけではなく、さらに何か一つのことをする余裕を手に入れていた。

「で、次はパワーを高めて……」

炎がルシェラの身体の中を循環しているかのようだった。

魔獣の毛皮を掴んでブレーキを掛けつつ、ルシェラはその身体に組み付く。

そして地面に深い足型を残すほどの踏み込みと共に、魔獣の頭に掌底を叩き込んだ。

「てりゃああ‼」

「グギッ！」

明らかに異常な悲鳴が上がり、魔獣は大きくよろめいた。

そのまま僅かな間だけそいつは立っていたが、やがてぐらりと身体を傾け、そして地を揺るがして倒れ込んだ。

「や、やった……やったあ……！」

信じられないような気持ちで、ルシェラは息を切らせ、魔獣の骸を見ていた。

カファルが捕まえて持ってくる過程で傷を負い、いくらか動きが鈍っていたとは言えど、クグセ山にはびこる恐るべき『変異体』にルシェラは勝ってしまったのだ。

『クルルル……ルロロロ……』

「わっぷ、やめ、うわっ！」

戦いを見守っていたカファルが顔を寄せ、過去最大級の勢いでルシェラを舐め回した。

とにかく嬉しくて堪らないといった様子で、このまま食われないかルシェラが心配になったほどだ。

「……あ、傷が治った。人間も『傷なんて舐めておけば治る』って言うけど、ドラゴンが舐めると本当に治るんだもんなー」

気が付けば身体の痛みが引いていた。カファルはルシェラが修業中に怪我をしたときなどは魔法を使うが、かすり傷程度なら彼女が舐めるだけで消えてしまう。ドラゴンは肉体も分泌物も、気配さえも濃密なエネルギーの塊だからこそ、そうなるのだろう。

『ウォウ』

「待った！」

カファルがいそいそと翼を拡げて飛び立とうとしたので、ルシェラはそれを慌てて止めた。

「今日はもう疲れたから、もういいから！　休もう！　ね!?」

明らかに喜びの勢いで次の『教材』を持ってくるつもりだったらしいカファルだったが、ルシェラの必死の制止が通じた様子で、翼を畳んでうずくまった。

――助かった……この流れだと勢い余って、山で一番強い魔獣とか持ってきそうなんだもん……


身体の傷は治ったけれど『一瞬判断を誤れば死ぬかも知れない』という戦いの緊張は、ルシェラの精神を疲弊させていた。今日はもうこれっきりにしてほしい。

あの、卵の殻を巡る戦いの日からというもの、カファルが『変異体』を連れて来てルシェラと戦わせる頻度はかなり上がっていた。ルシェラが危なくなったらカファルが止めに入るのはこれまでと同じだったが、ただ、カファルは必ずルシェラにトドメを刺させるようになった。戦い方を、殺し方を覚えろと、そう言うかのように。

その教育の成果もあって今日の勝利に繋がったように思われるが、だとしたら、当初のカファルの教え方は何だったのかとも思う。今にして思えばあれは、どこかおざなりで多くを期待されていなかったという気もする。せいぜい逃げ隠れできれば充分とでも言うような……まあ、あくまでそれは曖昧な印象でしかないけれど。

カファルが今日の訓練を終わりにしてくれるらしいと見て取ると、ルシェラは胸を撫で下ろし、『家』の脇に設置された背の高い竈を見に行った。

これもカファルに頼んで魔法で作ってもらったものだ。

白煙をもうもうと立てる竈に少しでも近づくと、不思議な香りが鼻をくすぐる。

竈の中では沢山の木片が燻っていた。

「お、戦ってる間に良い感じになってる！　適当だったのにできちゃうもんだなあ」

『ル？』

「ふふふ、こうすると風味が良くなるし長持ちするのだ。人族の知恵だぞ」

太い枝に魔獣の肉を突き刺し、竈に吊してある。これは要するに燻製機だ。

焚き付けにしているのは、そこら辺の木をルシェラが殴ってへし折り、さらに拳で叩き潰してバラバラの木片にした物体だ。ドラゴンの力で変質していた木材は、エキゾチックな良い香りだった。

吹き出す煙と熱が肉を舐め、磨いた木材のように鮮やかな茶色に変色させていた。

「ついでにこっちも、そろそろ『収穫』かな？」

燻製肉を竈に戻して、ルシェラは周囲の地面に並べたものを確認する。

辺りには毛皮が何枚も敷いてあって、その上にはルシェラが採ってきた果物をナイフで刻んだものが並んでいた。

「よし、ちゃんと干からびてる」

天日で数日間干した果物は、既に水分が飛んでカラカラに縮んでいた。

――ドライフルーツなんて作った事ないから完全に我流だけど……冬の間、肉だけでしのぐのは絶対に厳しいしなー。

思ったより小さくなってしまった果実を一つ手に取って、ルシェラは齧ってみた。

「うん、適当に作ったにしては上出来！」

弾力のある奇妙な歯応えと、濃縮されたしつこい甘味を感じた。

今、ルシェラは保存食作りに精を出していた。

カファルが持ってきた肉を燻製にしたものと、豊富に実るフルーツを使ったドライフルーツだ。

どちらも手探りでやってみただけなのだが、まあまあ悪くないものができていた。

食糧資源をどうにか蓄え、来たるべき冬に備えなければならない。吹きさらしの巣では物を蓄えるのも難しいが、カファルが『家』を作ってくれたので、ルシェラはそこに食料を蓄えようとしていた。

——寒さだけなら最悪、魔法とカファルの協力でしのげるだろうけど、やっぱりパンでも米でもいいから、保存の利く主食が欲しいなあ。街まで買い物に行けたら良かったのにな。たとえばこの毛皮なんか売ったら、食べきれないくらいパンが買えるんじゃないか？

もったいなくも敷物にしている魔獣の毛皮を見て、ルシェラは頭の中で金勘定をする。

強靫な『変異体』から採取した毛皮は、品質も超一級品。物好きな金持ちに高額で売れるだろうし、冒険者が使う防具の材料としても最高の品だ。これ一枚、街へ持って行ければ冬備えに必要な物は全て手に入るだろう。それどころか家が一軒建つかも知れない。

ただ、カファルが言うには、街へ行くのは無理だ。ルシェラ一人では山を下れず、カファルは人里に出られない。

だったら街へ行けないのは仕方が無いとして、足りないものを山の中で可能な限り補い、冬に備えなければならないわけだ。

「カファルは、人間の生態をどの程度分かってるんだろう……最初生肉食わせようとしたし、そこが微妙に不安なんだよな……」

ドラゴンは、強すぎる。本能のままに生きたとしても天地を蹂躙し、生を謳歌できるだろう。

しかしルシェラは人間だ。最近ちょっと人間離れし始めているが一応人間だ。厳しい自然の中でドラゴンと共に生きるには、常にそれなりの備えをしていなければならない……

『ル』

ルシェラが考えごとをしていると、カファルが首を伸ばして顔を寄せてきた。

すんすんと鼻息を立てて、ルシェラが持っているドライフルーツを鼻面で突く。

「え？　何？　食べたいの？」

『ル』

「んー……小さすぎてドラゴンの腹の足しにはならない気がするんだけど。ま、食べたいならいいか。はい、どーぞ」

ドラゴンも気まぐれに珍しい物《ドライフルーツ》くらい食べたくなるときはあるのだろうと考えるルシェラ。

ルシェラは自分の両手にこんもり載るくらいのドライフルーツを、牙の隙間からカファルの口に放り込んでやった。カファルはもぐもぐと口を動かして呑み込むと、頭突きのような勢いでルシェラにぶつかってくる。

『グォウ……ルルルル……』

「そ、そんなに美味しかった？」

食べさせたのはカファルの巨体に比べれば、ほんのちょっぴりでしかなかったのに、カファルはいつになく興奮した様子でルシェラに頬ずりをする。

そして仄かにフルーツの香りがする舌でルシェラを舐め回した。

「あっ……そっか、プレゼントだ、これ」

押し倒されたまま呆然としていたルシェラは、はっと気が付いた。

我が子と思って世話をしてきた小さきものに精一杯のささやかなプレゼントを貰ったのだから、きっと嬉しいに違いない。

「そっか……嬉しいか……」

もしこのドラゴンを喜ばせることができたなら、少しは命の恩を返すことができただろうかと、そんなことをルシェラは考えていた。

「そしたら、これも食べてみよっか」

ルシェラは、今度は竈に掛けてあった肉塊から、ナイフで肉を削ぎ取って食べてみた。

白い内側と艶めく表面のコントラストが宝石の輝きにも思えた。旨味が閉じ込められた肉を噛みしめると、香木の風味が口いっぱいに広がる。

「ほら、カファルもどうぞ」

『クルルルル……』

大きめに千切って塊を投げてやると、カファルはそれを器用に口キャッチした。

燻製なるものには馴染みがないようで、彼女はしばらく変な顔をしながら肉を噛んでいたが、それを飲み下すとルシェラに鼻面をすり寄せてくる。

そう言えばカファルはいつからか、クグセ山で手に入れた獲物をルシェラに与えるだけでなく、自分でも食らうようになった。エネルギーに満ちた『変異体』は、実際の量以上に身になる食物であるらしく、ドラゴンであるカファルにとっても充分な食事となるようだ。

「今倒した魔獣も後で燻製にしちゃうか。毛皮は綺麗にしたら寝床にできるかな？　あれフカフカでよく眠れそうだし」

カファルがルシェラの教材として持ってきた魔獣は、既に二十を超えた。純粋に食材として彼女が狩ってきたものも含めれば更に多い。

そして毎回カファルが毛皮を剥いでプレゼントしてくれるので、毛皮はもはや使い切れないほどあり、畳んで『家』の隅に積み上げてある。あれにくるまっていれば冬でも凍える事は無いはずだ。

――ま……なんとかなるか。

傍らの巨体を見上げると、ルシェラは楽観的な気分になれた。

「……冬が、来るね」

ルシェラはしみじみと呟いた。

秋も深い。

吹く風はいつの間にやら、軒下の氷柱みたいなニオイが微かに混ざるようになっていた。

カファルが『家』の中でうずくまったので、ルシェラも温かな首を背もたれにして座る。

そうして、そのまま。燻製竈で薪のはぜる音が聞こえていた。

緩やかに流れていく時間の温かさを、ルシェラは背中で感じていた。

――静かだ……何もしなくていい時間がある、っていうのが感覚的に受け付けない気がする……でも、休めるときに休まないと簡単に死ぬ気がするんだよな、この生活。

以前どんな生活を送っていたかはよく覚えていないのだが、とても忙しかったような気はしている。寝る間も惜しんで駆け回っていたような気がする。

そのせいで、ルシェラは『休む』ことにあまり慣れていない。ただ、この穏やかな時間が好ましいものだと思う感性はあった。

『ル』

「る」

カファルがルシェラに少し顔を寄せてきた。

カファルは巣でじっとしている時間の方が多い。

おそらく、その理由の半分はルシェラを見守るためであるのだろうけれど、それ以上に余計なエネルギーを使わないためではないかとルシェラは見て取った。

巨体を持つドラゴンは、じっとしていても人間より遥かに多くのエネルギーを使うのだろう。まして、動いたら尚更だ。

人であればお金を蓄えられるけれど、山で手に入れた食料は常に現物であるため、必要以上に蓄えても腐るだけだ。だから今あるエネルギーを節約し、効率的に使うため、カファルは腹が減るまではじっとしているらしい。

今は『家』の隅の、ちょっと盛り上がった場所にある貯蔵スペースに、カファルが魔法で作ってくれた壺型の岩が並んでいて、そのうちこれはドライフルーツだの燻製肉を詰め込む予定なのだけれど、ドラゴンにはちょっと足りない量だろう。カファルが食べる分を考えたら、冬の間も狩りは必要になるはずだ。

「そうだ、カファル。ちょっとじっとしてて」

『ル？』

貯蔵スペースを見て思いだしたルシェラは、壺の隙間に隠していたものを取り出した。

堅い木の実の殻と、魔物の毛皮の中でも特に色鮮やかな部分、そして形の良い骨を集めて、より合わせた魔物の毛で連ねたものだ。

人間にとっては『ゆるめのネックレス』と言えるサイズ。民族的というか原始的というか、そんな雰囲気だ。それをルシェラは、カファルの身体のデコボコを手掛かりに頭の上によじのぼって、右角に掛けた。根元の太い所に三重にして巻き付け、すっぽ抜けないように留め具として蔓草を縛る。

「俺があげられるものなんて、ドラゴンにとっては大したことないものばっかりだろうけど……ここまで細かい加工はドラゴンの手じゃ難しいでしょ。どう？　鬱陶しくない？　ドラゴンって角に飾り付けるの、あり？」

ドラゴンであるカファルは、ただそれだけで生き物として完成された美しさを持つとルシェラは思う。何も足す必要は無い。飾る必要も、取り繕う必要も無いと。

でも、それは、少し寂しい。

「初めてのプレゼントになるかなって思って、用意してたんだけど……食べ物の方が先になっちゃったね」

カファルは首をかしげるようにして角飾りを触った。感触を確かめるように幾度か指の腹でそれを撫でて、そして、鼻からルシェラに突っ込んできた。

『ルルルルロロロ……ググググ……』

「わわわわわ」

『グォウ……』

「あはは、喜んでくれたみたいでよかった。潰さないでね」

毛皮のベッドの上に突き倒されたルシェラは、そのままカファルの鼻先にこね回されて、さらに舐め回された。

＊＊＊

全てが白かった。

辺り一面雪景色。白く、白く、銀色で、そしてまた白く、風は冷たい。

「うわー、積もったなあ」

冬が来て、クグセ山には雪が積もった。

夜通し降り続けた雪は山を分厚く化粧し、寂しく冬枯れた山を銀世界に変える。

ドーム状の『家』はまるっきり本当のかまくらみたいになった。

『家』の一歩外に出れば、そこは分厚い雪絨毯。

「これもトレーニング……」

『ル？』

「ドラゴンは平気なんでしょうけど、人間の薄っぺらい足の皮じゃ普通は凍傷になっちゃうの！」

深呼吸して気持ちを整える。

ルシェラはこの山で暮らし始めて以来、ずっと裸足だ。さらに少女の姿になってしまったせいで、その足は小さく柔らかくか弱く見える。実際最初は小枝や小石が鬱陶しく、ただ歩くだけでも難儀したものだ。いつの間にやら慣れてしまったが。

雪の上を歩くことにも慣れなければなるまい。やり方はもう分かっている。

――魔力を回す感覚……いや、違うな。炎を灯すイメージで体温を保つ方が、負担が軽い……

ルシェラは、身体の中に力を巡らせるイメージを思い描く。

あのカファルの力強い炎の息吹が、自分の身体の中を駆け巡っている様を思い描く。

そして、そっと一歩踏み出した。

「よし、行ける！」

雪の中に突っ込んだ足に冷たさは感じたけれど、刺すような苦痛は無く、命を脅かされる感覚も無い。

『家』の前庭とでも言うべきスペースを歩き、ルシェラは裸足の足跡を付けた。

足首の上まで雪に埋まる。

ふと振り向いて、無垢な雪の上に付いた足跡を見たら、妙にうきうきした気分になって、ルシェラは余計なことがしたくなった。

『ル？　ル？』

雪玉をごろごろ転がして大きくしていると、何をしているのか訝しんだらしいカファルが

『家』の中から首を出してきた。

「人間の文化だよー。雪玉を作って転がすのはドラゴンには難しいでしょう」

大きな雪玉を三つ重ねて、ひとまずルシェラは雪ダルマ《スノーマン》を建造。

「こうして、こうして……」

さらにルシェラは雪の塊をナイフで削ってみることにした。

尖塔のように首を伸ばし、先の方は少し太く。大きな口と角を大雑把に模る。

身体の部分はシルエット優先。畳んだ翼を彫ったところ、良い感じにそれっぽい外見になった。

後は積もった雪を盛り上げて、鞭のように鋭く長くする。

「ほら、カファル！」

『グォウ！』

ルシェラの身長と同じくらいの大きさの、小さくて大雑把なドラゴン雪像が完成した。

カファルはゆらゆらと首を動かし、ためつすがめつ色んな方向からそれを見ていた。

「んっ？」

やがてカファルは、のっそりと『家』から出てくると、まだルシェラが手を付けていない辺りに手を突っ込んだ。

「うわっ！」

雪が爆発した。

と、思ったが少し違った。魔法で土を盛り上げて岩ハウスを作ったときのように、カファルは魔法で雪を操作して塊にしたのだ。

『グルルル、ルロロロ』

人間ならば鼻歌か何かだろうか、という調子で喉を鳴らしながら、カファルは逞しい爪で雪の塊をザクザクと削っていく。その作業は意外なほどに細やかだ。

高さ三メートルほどの雪の塊から、ほっそりした少女の姿がみるみるうちに掘り出されていった。

『ル！』

「おお……俺の雪像。カファルよりでっかいけど！」

雪のドラゴンの倍以上の身長を持つ、纏った毛皮まで真っ白な少女がそこに立っていた。

細工は繊細で写実的だった。人が単純化して捉えている部分までドラゴンは正確に把握しているようだ。もっとも巨大なドラゴンの爪は、さすがに器用さでは人間に及んでいないが。

「はー……こんな平和な『雪』もあるんだなあ……」

毛皮を適当に纏っただけという無防備な格好で雪の上を転がっても、ルシェラの身体は平気だった。

ルシェラは雪の上に身体を投げ出し、未だちらちらと小雪を降らす雲を見上げた。

雪、というものにあまり良い思い出は無いような気がする。しかし、今この場は平和だ。

ルシェラが意味も無く転がっていると、カファルが隣に来て同じように転がった。『家』の周りのスペースは巨大なドラゴンが寝転ぶにはやや狭く、哀れな樹木が何本か下敷きになって薙ぎ倒された。

「……てやっ！」

起き上がりざま、ルシェラは両手一杯に雪を掬い、カファル目がけてぶっかけた。

カファルが大きな目でルシェラの方を見る。ルシェラは、不満や敵意を訴えているのではないという事を示すため、すぐにカファルに顔を擦り付けた。

するとカファルの尻尾が辺りを薙ぎ、大きな雪の波が巻き起こった。仕返しだ。

「うひゃー！」

白い霧に呑み込まれたルシェラは勢いで一回転した。

受身を取って飛び起きると、ルシェラはさっと雪を掬い取り、手早く丸めて鋭く投じた。

白い雪玉は寝転んだままのカファルの横顔にぶち当たり、砕ける。

『ウ？』

「ふっふっふ、これは雪合戦って言うんだぞ」

雪玉を丸め、ルシェラは次々投げ当てる。

するとカファルも起き上がって、雪の中に手を突っ込んだ。そして、引き抜いた。

周囲の雪を魔法で絡め取ったらしい、直径二メートルほどの雪玉を掴んで。

『ウォウ』

「ごめん待って！　タンマ！　それは死ぬ！　死ぬから！　もしかして修業だと思ってる⁉」

後ずさるルシェラ目がけ、カファルは巨大な雪玉を楽しそうに投げつけてきた。

「わー‼」

風を切り裂いて飛んだ雪玉は、木を一本へし折った。

＊＊＊

やがて雪は激しくなった。

クグセ山は冬の雪より夏の雨の方が多い気候だ。だがそれはそれとして、雪が降るときは降る場所だった。

「吹雪いてきたなあ」

轟々と音を立てて、雪混じりの風が吹く。ぽっかりと空いた『家』の入り口からは、白い風が全てを薙ぎ払っていく様子がよく見える。

――でも、ここは温かい。

ルシェラは毛皮にくるまり、カファルの首にもたれて、ぼーっと吹雪を見ていた。

こんな天気ではカファルも魔獣を持ってきてルシェラと戦わせたりはしない。ただ時間が過ぎていくだけだった。

『ルゥ？』

「大丈夫。寒くないよ」

案ずる様子で声を掛けてきたカファルの顔をルシェラは撫でる。

ここは静かで温かく、時間の流れ方は穏やかだった。

風が白く鳴いている。

ドラゴンの娘としての名を与えられたとき、人としての記憶は薄れてしまったけれど、雪とか、雪山というものには、良い思い出が無かった気がした。

——寒い思いをした、ような、記憶が……

雪は、白く。

その女も、白かった。

——『素人がこんな時期のこんな山に登るものじゃない。死ぬ気なの？』——

白と亜麻色のまだらという、奇妙な色の長い髪が、雪風の中で舞っていた。白髪が交じっているのではなく、ミルクを溶かしたコーヒーのように、白色が彼女の髪を侵蝕していた。

雪に紛れるような白い服、白い肌。確か、背は■■■■よりも高かった。少し年上だったという気がする。

手にした剣の刃も白く、しかし、それは凄惨な赤に染まっていて。

——『君は運が良い。普通は凍死する前に魔物の餌になってる。何より私に出会えたのが幸運だよ。安心して。出会ってしまった以上、命ぐらいは守ってあげるから』——

優しいのか厳しいのかよく分からない、静かな声が、■■■■の耳を…………

「あ、れ……？」

いつの間にかまどろんでいたルシェラは、はっとして顔を上げる。

夢と現の狭間で何かを見たような気がした。

「何か……思い出せそうな……」

掠れた記憶の欠片。

心臓がドキドキしていた。

それは■■■■の世界を変えた出会いだった。

心に焼き付けられた強烈な想いは、理由も分からないままに悲しく……

『クルル……』

「大丈夫、なんでもないよ」

乱れた息を一つ吐きだして、ルシェラは身体の力を抜いた。

カファルに拾われる前、死にかけていたとき、『帰らなければ』と思っていたような気がする。

その事を、何故かルシェラは思い出していた。

＊　＊　＊

一方その頃。

寂しい音を立てて木枯らしの吹き抜けるクグトフルムの街。

冒険者ギルドの支部からはやや遠い表通りに、『マクレガー冒険支援事務所』の真新しくアーティスティックな建物があった。

そのオフィスにゲメルは居た。

「……高すぎだろ」

大きな机を挟んで巨漢のゲメルに睨まれているのは、スーツ姿の若い男だ。

髪をべったりと撫で付けた男は革張りの椅子に深く身を沈め、腕と足を組んでいた。

「高すぎる、だあぁ？」

スーツ姿の男は、いかついゲメルに睨み付けられても不遜で不機嫌な態度を崩さない。

「だから、そう言ってんだ！　うちでマネージャーを使ってたときの四倍だぞ⁉」

ゲメルは机をひっぱたく。

最近この街で開業したこの『マクレガー冒険支援事務所』は、事務代行と情報収集によって冒険者を支援する……要するに冒険者のマネジメント業を行う。

珍しい仕事であるため理解を得るまで苦労したようだが、冒険者ギルドにも提携を承認され、ちらほらと仕事が舞い込み始めたところらしかった。

まだ立場も盤石とは言い難いだろう。だというのに、大分お高くとまっている。

表通りに立派な事務所を構え、代表だというこの男も態度がデカく、仕事を依頼しに来たゲメルに提示された報酬額もべらぼうだった。

その全てがゲメルは気に食わない。

ゲメルは最近ずっとイラついていた。まったく思いどおりに仕事ができず、パーティーの資産が減る一方だったからだ。指名依頼は相変わらずほぼ皆無で、無指名の討伐依頼で糊口《ここう》をしのぐのみ。となれば華々しい活躍からは遠ざかる。

最近、依頼人に対する態度が悪いとギルド側から注意され、時折、依頼《クエスト》の受諾を拒否されるようになったのも腹立たしい。払いの悪い依頼人にペコペコ頭を下げる必要など無いとゲメルは思っているのだが、ギルドは意見を異にするようだった。

パーティー〝七ツ目賽〟は、『素行は悪いが仕事はできるパーティー』でなく、『ただの素行が悪いパーティー』に落ちぶれつつあった。

その現状を打破するためにマネージャーが必要だと思ったわけではない。だが、ただでさえイラついているのに細かな雑務を自分でしなければならないせいで余計にイラつき、ゲメルは遂に我慢できなくなったのだ。パーティーの拠点としている貸家（そろそろ引き払ってもっと安い所に移る必要があるかも知れない）が散らかりっぱなしなのも、どうにかしたかった。

そんなわけでマネージャーを探しに来たのだが、彼らは実に不遜だった。

「『依頼《クエスト》の目利きをしてほしい』『指名依頼を取ってほしい』。要するに、あんたの話をまとめると一流のマネージャーが欲しいってことになる」

この事務所の代表、イヴァー・マクレガーは、座ったままゲメルを見下ろすような所作で指を振った。

「だからこっちもそのつもりで、相応の対価ってもんを要求してんだ。そりゃ、この国じゃ冒険者のマネージャーなんて仕事はまだまださ。でも、だからこそ妥協はできねえ。値切りてえなら他所へ行きな、安い仕事はしねえんだ。ましてそいつに部屋の掃除をさせるって？　寝言は寝て言え、おととい来やがれ！」

剣を持ってきていたら抜いていたかも知れない。

イヴァーを殴り飛ばさず堪えられたのは奇跡だ。

「俺たち冒険者に寄生して金を吸い上げるしか能の無い雑用係が、図に乗りやがって……そんな調子じゃすぐに潰れんぞ、こんなとこ！　そしたら掃除係としててめえを雇ってやらぁ‼」

殊更大きな音を立てて扉を閉め、ゲメルは事務所を去って行った。

＊

招かれざる客が立ち去ると、イヴァーは溜息をつく。

「お疲れ様でした、代表」

「あの程度で疲れてられるか。居るんだよ、ああいう手合いは。ご立派な英雄よりも、腕っ節自慢のならず者が多いんだぜ。冒険者はよ」

オフィスの隅で固唾を飲んで見守っていた若い従業員が、まだ怯えた様子でイヴァーを労う。

「ゲメルのとこだよな、例《あれ》のマネージャーが居たの」

「ええ」

「二、三度話をしたが本場仕込みって感じだったな……ったく、あの野郎、自分の仕事を安売りしやがって。そしたら俺らも安く見られんだっつーの」

イヴァーが思うのは、ゲメルに雇われていたという男のこと。

ゲメルが『マネージャー』なるものを低く見ているのは、マネージャーを彼しか知らないからだろうと見当を付けていた。

冒険者のマネージャーなんてのは世界的に見てもマイナーな地域の方が多いし、この国でもそうだ。イヴァーはそこにマネージャーという概念を持ち込んだ立場だった。

そんなイヴァーよりも先にこの街でマネジメント業をしていた『彼』とは、何度か会って話をした記憶がある。

「彼はマルトガルズの出身だったのでしょうか」

「じゃねーの？　マネジやるための冒険者資格も向こうで取ったって話だったし。マルトガルズは公《おおやけ》が冒険者の仕事をだいたいやっちまうから、国はデケーのに冒険者ギルドが脆弱なんだよな。だからギルドが本来やってる仕事を代行するマネージャーなんて仕事が生まれた……」

こちらも本場仕込みのイヴァーは、もやつく気持ちをナイフにぶつけ、葉巻の吸い口を切り落とす。

「自分の価値を知らねえで安売りする奴は、詰まるところ無能だよ。結局な。だがまあ時期が悪かったよなあ、あいつ。冒険者のマネージャーって仕事が市民権を得た時代なら、あるいは……」

『火打ち壺』（※突っ込んだものに火を付けるだけの小さな壺型マジックアイテム）をつまみ上げ、葉巻の先端に被せて火を付け、イヴァーは煙を一服吐き出す。

煙は儚く宙に解けて消えた。

「あーくそ、もったいねえ奴ばっかり早死にしやがる。何だっけ、あいつの名前」

「さあ、私は存じませんので」

「なんっか妙なんだよな……変な忘れ方してるっつーか……」

ばっちり整えた髪を掻き乱すわけにもいかず、イヴァーはただ手をわきわきさせた。

他人の顔と名前を覚えるのは、仕事柄得意なはずだ。

だと言うのにイヴァーの記憶からは、呼んだ事もあるはずの『彼』の名前がすっぽり抜け落ちていた。

4 竜の子の帰還

冒険者パーティー〝青旗〟は大ピンチだった。

冒険者は四人。

姿を消すマジックアイテム『裏影の外套』は、一枚失い残り三枚。

動力源である魔石も浪費してしまい、『裏影の外套』を使って麓まで行くならおそらく一人分。

現在の居場所は魔獣だらけの魔境・クグセ山の七合目。

つまり、どうしようもなく絶体絶命だった。


「磁石は？」

「まだダメだ、完璧に狂ってる」

「だから魔力で動く磁石はやめとこうって言ったんだよ！」

「理論上はクグセ山でも大丈夫なはずだったんだよ、そう言ってみんな一旦は納得したじゃんか！　しかもこれ高いんだぞ、狂うとは思わないじゃんか！」

冬が終わり、残雪も消え、山には命の息吹が満ちる季節。

藪の奥に隠れるようにして冒険者たちは残った荷物を確認していた。

「静かになさい。魔獣に聞きつけられたら、死ぬわよ」

「……ドラゴンに聞きつけられたら？」

「惨たらしく死ぬわ」

パーティーリーダーである女術師、白マントに白い三角帽子という白魔女スタイルのエメラルダは冷たく現状を分析する。

「なあ、やっぱ一か八かで信号弾打とうぜ」

髭面をした中年の盗賊《シーフ》、ブラムが、広げた荷物の中から信号弾の打ち上げ筒を手に取った。

「そんなことしたらドラゴンに見つかる方が先でしょ、絶対に」

「だ、だ、だって、気付かないかもだろ？」

「やるならドラゴンが寝てるかも知れない夜中だ。あれは光るから夜に打ち上げる方が遠くから分かりやすいし」

「俺ら……夜まで生きてられんのか？」

「仮に気が付いてもらえたとしても、誰がクグセ山まで救助に来るっていうの？」

岩塊のような鎧を着たドワーフの戦士《ファイター》、ガドン。

舞台衣装めいたカラフルな軽装鎧を着ている優男、歌より剣が得意な詩人《バード》、ルーファス。

普段は緊張感が足りない彼らも、命の瀬戸際に追い詰められれば緊張の度合いは増す。

――まずいわね。みんな状況に呑まれてる。このままじゃ次に魔物と遭った時が最期だわ。

エメラルダは迫り来る破滅の足音を感じていた。

パーティー〝青旗〟は所属者全員が第四等級。つまり、並みの仕事なら何でも任せられる一人前の冒険者だ。ここまで等級を上げるまでには死線の一つや二つくぐっている。

だが、そんな場馴れも魔境には通用しない。動揺する〝青旗〟はもはや戦う前に負けており、後は死ぬのがいつになるか。

しかし、幸いにも彼らの悪運は尽きていなかった。

「誰だ‼」

「わあっ！　助けてくれ俺食ってもマズいよぉ！」

突然誰何《すいか》の声が飛び、冒険者たちは腰を抜かしかけつつ身構える。

そこに居たのは山の魔物ではなかった。

何かの毛皮を身に纏った十歳くらいの女の子だった。

「……………女の子？」

「な、なんでこんな所に女の子が……」

炎のように赤い長髪は腰の下ぐらいまであって、まるで獣のたてがみか何か。

何かの毛皮を裂いたものを、半分は上半身にベルトで留め、半分はスカートのように腰に巻いている。

身体は白くほっそりとしているが、まるで柔弱さが感じられない。その白さはむしろ鋼の輝きを思わせた。こんな場所で腕も足も剥き出しにして裸足で活動しているのに、奇妙な事にその身体には擦り傷一つ見当たらなかった。

顔立ちはあどけなく可愛らしいが、透き通るような茶色の目が奇妙だった。昼間の猫のように瞳孔が細いのだ。状況も相まって、少なくとも常人には思われず、エメラルダは警戒する。

何より、彼女の発する異常な気配はどうだ。

山に満ちた竜気のせいで、このクグセ山では周囲の気配を窺うことが難しく、接近されるまで気が付かなかったのだが……この少女は竜気の流れを掻き乱すほどに強烈な気を放っている。エメラルダは馬車酔いしたときのように吐き気すら覚えた。

「冒険者？」

謎の少女の方も驚いた様子で、エメラルダたちを見ていた。

だがそれも僅かな間の事で、すぐに血相を変えて険しい顔になる。

「この山は危険だ。カファルがお前たちをどうするか分からない！　早く山を下りるんだ！」

「カファル？」

「……この山に棲むレッドドラゴン。山の女王だよ」

〝青旗〟の面々は顔を見合わせる。

クグセ山はドラゴンの棲む山だ。そうと分かってここまで来たのだから今更驚きはしないが、そういう少女は何者か。だいたい何故彼女はドラゴンの名前を知っているのか。そんなものは誰も聞いていないはずだ。

「君は？」

「俺は……」

奇妙な少女は寸の間、言葉を詰まらせた。

それから、ほんの少し照れたような調子で言った。

「ルシェラ。山の女王の、養い子」

「って……ドラゴンの？」

あまりにも理解しがたく、四人は唖然となった。

ルシェラと名乗った少女の端的な返答は、彼女に関する謎の一割程度しか説明できていない。

「カファルは今、珍しく狩りのために山を離れてる。だけど、戻って来たら侵入者をどうするか分からないんだ。何のために山に入ったか知らないけれど、今のうちに帰る方がいい」

「……帰りたいけど、道に迷ったんだ」

「ああ……もしかしてと思ったら、やっぱそうだったのか」

ガドンの答えを聞くと、ルシェラはやれやれと首を振り、四人に背を向けて歩き始めた。

「ついてきて。途中まで案内してあげる」

＊

ルシェラは四人の冒険者を先導し、山を下る。

カファルに拾われて以来、こんな下の方まで来るのは初めてだったけれど、地形は高い所から見下ろしてある程度把握している。

特に川が流れている場所は分かりやすいので、それを辿るように歩いて行けばいい。

常人であれば崖などを回避するため、回り道をしているうちに道が分からなくなったりするのだが、遭難者たちは曲がりなりにも冒険者。

通り道さえ分かれば、そこを進むこと自体は問題無かった。

「この山、立ち入り禁止じゃないの？」

「今はドラゴンの巣に近い所だけよ。それ以外は平気になったわ。最近のことだけど」

「……ふうん。ドラゴンの住処と分かって入ってくるなら別に良いんだけどね」

ナイフで枝葉を適当に払って、背後の冒険者たちのために最低限の通り道を確保しつつ、ルシェラは事情を聞いていた。

確かこのクグセ山は冒険者さえ立ち入り禁止の魔境だったはずだが、いつの間にやらそれが解かれていたらしい。

そして、乗り込んできた冒険者たちが案の定立ち往生して遭難したというわけだ。

「君は、何者なんだい？　ドラゴンの養い子と言っていたけれど」

吟遊詩人風の装備を身につけた優男が、好奇心を抑えきれない様子で聞いてきた。

冒険者としての詩人は、『詩魔法』なる特異な呪歌にて味方を支援する術師なのだが、彼らはしばしば普通の吟遊詩人のように物語を集め、それらを（特に自分たちの冒険譚を、美しく誇張して）語るのだ。彼らの好奇心は職業病みたいなものだろう。

「文字どおりだよ。山で死にかけていて彼女に拾われたんだ」

「ドラゴンがどうしてそんなこと……」

ふと、ルシェラは足を止める。それは自身も棚上げにしていた疑問だった。

「……分からない。気まぐれかも知れないし、そうじゃないかも知れない」

クグセ山で死にかけ、カファルに拾われたのは去年の夏頃。もうしばらくで一年の付き合いだ。

既にルシェラはカファルを信頼しきっていた。

ただそれはあくまで、カファルが様々な意味で自分を守ってくれると確信できているだけで、その心を全て理解したとは言い難い。人とドラゴンでは物の考え方も違うだろうし、言葉さえ通じないのだから。

カファルがどうして自分を拾ったのか、それさえ理解しているとは言い難いのだ。

「でも、それじゃ……」

「静かに。無駄口叩いてる場合じゃなさそうだ」

なおも何か聞こうとする詩人。彼の言葉をルシェラは鋭く制した。

カファルが出かけていようとも、山全体に彼女の気配が満ちている。そのせいでクグセ山の中では他者の気配を読むことが困難だ。

しかし、それでも分かるものがある。

草のざわめき、木々のさざめき。虫や鳥の声がいつもと違う。

「……なんだ？」

やがて、その音は冒険者たちの耳にも届いたようだった。

藪をしっちゃかめっちゃかにして、土を蹴り、枝を折り、近づく、その音は徐々に大きく！

「ゴアアアア‼」

力強い咆哮が山に響き渡った。

新緑を掻き分けて姿を現したのは、灰色の毛並みを持つ巨大な熊だ。

後肢で立ち上がれば、高さは三メートルを優に超える巨体。目は爛々《らんらん》と光り、硬質に輝く牙と爪は刃の鋭さ。

顔面と腹部をざっくりと斬られて、その毛皮は己の鮮血で染まっていたが、しかし弱った様子はまったく無かった。

武器を手にしながらも冒険者たちは後ずさる。

「この傷……！　さ、さっきの奴だ！」

「俺たち、こいつに襲われたんだ！　逃げるしかなくて、それで道も分からなくなって、魔石もアイテムも尽きて……！」

恐れて退く冒険者たちと対照的に、ルシェラは一歩進み出る。

そして血に染む巨獣を見上げ、真っ直ぐその目を睨み付けた。

「……巣穴に帰れ。こっちは、明日食う分の肉はあるんだ。お前を殺す必要は無い」

「グルルルゥ、ウガアアアア！」

「ちっ……手傷を負って凶暴化してやがる。こりゃ死ぬまで大人しくならないな」

手負いの獣ほど必死になる。特にこの『熊』は、傷を負うほどに闘志を燃やし、命を削って底力を発揮するのだとルシェラは知っていた。こうなると興奮状態で見境を無くし動くもの全てに襲いかかる。

それを止める手段を、ルシェラは一つしか持ち合わせていない。

熊の魔獣は隆々とした両前肢を振り上げ、大口を開け、全ての凶器を小さなルシェラの身体に突き立てんと襲いかかる。

その動作は巨体に似合わず意外なほど素早い！

「危な……」

だが。

ルシェラは魔獣の一撃を掻い潜って肩に飛びつき、一閃。

その頭部をただ力任せに蹴りつけて捩じ切り、刎ね飛ばしていた。

悲鳴すら上がらなかった。

「………い？」

捩じ切られた首が地面に落ちて転がった。

立ち上がっていた身体も、ぐらりと傾き、そして地響きと共に倒れ伏す。

「ま……ちょうど良かったか。ここに餌を置いとけば、しばらくは別の魔物に遭わなくてすむ」

死体を見下ろしてルシェラは呟き、そして振り向くと、四人の冒険者は全員が驚愕を顔に貼り付けて凍り付いていた。

「ん？　どしたの？」

「い、いち、一撃で……」

「だってこいつは、この山の魔物の中じゃそんな強い方でもないから」

このクグセ山には、ドラゴンの力を受けて異常な突然変異をおこした『変異体』の魔物が多く生息する。が、そうではない普通の魔物も居るのだ。今ルシェラが倒した『熊』は、あくまでも普通の魔物で、クグセ山の基準で言えば取るに足らない。

「そ、そりゃ、そうかもだけど狂猛熊《バーサーカーベア》だぞ⁉　推定脅威度五って事は、第五等級の冒険者がパーティーを組んで討伐するのが適切って……！」

「俺らじゃ四人居ても逃げるしかなかったのに……」

「なるほど、これがバーサーカーベアだったのか」

「は？」

「いや、こっちの話……」

大げさなほど驚く冒険者たちを見て、ルシェラはなんだか悪いことをしたような気分になった。

バーサーカーベアという魔物の話は、どこかで聞いたか、魔物図鑑ででも読んだような記憶がある。この『熊』の特徴はルシェラの記憶と合致していた。だが、バーサーカーベアは恐ろしい強さの魔物だという話だったので、まさか、この貧弱な『熊』がそれだとは思わなかった。『変異体』ばかり稽古相手にしているうち、だいぶ基準が狂っていたようだ。

「『変異体』ですらない、普通の魔物も倒せないのに、なんでクグセ山に登ろうと思ったんだ？」

ルシェラは誤魔化した。

「い、いや、だって戦うことは考えてないし。ほら！」

「あれ⁉」

詩人はうっすら虹色に輝くマントを取り出し、それを自分の身体に巻き付けた。

途端、彼の姿は煙のように消える。

そして彼がマントを外すと、また姿が見えるようになった。

「……すっごい。これって珍しいアイテムじゃないの？」

「これで姿を隠しながら山に忍び込んで、薬草を採ってくるだけって依頼だったんだ」

「そうそう。『全員分のアイテムが貸し出されるから安全だし、報酬もべらぼうだぞ』ってルーファスが……」

「実際上手く行ってたじゃんか！　ガドンが奴の目の前でオナラなんかするから！」

「だ、だって生理現象だろ⁉」

「静かに」

言い争いを始めたドワーフの戦士と人間の詩人。

それを白魔女が諫めた。

ドワーフの戦士は首の周りに、千切れた虹色マントの残骸を巻いている。

なるほど、とルシェラは納得した。巧く姿を隠しながら山の奥へ入り込んできた彼らは、これを失ってしまったことで窮地に立たされたらしい。

「収納用のアイテムとか持ってない？」

「あるけど……」

「じゃあ、はい」

白魔女が大きな肩掛け鞄を取り出す。

亜空間に繋がり、見た目以上に多くの物をしまうことができるアイテムだ。

とは言え、収納用のアイテムは、性能が高まるほどに天井知らずの高値になっていく。彼らが持っているランクのアイテムなら、容量はせいぜい外見の三倍かそこらだろう。

ルシェラはバーサーカーベアの腕を引き千切り、それを白魔女に差し出す。

「お土産。よかったら持って行って。こいつの手、美味いよ」

「あ、ありがとう」

「ちゃんと入れといてね。血のニオイが漏れたら、それを追ってくる魔獣も居るし」

若干引きながらも彼女は熊の腕を受け取り、バッグに収めた。

＊　＊　＊

四合目の辺りでルシェラは冒険者たちと別れることにした。

というのは単に、日が暮れるまでに巣へ帰るにはここが限界だと思ったからだ。

夜にしか活動しない『変異体』の魔物も多く、そいつらは得てして強い。カファルは夜は絶対に巣にいるし、その間ルシェラが巣から離れることを許さないほどだ。

今のルシェラでも夜のクグセ山を歩くのは危険すぎる。下山が間に合わなければ冒険者たちもどうなるか分からないが……まあ、そこまでは責任を持てない。

「後は川を下っていけば街に着く。ここから下も安全ってわけじゃないけど、さっきので多少は安全になってると思うから、運次第かな」

「本当に助かったよ、ありがとう。オナラで死んだ冒険者にならずに済んだ」

ドワーフの戦士《ファイター》は岩のように硬い大きな手でルシェラと握手をした。

「何かお礼ができればいいんだがよ……」

「お礼かあ……ナイフはまだ使えるし、山用の装備はもう要らないし、食べ物とか……あっ！」

久々に人と会ったルシェラが求めるべきもの。

それは食べ物ではなく、山の外の情報だった。

「ここ一年くらいにクグセ山で行方不明になった『誰か』の帰りを待ってる人の話とか……心当たり、ない？」

ルシェラは静かに聞いた。

心臓が冷たい脈を打った。

四人の冒険者は少し考えてから、答える。

「……聞いた事もないいな」

「ここ一年ってなると……どうかなあ」

記憶の底まで浚っても思い浮かばない様子で、皆は首をかしげる。

ルシェラは少し、ほっとした。誰かが自分の帰りを待って辛い思いをしている可能性は、ちょっと小さくなった。そう思いたかった。

「ありがとう。じゃあ、気をつけて」

「こっちこそ本当にありがとう」

「恩に着るわ。また会えるといいのだけど」

「それは……会いに来るのも大変じゃないかなあ」

手を振り、無事を祈って、ルシェラは冒険者たちと別れた。

＊　＊　＊

ルシェラは日が暮れる前には巣に帰り着き、間もなくカファルの影も夕焼け空に浮かんだ。

「おかえり、カファル」

大きく羽ばたいて着地したカファルは、人間的に表現するなら『血相を変えて』、急にそわそわとルシェラの周りを嗅ぎ回った。

『グォウ……ルルルルル……』

大きなカファルの顔が、ルシェラにぶつかりそうな勢いで前後左右に動く。

口角が引き絞られて、彼女は徐々に牙を剥いていく。

『グルルルル……』

憎むべきものに対する怒りと、己の迂闊さを呪う苛立ちを、カファルから感じた。

ルシェラが人に会ったのだとカファルは気が付いたらしい。そして山への侵入者は、彼女にとって許しがたい敵であるらしかった。

「あ、えっとね、人に会ったんだけど……大丈夫だから。何もされてないし、山を荒らしたりもしてないと思うし」

わたわたと手を振ってルシェラは弁護した。

彼らは魔物一匹に追い回されて遭難するような人畜無害な冒険者だ。カファルが懸念するような事は何も起こらない……と、ルシェラは思う。

そんなルシェラをカファルはじっと見ていたけれど、やがて大きな両手を地面にかざす。

緩く包み込むような形にした手の中に魔力が集って光り輝き、そして、それが終わると。

カファルの手の中に、陽炎のように朧な印象の女が一人、立っていた。

「……誰⁉」

それは生き物ではないと、ルシェラはすぐに気が付いた。

破裂しそうなほど大きな力の塊。サイズを無視するならそれは、カファルの気配に近い。

だが、どう表現すればいいものか……『輪郭が無い』と言うのが最もルシェラの感覚に近いだろうか。灼けた砂を固めて一時的に人の形にしているような、そんな印象だった。

人間で言うなら年齢は三十代くらいの凄艶な美女だ。

カファルの鬣《たてがみ》みたいに長く豊かな赤毛で、揺らめく炎のようなシルエットをした材質不明の真っ赤なドレスを着ている。

肌はカファルの角みたいに白くて、しなやかで、その造形はひたすらに完璧だった。凛とした印象の顔の中で、透き通るような茶色の目が一際印象深い。その瞳孔は明るい所にいる猫みたいに縦に細長くなっていた。

全体的に言うなら、つまり、今のルシェラが大人になったらだいたいこんな姿になるのではないかという容姿だった。

「これは、魔法で作った幻？」

幻影を見せる魔法というのは、この世界に数多存在する。光を操作して幻像を作り出す魔法もあれば、標的の認識をいじって実在しないものを見せる魔法もある。

原理は不明ながら、カファルは幻を作る魔法を用いたのだ。

……と、一瞬思ったが。

「るしぇら」

「喋っ……!?」

焚き火の薪がはぜるような、静かで優しい声で、幻の人影はルシェラの名を呼んだ。

「にんげん、きたの？」

「ち、ちょ、あの、そんなことよりなんで!?　人間のっ、言葉っ、しゃべっ！」

予想外の出来事にルシェラが狼狽えていると、赤い人影と巨竜は、同時に笑った。

「おどろいた。うふふふ！　るしぇら、おどろいた！」

してやったり、という調子だった。

＊＊＊

二十分くらいかけて話を聞き、たどたどしい人間語を継ぎ合わせて理解したところによると、つまりカファルは知り合いであるドラゴンの所へ出かけていたらしい。

「じゃあ、狩りで出かけてたんじゃなかったのか。この魔法を別のドラゴンから習うために……」

ドラゴンは人に化けるという。

カファルはその魔法を教えてもらいに行っていたのだ。

もっとも、その魔法はドラゴンといえども一朝一夕に習得できるものではないらしく、今のカファルは人に化けるのではなく、操り人形のような幻影の『分身体』を作り出すことしかできないようだ。

「ひと、の、すがた、なれる、まほう。かり、の、からだ、だけ、つくる。かふぁる、が、はいる、むり、まだ」

「そんな仕組みなんだ」

「にんげん、の、ことば、しゃべる。ひつよう。るしぇら、どらごん、の、ことば、わからない」

ドラゴンであるカファルの巨躯を背もたれにして座り、人の形をした『カファル』と話をするのは、カファルが分裂したみたいでなんだか妙な気分だった。

いや、そもそもカファルと話をするということ自体、妙な気分だ。

これまでずっと、声のニュアンスや身振り、絵によって意思疎通を図ってきた。それで充分だった……と言うより、そこで妥協していたと言うべきだろう。

でも本当なら、話せた方がいいに決まっているのだ。

「……やく、に、たつ。いま。るしぇら、なに、が、あった？」

ドラゴンの表情は、人には読みがたかった。

しかし今、人の姿を手に入れたカファルの表情はルシェラにもよく分かる。

ただただ我が子の身を案じる母の、剥き出しの心配だ。

「冒険者が来た。薬草を採りに来た。迷っていたから、途中まで帰り道の案内をした」

ルシェラはなるべく簡単な言葉で答えた。

「るしぇら、だいじょうぶ？　あんぜん？　いたい、ない？」

カファルは人の手でルシェラの身体をぺたぺた触り、確認する。

雲に触られているような不思議な感覚だった。

――山に冒険者が入った事を嫌がってるのかと思ったけど、心配なのは俺の方？『何故生かして返した』とか言われるかと思った……

過保護にも思えるほどの心配だった。ちょっと、くすぐったかった。

「大丈夫。冒険者は、『変異体』じゃない普通の魔物にも勝てないくらい弱かったから」

「そう。よかった」

カファルは安堵した様子で溜息をついて、人の姿を動かしてルシェラを抱きしめた。

ぬいぐるみに抱きしめられてるみたいな頼りない感覚だ。

「……人間の言葉も勉強してきたの？」

「すこし。あと、るしぇら、の、ことば、きいて、おぼえた」

さらりとカファルがそう言ったものだから、ルシェラは驚いたし、少し気まずく思った。

――俺はドラゴンの言葉なんか全然分かんない、ってか覚えようとすらしてなかったのに……

ドラゴンの言葉は難解で、手掛かり無しに覚えるのは無理だと、もうルシェラは諦めていたのだ。その間にもカファルが人間の言葉を覚えようと努力していたというのは、自分がするべきだった努力の分までカファルを苦労させたようにも思えて、なんだか気まずい。

「どうしたの？」

「なんでもない。……人間の言葉、覚えてくれてありがとう」

とは言え、そんなことをわざわざカファル自身に言っても仕方ないと思い、ルシェラはただ感謝を述べた。他ならぬルシェラのためにカファルは、人間の言葉なんてものを学び、それを喋る手段まで手に入れてきたのだから。

「カファル。俺がこの山に来た時の事、聞いてもいい？　俺、どうしてか思い出せなくて……」

折角だからとルシェラが聞くと、カファルはちょっと、俯いた。

「これ、とても、むずかしい。かふぁる……にんげん、の、ことば……とくい、ちがう。まちがえる、かも、の、こと、いえない」

「そっか」

「すこし、まって。すこし、とくい、なってから」

込み入った事情があるのか、何か伝えるべき事があるのか。

それを不完全な形で話すことはしたくないようだった。

「にんげん、の、ことば。ふべん。ぜんぶ、つたえる、むずかしい。ことば、じょうず、ひつよう」

「そうだよなあ……」

言葉の代わりとでも言うように、切なく愛しく、カファルは人型の傀儡にてルシェラを抱きしめ、ドラゴンの喉で巻き取るように顔を寄せてきた。

彼女がルシェラを大切に思っている事は分かった。

だけど、それでは足りないこともあるのだ。

＊　＊　＊

世界は時に容易く崩れ、温かな寝床にも寒風が吹き込む。

「また侵入者？　しかも、またカファルが居ないタイミングで」

その日、ルシェラはまたしても自分の行動圏内に立ち入る冒険者を発見した。

先日出遭った〝青旗〟なるパーティーは、ドラゴンの巣の近くは立ち入り禁止のままだと言っていたはずだが、実際どの辺までが立ち入り禁止かは曖昧らしい。そもそも調査に入るのさえ危険な山なので、正確な状況を把握しがたく、どこからどこまでが立ち入り禁止だと規定するのも難しいからそうなったらしいが。

にしてもドラゴンの巣からはっきり見えるほどの場所で炊事をして煙を立てるなんて不用心すぎるだろうと、木々の合間から立ち上る煙を見てルシェラは思った。

「おいおい、強い魔獣はだいたい頭もいいんだぞ。こんなの見つけてくれって言ってるようなもん……」

木々を掻き分け、斜面を駆け下り、煙の真下にルシェラは向かう。

するとそこには誰も居なかった。

――なんだ？　炊事の煙じゃないや。狼煙？

少し開けた場所にささやかな焚き火が設《しつら》えられて、そこからボンボンと煙が立っていた。

近くで見てみれば、ただ薪を燃やしただけではあり得ないような煙の立ち方で、狼煙にするための薬か何かが燃やされたのだと思われた。だが、何のために？

その時だ。

『君が、ルシェラかい？』

「うわあ⁉」

幽霊のように青白く透き通った男の人影が、突如、焚き火の傍らに立った。

しかし、化けて出る時間を間違えた幽霊というわけではなさそうだ。

レンズをくっつけた小さな箱みたいなものが草の陰に置いてあった。青白い男の姿は、そこから投影されているのだ。

「幻影の魔法……？　いや、マジックアイテムか？」

その男は、鋼の山脈みたいな重厚な鎧を着ていた。おそらく冒険者だろう。

『このような形で誘いだしてしまってすまない。どうしても話がしたかったんだ』

「誰だ、あんた」

『冒険者パーティー〝黄金の兜〟、リーダーのティム。先日君に助けられた冒険者の先輩……いや、友人かな』

青白い幻像が話すのと被さって、どこか離れた場所からも声が聞こえた。マジックアイテムによって姿と声を届けているらしい。

おそらく、狼煙に惹かれてルシェラ以外の何かが来てしまったら危ないから、自らが狼煙の下で待つのではなく魔法による遠隔会話の準備をしていたのだろう。

「俺が助けた冒険者……あの〝青旗〟ってパーティー？」

『そうそう、彼女らだ。その件で君にお礼をしに来た。まあ、お礼になるか分からないが……大切な事を知らせに来たんだ』

鎧男は兜の面覆いを持ち上げる。割と渋い顔だった。

彼は渋い顔を更に渋く歪め、凛々しく太い眉をぐっと寄せる。

『山の女王に危険が迫っている。もし、彼女の養い子だという君が、彼女を大切に思うのであれば、落ち着いてよく話を聞いてほしい』

＊　＊　＊

〝黄金の兜〟は三人組の冒険者パーティーだった。

リーダーは戦士《ファイター》のティム。燦然と青く輝く、山脈のように重厚な全身鎧を身に纏い、巨人用のナタみたいな大剣を背負った男だ。兜だけは何故か金メッキがされている。

二人目が盗賊《シーフ》のウェイン。スーツ姿で、目を覆う仮面に黒シルクハット、そして黒マントという、どう見ても山を歩く格好ではない怪盗スタイル。こんな出で立ちなのに、洗練されていると言うよりも、どこか軽薄な雰囲気が漂う男だ。

そして紅一点の魔術師《ウィザード》、ビオラ。ビン底を切り抜いたみたいな眼鏡を掛けた彼女は、野暮ったさを砂糖で煮詰めてジャムにしたかのようなローブと、辛うじて魔女っぽい濃紫の上着を身につけていた。腰のベルトにはなんだかよく分からない道具がいくつも収まっている。

狼煙を揉み消し、岩陰の隠れ場所にルシェラを呼んだティムは、挨拶もそこそこに話を切り出す。

「このクグセ山は国境の山なんだが、知ってるかな」

「えっと……」

ルシェラは頭の中に地図を思い浮かべた。

このクグセ山は東西に広がる山脈地帯の一部。南北を隔てる国境線でもある。

――うん、出来事の記憶に比べると知識は消えてないんだよな。

カファルに名前を貰ったとき、ルシェラは自分自身に起こった過去の出来事や、出遭った人々に関する記憶をほとんど失った。

しかし、そういった個人的な出来事とは別の『知識』とでも言うべき区分の記憶は概ね無傷だった。

「北には大国マルトガルズ、南には水の国セトゥレウ」

「知っていたか」

「生まれも育ちも山ってわけじゃないんだ。外の事情も知ってる」

ティムは頷いて、表情をますます渋くする。

「では、マルトガルズがレッドドラゴンを、つまり君が言うところの『カファル』を排除してクグセ山を越え、セトゥレウへ攻め込もうとしている事は知っているかな？」

理解するまでに一秒。

その衝撃を受け止めきるまでに一秒。

時が止まったかのようにいつまでも続くかと思われた、奇妙だけれど穏やかで幸せな生活は、揺らぐ。

「知らない……」

「こいつは実際、最近のことだ。

……マルトガルズは東で長いことグファーレ連合と戦争をしてる。そのグファーレが南の友好国から支援を受けるための命綱がセトゥレウだ。セトゥレウはあくまで物と人の通り道になってるだけの第三者って立ち位置だが、戦争がここまで泥沼になったのはセトゥレウあってこそだな。

マルトガルズにとっちゃ目の上のたんこぶだし、戦力差を考えればすぐ潰せる相手だ。しかも地図上では隣接してる。だのにずっと、魔境・クグセ山に阻まれてセトゥレウに攻め込めなかった」

「それがなんで、急に？」

純粋に疑問だったから聞いたのだけれど、ティムはもうただでさえ渋い顔を、草団子に生の虫を添えて食ったかのように渋くした。

「それに関してはこちらこそ聞きたい。この山で何が起こってるんだ？」

「……え？」

「ドラゴンの棲む領域には強力な『変異体』が跋扈する。抜け落ちた鱗や爪だの、フンだのを食って……あるいはドラゴンが発する竜気を受けて、異常な変異を遂げた強力な魔物だ。そう簡単にクグセ山に入れなかったのは『変異体』がわさわさ居たからだよ。少人数で忍び込むならまだしも、軍隊なんぞ通そうとしたら確実に大惨事になる。

でもな、その『変異体』が最近、急激に減ってるんだ」

ルシェラの中で、全てが繋がった。

「減った……」

歯車が噛み合うように。

あるいは、噛み合っていた歯車が、ネジ一つ緩んだことで連鎖的に崩壊するかのように。

ルシェラは理解した。

「狩ったんだ、カファルが……俺に食わせるために……！」

愕然と、悄然と、ルシェラは呟いた。

「なるほど！　リーダーここからは私が」

「お、おう」

ビン底眼鏡の女魔術師《ウィザード》ビオラが、何故か手帳と筆記用具を取り出しつつ身を乗り出した。

「単独生活するドラゴンは一般的に言って子育て中は行動範囲が狭まります。これはもちろん子どもを守るためですね。子どもが多く弱いほどこの傾向は顕著です。ですが更に稀な事例として虚弱な子が生まれた場合ドラゴンは巣の近辺で『変異体』を狙った狩りをする場合があります」

　頭の中に学術書を丸ごと放り込んでいるのかという勢い。立て板に水で彼女は語り倒す。

「この理由は主に三つです！

　まず虚弱な子を強くするために最良の餌が自らの力を受けた『変異体』であるという事。第二に強力な『変異体』は更なる力を求めてドラゴンの雛すら食らうため！　要するに間引きで雛の脅威を減らしているんですね。第三の理由としては単純に巣を離れずに狩りができるためです。遠くまで食事に行くのが難しいなら場合によっては母竜自身が『変異体』を食べる事もあります。

　こう言うと合理的にも思われますが普通はやらない苦肉の策です。何故ならドラゴンにとって『変異体』は都合の良い用心棒でもあるためです」

　全てには理由があった。

　ルシェラが急に強くなった事にも。

　幸せな生活を送れた事にさえ。

　あの平穏のためにカファルがどれほどの代償を支払っていたか。知るほどに、何かの決意にも似た重い感情が腹の中に溜まっていく。

「実際かのレッドドラゴンはクグセ山では狩りをせず離れた場所へ出かけて狩りをしては戻って来る生活をしていたそうです。ところが最近はずっと山に籠もりがちでした。卵を抱いているらしいという情報はギルドも掴んでいましたので虚弱な雛が生まれて雛を守ろうとしているのではないかという可能性は私も考えておりましたよ」

「……最近、急にカファルは遠くに出かけるようになった……」

「だとしたらそれは『変異体』の減少によって雛竜の脅威が薄れたためでしょうね。いえこの場合は雛竜と申しましてもあなたのことですが」

付け加えるなら、『変異体』を餌とし続けたルシェラが充分強くなったから、というのも、カファルが今になって遠出をするように（できるように）なった理由だろう。

ルシェラは最近、巣から少し離れて歩くようになった。

『変異体』にあまり出遭わないのは、自分が山に慣れて巧く忍び歩いているからだと思っていた。魔物に出遭っても戦えるのは、運良く弱い魔物と遭遇したからだと思っていた。

違った。ルシェラが出歩くことをカファルが許したのには、ちゃんと理由があった。

「この魔物マニアめ」

「でへへへ……ありがとございます」

「褒めてねえ、ちょっとは聞く側の気持ちを考えろ」

「うへ？」

ティムはビオラを小突いて黙らせた。

「もしかして、最近冒険者が入れるようになったってのも？」

「セトゥレウの冒険者ギルドは『変異体』の減少を受け、クグセ山の脅威度等級を引き下げて禁域指定を解いた。わかりやすく言うと、特別な事情が無くても冒険者がこの山に入れるようになって、探索や採集の依頼《クエスト》も受け付けるようになったんだ。

竜気の満ちた山は良い薬草が育つし、『変異体』も上手いこと狩れるなら解体《バラ》して売って大儲けできるから、俺たちにゃ大いなる恵みだ」

ティムは苦い表情だ。

「俺らも麓の方に迷い出た『変異体』を三頭ほど仕留めた。良い金になったと喜んでたが、それどころじゃなかったんだ。……マルトガルズが動き出した」

＊　＊　＊

カファルの巣は、史上初めての事態に見舞われていた。

招かれざる客が三人も現れたのだ。

「カファル、話を聞いて！　この人たち、危なくないから！」

侵入者を睨み付け、今にも襲いかからんばかりにカファルは唸る。それを庇ってルシェラは必死で訴えた。

『……グルルルル……』

「偉大なる山の女王よ、申し上げたき議がございます！　どうかお聞きください、あなたの身に危険が迫っております！」

ティムが声を張り上げるも、カファルは牙を剥いたままだ。

だがこれはどちらかというと話が通じていないせいだろうと、ルシェラは目星を付けた。

「ごめん、カファルは人間の言葉が苦手なんです。俺を拾ってから初めて聞いたんだと思います。喋る方も最近できるようになったところで」

「なるほど興味深い。群れで生活するドラゴンは人族との戦いあるいは交渉を想定して人族の言葉を教育する事が多いのですが単独で生活するドラゴンであれば知らなくても不自然ではありませんねえ」

「お前いいから少し黙れ」

なお、ビオラはこの状況でも活き活きと眼鏡を輝かせてカファルを観察していた。見かねたウェインが肘で小突く。

カファルと、それを見上げるティムはじっと睨み合う。

ドラゴンと睨み合うなんて普通なら肝を潰すだろうし、ヘタすれば気配だけで圧倒されて死ぬ者もあろう。しかしそこで一歩も退かない辺り、ティムは一流の風格を漂わせていた。

「すまん、ルシェラちゃん。俺の背中の剣を取って、向こうへぶん投げてくれるか」

「え？　あ、はい」

巨人用のナタみたいな、どうやって振り回すのか不思議に思えるほど大きな片刃大剣を、ルシェラはティムの背中から抜いて巣の外へと放り投げた。回転しながら飛んで行った大剣は木を一本輪切りにして、二本目の木に突き刺さって止まった。

武器を失い、なおもティムは不動。

そして先に動いたのはカファルの方だった。

ティムの前に光が集い、炎のように赤い人影が形を為す。

「まあ！　自身の変化ではなく前段階となる『傀儡』の生成とは！　存在を知ってはいましたが実際に見る機会むがが」

「だからお前少し黙れ！」

遂にウェインはビオラを羽交い締めにして口を塞いだ。

「にんげん、なぜ、ここ、きた」

カファルの表情は険しく、警戒心を露わにしているものの、事情を聞く気にはなったようだ。

ルシェラはティムとアイコンタクトをして、代わって進み出る。

「カファル、北の……北って分かる？　北に人間の国があるよね？」

「ある。とても、おおきい、くに」

「そいつらがカファルを殺そうとしてる！　この人たちは、それを知らせに来たんだ！」

ティムが言うには、マルトガルズは先日、マルトガルズとセトゥレウ両国の冒険者ギルドに対して『クグセ山はマルトガルズ固有の領土である』という宣言をあらためて伝えたらしい。

つまり国際政治語をまともな人間が理解できるよう翻訳するなら、『冒険者ギルドはクグセ山を係争地として扱うように』という通達だと言える。

政治的に面倒な場所に、政治不介入を原則とした冒険者ギルドは踏み込めない。

山の恵みを狙う冒険者を追い出し、セトゥレウ側の冒険者ギルドによる成り行き調査も封じ、さて次はいつ何をするのだろうか。

状況は既に整っていて、後はそれが早いか遅いかだ。

「その、にんげん、しんじられるか？」

カファルはルシェラに問う。

実際、ルシェラもあくまでティムから事情を聞いただけで、ティムが何かの目的で嘘をついているという可能性もあるのだ。

ティムは嘘などつけない朴訥な男に見えるが、印象だけではルシェラも保証できない。

「真実を話しているつもりです。私の命と名誉に賭けて誓います」

だが丸腰のティムは未だ不動だ。

「カファル。俺、山を下りて街へ行きたいんだ。この人たちの言ってる事が本当か、調べないといけない。もし本当だったら……それを、止める方法も探さないと」

「とめる、どう、やる？」

「考えがあります」

ここ一番と思ったか、ティムの声には緊張が滲む。

「マルトガルズを止めたいのは、セトゥレウも同じ。クグセ山のレッドドラゴンと手を結べるというのであれば喜ばしく思いましょう」

「多分もうちょっと簡単な言い方の方が伝わるかと……」

「う、うむ。つまり、セトゥレウ王と協力し、戦うのです」

これは理解できた様子で、カファルの顔は訝しげに歪む。

そして彼女は、本当に大丈夫なのかと問いかける様子でルシェラの方を見た。

「分かってる、大丈夫。その王様っていうのがどう考えるか次第だ」

権力者というものの恐ろしさと浅ましさをルシェラは知っている気がした。

国を頼って同盟を結ぶ、ましてそのために戦うということの危うさも分かる。

だがとにかく、国に協力するかどうか、戦うかどうかを考えるにも、山から出て状況を把握しないことには何も始まらない。

「なんにしても街に下りて情報を集めないと」

「かふぁる、ついて、いく」

「……そうなるか、やっぱり」

カファルは迷い無く言った。

自分の目で見て耳で確かめるため、と言うよりも、多分それは街へ行くルシェラが心配だからだ。そう。この期に及んでも自分ではなくルシェラが心配だから。

――カファル。こうなるのを分かってたのか？　自分の身を守るための『変異体』を、俺の餌なんかに！　カファルは自分の身の安全より俺を優先したんだ。そこまで俺のことを考えてるなんて、思ってなかった……！

今にして思えばカファルは最初の頃、必要最小限の『変異体』しかルシェラに与えようとしなかった。ちゃんと自分の身を守ることを考えていたのだ。

だがそれは、いつからか変わった。カファルは全てを投げ捨ててもいいという勢いで、ルシェラを育てることを第一に考え始めた。

後悔とは、少し違うけれど。

どれほどカファルが自分のことを想っているのか、気がつけなかった自分に、ルシェラは歯がゆさを覚えていた。

＊＊＊

未だルシェラは巣から遠く離れた経験はほぼ無く、〝青旗〟の四人を送っていった時が一番の遠出だった。

しかし、〝黄金の兜〟の面々と共に山を下りてみれば、魔物に出会う事などほぼ無かった。

「……本当に『変異体』が居ない。この辺まで来るのは初めてだけど、全然大丈夫だ……」

「ここまで来た事は無かったのか?」

「危なすぎたんです。山を下りる力を手に入れるため、ずっと訓練をしてて。そしたら、いつの間にか……」

〝黄金の兜〟の三人とルシェラ、そしてカファルの分身は、カファルの本体を巣に残して山を下りていく。

『変異体』でない普通の魔物はちょくちょく見かけるが、それは本体の何分の一も力を持たない人間型の分身カファルが一睨みするだけで逃げて行く有様だった。

山はいつの間にか、ルシェラが思っていたよりも遥かに安全になっていた。

それでも念のための用心として、一行は『見つかって、追いつかれる』事を防ぐための高速移動を心がけた。

実体が無い分身カファルは当然平気として、山暮らしでドラゴン並みの力を手に入れたルシェラと、高位冒険者(即ち超人)三人組は、険しい山の中もなんのその。馬が駆けるような速度で下っていく。

迅速に移動できるなら、結局それが一番安全なのだ。

――眼鏡《ビオラ》さんの言うとおりなら、カファルとしては『山を下りられる力』なんて最初から考えてなかったんだろうな。ただ俺を強くすることが目的だったんだ。

実際ルシェラは、今になって考えれば割と早い段階で、『変異体』から逃げ回れる程度の力は身につけていたという気がする。

だがカファルはその後も教材を度々持ってきてルシェラと戦わせ、さらに、その肉を食らわせることで力を付けさせた。ルシェラが卵の殻を守るため、勝てもしない相手に挑んでしまったために、『ちゃんと戦えるようにしないとダメだ』と思ったのかも知れない。そのために自分の身を危険に晒すとしても。

そう考えたところで、ルシェラは若干の違和感を覚える。

――カファルは俺を、『変異体』と戦えるくらい強くしたつもりなんだよな？　実際そうなってるし。なのにどうして、俺が人間と会っただけであんなに心配したんだ？　人間の方が『変異体』より遥かに弱い事なんてカファルにも分かってるだろうに……

人とドラゴンでは物の考え方も違うのだろう。だが、それにしたってカファルの心配の理由はよく分からない。

「にんげん。るしぇら、に、ちかづくな。あんまり」

「お、おう、すまない」

カファルに睨まれて、ティムはルシェラから一歩離れた。

「愛されてるな、お前さん……」

「ええ、まあ……」

苦笑すべきなのか迷うルシェラだった。

カファルはルシェラが人と接することにやたら警戒しているという気がする。それは考えてみれば少しおかしな話かも知れない。あくまでもルシェラは人間であり、同族同士なのだから。

「とにかく、俺たちはクグトフルムへ向かう。クグトフルムの街は……」

「山から一番近い街、ですよね。この方向へ行くなら、そのはずです」

おや、とティムが少し意外そうな顔をするものでルシェラは補足する。

「さっきも言ったけど、完全に山育ちじゃないんですよ。だから外の事も知ってる。山で死にかけてカファルに拾われて……実はそれから一年も経ってないんです」

「あらたったそれだけの期間でそれほどに強く？　竜気をとりこむことによる身体強化の反応は既に確認されていますが日常的に『変異体』を糧にしているとこれ程の効果が？　いややはりドラゴンとの共同生活というあり得もごが」

「だからお前はぁ‼」

例によって眼鏡を輝かせ始めたビオラは、ウェインに羽交い締めにされて口を塞がれた。

「……ん？　一年前？　なんでそんな頃にクグセ山へ入ったんだ？」

「だよな、禁域指定が解かれたのは最近なんだから、ルシェラが拾われたのって立ち入り禁止だった頃だろ」

ティムとウェインはもっともな疑問を呈する。

二人が言った事は、ルシェラ自身も疑問に思っている事だった。

自然と、全員の足が止まった。重く冷たい謎が足に纏わり付いて、その歩みを鈍らせてしまったかのように。

「それは……実を言うと、山で倒れているより前のことをよく覚えてなくて。戦えもしないのに立ち入り禁止の山に入ったのは……何か、理由があったような……」

答えは自分の頭の中にあったはずなのに、今はそれがどうしても見つからない。

記憶を手繰る作業は、真っ暗な部屋の中を手探りで歩くような気分だった。

「るしぇら」

カファルは心配げに、背後からルシェラを抱く。

「るしぇら、つらい？」

「辛くは……ないけど？」

彼女が何を心配しているのか、まだルシェラには分からなかった。

＊　＊　＊

クグセ山の麓。

山の一番下の裾の部分に、ちょっと乗り上げたように存在しているのがクグトフルムの街だ。

道なき道を通って山を下ってきた一行は、東からの街道が稜線を跨ぐ、小高くなった場所で街道へ入った。そこはちょうど、山裾の街が一望できる場所だ。

「わあ……」

山から流れ落ちる川を人工的に拡張し、東西に延ばして『川の十字路』を作り運河とする。山裾から、その運河を抱え込むように広がっているのがクグトフルムの街だ。

傾きかけた日を浴びて輝く運河は、まるで街を彩る宝石のようだった。川に張り付くように艶めく屋根の建物が並んでいる。そして、魔物対策の壁がぐるりと街を囲んでいた。

「水の都、クグトフルム。ま、この国の街《セトゥレウ》はだいたい『水の都』って呼ばれてんだけどな」

感嘆するルシェラを見て、ティムは誇らしげだった。

しかし、ただ美しく思って感動するというのみならず、この景色はルシェラの心を奇妙なほど揺さぶった。

「この景色、知ってる……気がする。俺は、この街に来て……」

見た。

この景色を。

この場所からの景色を。

その時[redacted]は独りではなかった。

――『良い街だな。海はどうも好きになれないが、川や運河は好きだ。何より近場にドラゴンが棲んでるってのが良い。ふと部屋の窓から見えた山にドラゴンが居ると思うだけで心が弾まないか？』――

彼女は確かそう言って、子どもみたいに無邪気に笑った。

――『この街から旅立つことは無理かも知れない……でもそれも、悪くないかもな。こんな街でなら……』――

そして彼女は、こちらを向いて…………

「誰……？　誰だ？　誰と一緒に、これを、見たんだ……？」

記憶の断片。

そこに繋がって見えてくるはずのものが、何も見えない。

無理に思い出そうとしたら頭が燃えてしまいそうだった。

「るしぇら……」

ルシェラを案じる様子で、カファルは呟く。

「ここは俺たちのパーティーが拠点にしてる街だ。良い街なんだぜ」

ティムが声を掛けてきて、ルシェラの頭に纏わり付いていた霞のような記憶は、夜の夢を朝に忘れる瞬間のように掻き消える。

「俺ら冒険者ってのは本質的に、国も街も関係ない根無し草だ。この国の騎士様やお貴族様が何人討ち死にしようが、それで俺らの何が変わるわけでもねえ。だけどな、見知った景色が戦火に包まれて、知ってる顔がどこぞの兵士に殺されるのは嫌なんだ……俺は今、そのために自分ができることをしてる」

キンピカにメッキされた兜の面覆いを持ち上げて、ティムは渋い顔で街を眺めていた。

『できること』。つまりクグセ山のドラゴン……カファルの力を借りることだ。

「もちろん、お前らのことも見過ごせない。困ってる奴を助けて、その事で巡り巡って自分らも助かるってのが、人のあるべき姿だ。でなきゃ、どこかで絶対に痛い目を見るのさ。そういうもんだろ？」

白い歯を光らせ、鎧男は笑った。

＊

偶然だった。

もう、『奴』の冒険者証なんて物入れの奥底に隠して二度と見る事など無かったはずなのに。

ただ、ちょっと探し物をしていて、ゲメルはそれを偶然見てしまった。

そして、以前見た時、既にあり得ない状態だった数字が、更にあり得ない事になっていると気付いてしまった。

＝＝＝＝＝＝

名前　[redacted]

Lv40　HP　852／852　MP　2398／2398　ST　716／716

膂力　58　魔力　75　敏捷　60　器用　19　耐久　52　抵抗　93

＝＝＝＝＝＝

〝七ツ目賽〟の面々は、ギルド指定の宿の一室にて（貸家はパーティー財政を圧迫するので引き払った）、唖然としてその冒険者証を覗き込んでいた。

超人と表現することさえおこがましい、もはや人という概念の遥か彼方に位置するステータスが記されている。

「また、数字が増えてやがる……？」

「能力値だけじゃないぞ。レベルもだ」

「いや、でも40って」

レベルというのは、戦いの経験を数字化したもの。

とは言え、これも今ひとつ合理性に欠く部分がある。

あくまで経験の総量だけを評価するため、極論を言えば強敵の目の前で右往左往して逃げ惑っているだけでも、死にかけの強敵を介錯してもレベルは上がる。

高ければ勲章にはなるが、別にレベルが上がったからと言って何かが変わるわけではないので、一つの指標ではあっても冒険者たちはあまり重視していない。

だが、それはあくまでも数字が常識の範囲に留まっている場合の話だ。

レベルは徐々に上がりにくくなっていく。『普通の冒険者』が堅実に仕事を続け、（人間であれば）三十といくつくらいの歳で身体にガタが来て引退するとして、その時レベルは20台……というのが相場だ。

レベルを30の大台に乗せるには、それなりに英雄的活躍をしなければならない。

実際、まだ若くキャリアも短いゲメルがレベル22というのはかなり良い方だ。この調子なら引退までにレベル30に届くだろうし、それを看板に第二の人生で良い商売をできるかも知れないとか考えていた。

レベルとはそれくらいのペースで上がるものだ。

もし、これほどの短期に3から40まで上げるとしたら、それはもはや英雄的偉業を達成した証左とさえ言える。余程の大物を数十は討伐しなければなるまい。たとえば、そう、クグセ山に棲まう『変異体』どものような……

「……捨ててくる！」

ゲメルは冒険者証を掴んで、何かに弾かれたように立ち上がる。

「ええ⁉　でも捨てちゃ駄目だって自分が……」

「顔なじみの売人に言って、こういう物の始末が得意な奴を紹介してもらうんだよ！」

ゲメルはそれだけ言い置くと部屋を飛び出して、早足に歩き出した。

手に持っているプレートの感触が嫌に冷たく思われて不気味だった。

「どけ、邪魔だ！」

「きゃあっ！」

呑気に歩いている通行人全てが煩わしかった。

人を掻き分けるようにしてゲメルは、賑わう通りを猛進する。

だが突然、石の柱に正面衝突したかと思った。

「ぐげっ⁉」

とんでもなく重量感のある人影にぶつかり、ゲメルは足早に歩いていた勢いの分だけダメージを受けて吹っ飛ばされ、盛大に尻餅をついた。

「いってえなこの野郎！　もっとよく前見て歩……」

「お前こそもっとよく前を見て歩け、ゲメル。こんな小さい子にぶつかっておいてなんだ、その言い草は」

「げっ⁉」

ゲメルは驚愕し、尻餅をついたまま目を見張る。

驚いた理由の半分は、自分を咎めたのがこの街のトップパーティー〝黄金の兜〟のリーダー、ティムだったから。ゲメルでも頭が上がらない相手だ。

そして残りの半分はゲメルにぶつかって弾き返したのが、ゲメルの半分ほどしか身長が無いような少女だったからだ。

長く赤い髪を持つその少女は何故か、引きずるほどの長さの外套で全身をすっぽり覆っている。

ゲメルのような巨漢が結構な勢いでぶつかったはずなのに、彼女は涼しい顔で、そよ風に頬を撫でられたような調子で立っていた。

「ごめんなさい、落とし物ですよ」

少女は可愛らしく笑って、平然と、ゲメルが落とした[redacted]の冒険者証を拾って返す。

裏返しで渡された冒険者証を反射的にひっくり返して、ゲメルは血の気が引いた。

＝＝＝＝＝

名前　ルシェラ

Ｌｖ40　ＨＰ　８５２／８５２　ＭＰ　２３９８／２３９８　ＳＴ　７１６／７１６

膂力　58　魔力　75　敏捷　60　器用　19　耐久　52　抵抗　93

＝＝＝＝＝

塗りつぶされていたはずの名前が、今や鮮明に記されていた。

5 人の街、人の世界

——やばい……わざとずっこけてあげるべきだったかな？

尻餅をついた巨漢を見下ろし、どうやってこの場を取り繕うべきかルシェラは考えていた。

冒険者証を落としたわけだし、おそらくこいつは冒険者だ。岩みたいな腕を剥き出しにした彼は、いかにも鍛えている雰囲気だった。

こんな大男が結構な速度でルシェラにぶつかってきたのに、吹っ飛んだのは大男の方でルシェラはよろめいてもいないのだから、もしこの状況を通行人が傍でよく見ていたら首をかしげたところだろう。

実際、彼の体当たりは、山で戦った『変異体』の突進や飛びかかりに比べたら貧弱と言ってもいいほどで、今のルシェラには痛くも痒くもない。だが、それが一般的感覚からすればおかしいのだという事を、ルシェラはちゃんと自覚していた。

毛皮を巻き付けただけという野生児スタイルのルシェラは、外套を借りてそれを隠し、さらにフードを深く被って特徴的な縦長瞳孔の目も目立たないようにしている。

それは何よりも、変に人目を引いて騒ぎになるのを避けるためだ。なのにこんなアクシデントで目立ちたくはない。

「こい、つは？」

「あ、ああ。なんだその、こいつは……」

「ルシェラと言います。こちらのティムさんにお仕事をお願いしようと、お話し合いをしていたところです」

ルシェラはかなり適当な言い訳をした。

「さあ、早く行きましょう」

「ああ……」

大男が呆然としているうちにルシェラはティムの手を引いて促し、去って行く。

このまま深く考えずに忘れてくれたら助かるところだ。

——なんだ……？　腹の辺りがもたれるような……痛むような……

衝突でダメージは受けなかったと思うのだが、妙な感覚がルシェラの腹には残っていた。

「グルルルル…………」

カファルはルシェラにぶつかった男が許せないのか、鞴《ふいご》のような音で息をついて雑踏の向こうを睨んでいた。

「さっきの人は？　お知り合いですか？」

「ゲメルだ。腕は立つんだがな……それ以外全部ダメなタイプの冒険者だよ。冒険者だって究極的には商売だ。礼儀や計画性、忍耐みたいなもんが上へ行くほど必要になる。だがあいつにはそれが無ぇ」

ティムは嘆く調子で酷評する。

「一時期は調子良かったんだが、最近は見てらんねえよ。縋《すが》って助けを求めてくるなら、俺にもやりようがあるんだけどな……」

「ふうん……」

「リーダーは甘すぎる。あんなクズ野郎にゃ関わらない方が吉だぜ！」

気遣いが見えるティムと対照的にウェインは軽蔑も露わで、触れたくもない様子だった。

どくん、と。

ルシェラの頭の中に心臓が引っ越してきたかのように、熱く脈打つものがある。

――『いいぜ、お前を雇ってやろう』――

べとつく古い油みたいな、嫌みったらしい声が頭の中に響いた。

――『今後、雑務一切はお前にやらせる。絶対に手を抜くなよ。何？　給料？　へっ、安いって思うなら俺は別にいいんだぜ。雑用係の替えなんていくらでも居るんだ』――

見下し、己の優位を確信し、そして彼は、支配していた。

目上の者にはこびへつらい、目下や格下に対しては邪悪な神の如く横暴に振る舞う……そういう男の声がした。

「この声は……さっきの奴……？　思い、出せ……ない……」

覚えがある、気がする。

なのに、その記憶は思い出す傍から泡と消えて、ルシェラの手の中から零れ落ちていく。

「ほら着いた、ここが冒険者ギルド支部だ」

記憶をまさぐりながら歩いていると、いつの間にやらルシェラたちは冒険者ギルドの支部に着いていた。

クグトフルムの街の冒険者ギルド支部は、元は神殿だった建物を何かの理由で使っているらしく、鐘の撤去された鐘撞き塔に時計をくっつけた大きな建物だった。

やはり、見覚えがある気がした。

＊　＊　＊

聖堂を改装したロビーには、高い天窓のステンドグラスからカラフルな明かりが差し込んでいる。そんなロビーの、カウンターで仕切られた向こう側で、同時多発的にいくつもの愉快な爆発音が発生した。

「うわあ、魔法適性測定器が‼」

「きゃっ、元素検知器が全部⁉」

「新調したばかりの竜気観測設備があああああっ！」

オフィススペースは騒然となり、ロビーにたむろしていた冒険者たちも何事かとざわめき始める。

そんな中、ティムはカウンターの職員に話し掛けた。

「なんだ今日は随分賑やかだな」

「ああ、ティムさん！　なんか知らないけど色んなものが一斉にイカレて……」

「ふうん……ま、まあそんな日もあるだろ」

引き攣った笑いで誤魔化して、ティムはルシェラに顔を寄せて耳打ちする。

「おい、もうちょっと上手く色々隠せよ……バレるぞ、ここは鋭い奴ばっかりなんだから」

「努力します……」

クグセ山での修業生活で不要だったのが『気配を消すこと』だった。

山にはそもそもカファルの気配とも言うべき竜気が渦巻いており、その中にあっては他者の気配を読むことがそもそも難しい。音とニオイさえ隠せば忍び歩くのに不都合は無かった。しかし山から出た今、そうはいかないのだ。

ルシェラはそっと退いて、カウンターの奥から見えない場所に移動した。

カウンター脇の壁は掲示スペースになっていて、そこには出入りする冒険者たちに向けた通達事項も張り出されている。その目の前に立ったルシェラは、特に注意深く観察するまでもなく、重要な情報を発見する。

一際目立つ赤文字の掲示物には、マルトガルズからの伝達事項と、近いうちにクグセ山全域が再び禁域指定される見込みである事が記されていた。別にティムを疑っていたわけではないが、彼の言ったことは事実だったようだ。

「あらティムさん！　指名依頼が溜まってますよ」

〝黄金の兜〟を担当しているらしい中年の女性管理官が、資料の束を持ってやってくる。

「あー……すまん、たぶん何日か動けねえ。俺の推薦ってことでいいから、急ぎの仕事《やつ》は回せそうな奴に回しておいてくれないか」

「かしこまりました。ところで、依頼の確認でないのでしたら今日は何を？」

「ちと調べてほしい事があるっつーか、探してほしいもんがあるっつーか……冒険者ギルドでな、ドラゴン語の通訳って心当たりあるか？」

「はい？」

「理由は言えないが、ちょっと必要なんだ。それも、なるべく早く」

言われた管理官も、聞き耳を立てるでもなく聞いていた周囲の者らも、きょとんとしていた。

冒険者ギルドは常に様々な言語を翻訳・通訳する必要性に迫られており、それができる人材を内部にも外部にも抱え、所属冒険者から要請があれば協力する。山から下りるなり一行が冒険者ギルドへ直行した理由は、ドラゴン語の通訳を探すためだ。

セトゥレウ王宮とカファルの間を取り持とうというティムの考えは良かったのかも知れないが、カファルの人間語が不自由であるという問題に突き当たった。これでは交渉以前に意思の疎通もままならない。

そこで通訳者を求めて問い合わせに来たわけだが、誰も彼も難しい顔だ。

「ドラゴン語となると、エルフ語なんかとはワケが違いますよ。国全体でも居るかどうか」

「王都の本部に問い合わせられます？」

「構いませんが、結局他国のギルドに聞くことになるかも……」

「うーん、そしたら問い合わせて向こうで調べてもらって、呼べるとしても一ヶ月コースとかだろ？　あんまり良くないな」

事が事なので理由を大っぴらにはできないが、既に山向こうの国は動き出しているのだ。そんな先の話になるくらいなら次善の策を採るべきか……

と、思ったその時だった。

「あの、私……心当たりがあります」

若い女性管理官が、控えめに手を挙げて申し出た。

「本当か⁉　居るのか⁉」

「ごめんなさい。私が知っているわけじゃなくて……〝七ツ目賽〟のマネージャーさんが以前、言ってたんです。『ドラゴンと話せる人を知ってる』って」

「〝七ツ目賽〟？　ちょうどすれ違ったとこじゃねーか」

「あいつらマネージャーなんて使ってたのか」

ティムとウェインの反応から察するに、〝七ツ目賽〟とは先程ルシェラにぶつかった、ゲメルとかいう男の所属するパーティーらしい。

「冒険者のマネージャーって何です？」

聞き慣れぬ概念だったのか、ビオラは眉間に皺を寄せていた。

「ギルドへ出す手続き書類の作成とか、情報収集とか、依頼人との打ち合わせとか、諸々の雑用とか……そういうのをこなす仕事だよ。言ってみりゃ『私設の管理官』ってとこだ。そのために冒険者資格を取って便宜的にパーティーに所属してるけど、裏方だからあんまり自分が冒険したりするわけじゃない立場だな。山向《マルトガルズ》こうにゃ結構居るらしい」

「最近、この街にもそういう仕事やり出した奴が居るよな、確か」

ティムとウェインがビオラに答える。

――あれ？　これって……常識じゃ、ないのか？　なんで俺は知ってるんだ？

二人の答えた程度の事はルシェラも知っていた。

一般的な知識ではないらしいが、何故だか知っていた。

「ただ、そのマネージャーさんは去年の夏頃、仕事《クエスト》中に魔物に襲われて亡くなられました」

「そうか……」

「ですが、もしかしたらゲメルさんが何かご存知では」

若い管理官は、ものすごく言いにくそうにそう言った。

彼女の言葉には『本当ならそれを確かめるのは自分の仕事だが、可能な限りゲメルには関わりたくないから自分で行ってくれると助かる』という、期待と不安と後ろめたさが感じられた。どうやらゲメルという男、相当嫌われているようだ。

「しゃーねえ、聞くだけ聞いてくるわ」

「は、はい。お手数をおかけします」

「いいって、気にすんな」

ティムは軽く応じ、若い管理官は深々と礼をした。

「それで、その『マネージャー』の名前は？」

ティムは当然聞いておくべき事を、問う。

だがその問いに若い管理官は顔を曇らせた。

「実は……分からないんです」

「何？」

「便宜上『彼』と言いますが……ドラゴン通訳者を知るという『彼』は、確かにギルドに所属する冒険者でした。ですが『彼』は去年、仕事中《クエスト》に魔物に殺され、その時……何故か、誰もが『彼』の名前を忘れてしまったんです」

ティムも、ルシェラも、唖然としていた。

散歩をしていたはずなのに気が付けば迷宮に迷い込んでいた、みたいな気分だ。

この異変は既に知られているようで、周囲の管理官たちも神妙な様子で頷き合う。

「名前を忘れるだけならまだしも、『彼』の名前を記した全ての資料がギルド内から消失しました。誰かが紛失したわけではなく、消えたんです。それこそ紐で綴じられていたものまで該当ページだけ抜き取られて……名前が書いてある全ての書類が消えたとなると、ほぼ全ての記録が消失したに等しく、『彼』についてはもはや何も分からない状態です」

どんな魔法でも普通はあり得ないような事態だ。

しかも、何故こんな事になったのか分からないし、何者かの意図が介在しているとしたらそれは何が目的なのかという事も分からない。

薄気味の悪い状況だった。

「……どのみち、又聞きになるんじゃあんまり期待できねえ気もするけどな」

ティムが話をまとめる。好奇心も必要だが、考えてもどうにもならない事はとりあえず脇に置き自らの目標を達成するというのも、冒険者に必要な知恵だった。

「とにかくギルドには通訳者を探してもらいましょう。その上でゲメルさんに話を聞くだけ聞いてみては」

「王宮の側で通訳を出してくれるんなら助かるけど、そもそも居るかどうかなんだよなあ」

どうも一筋縄ではいかないようだ。ティムは顔を、渋いと言うよりも苦く歪めていた。

＊　＊　＊

　ギルドの支部を出て、ティムは一旦、一行と別れることになった。

「ちと俺はゲメルに話聞いてくるわ。その間にルシェラを、まともに街を歩ける格好にしといてくれるか」

「よし、引き受けた」

　鎧男は去って行く。

　いつもの毛皮の上から借り物のフード付き外套をすっぽり羽織っているルシェラは、あんまりな言い方をされてちょっと憮然とした。

「……この格好じゃダメですか？」

「あのなあ、いつまでもその毛皮巻き野生児スタイルで行く気じゃないよな？」

「マントを被ってその下が露出過多って危険過ぎでは？」

　ごもっともだった。

　この外套を脱ぎ捨てるだけで、ルシェラは往来の視線を独り占めできるだろう。

　ついでに言うと、ルシェラが裸足である事も注意深い者なら気付くはずだ。ルシェラ自身は石だろうと釘だろうと平然と踏みつけられるが、それは目立つし、何よりみすぼらしいのは否めない。

「……と言うわけでまずこれを売ってお金に換えましょう」

　ビオラは、収納魔法が魔化（※魔法的加工によって物品をマジックアイテム化すること）されていて外見の数倍入る背負い鞄を指差した。

　ルシェラとカファルの『家』には大量の毛皮が山と積まれていた。カファルが仕留めた魔獣の毛皮を、逐一剥ぎ取ってはルシェラにプレゼントしていた結果だ。

それを収納鞄に詰めていくらか持ってきていた。『変異体』の毛皮は一枚でも相当な財産になるし、装備の材料としても特一級品だ。

「異議無ーし」

「正直こんな扱いに気を配るもの持ち歩いてるのが怖いんで早く然るべき場所に預けたいですね。……ところで毛皮と一緒に突っ込んできたナイフはどうします？」

ビオラは鞄に手を突っ込んで、ひょいと一本のナイフを取り出す。使い込まれ、汚れては磨かれた木製の鞘と柄がテカっていた。

これはルシェラが山でカファルに拾われたとき、ベルトに収まっていたもの。おそらく戦闘を意図して作られた品ではないし、マジックアイテムなどの特別な品でもなさそうだ。だが、枝葉を払うなり、肉や果物を切るなり、様々な用途に役立った。

山から持ってきた荷物は、『変異体』の毛皮を除けばこれ一つ。ベルトのナイフホルダーも革紐が切れてしまったので、一緒に鞄に入れてきていた。

鞘からナイフを抜くと、白銀色の刃は刃毀れが目立ち、刺すように乱れた光を反射する。

「だいぶボロっちくなってんな」

「多分、なんてことない品だとは思うんですが……山暮らしの間は本当にこれのお陰で助かったんで、研ぐなり打ち直すなりして使いたいです。どうやって手に入れたかも今は思い出せないけど、もしかしたら思い出の品だったりするかも知れませんし」

「ならこれは手元に置いておきましょう」

「ま、こんな状態じゃ売ったとこで大した金に……」

ナイフを検めて鞘に戻そうとしたウェインは……ナイフではなく、鞘の方に目を留めた。

「ちょっと待て」

「何です？」

「このナイフの鞘の焼き印……ドゥアックじじいの店の紋じゃねえか！」

ウェインが指摘したのは、鞘に黒く焼き付けられている何かの図案だ。

何を意味するものか、そもそも何を描いたのかさえルシェラにはさっぱりだったのだけれど、彼は見覚えがあるらしい。

「ドゥアックじじい？」

「この街で店をやってるドワーフの鍛冶職人だよ。ドワーフの職人の中じゃ武具や兵器を作るのが花形って扱いだが、ドゥアックじじいは日用品の匠だな」

「じゃ、俺は……クグセ山に入る前に、この街で、これを？」

ルシェラはなんとなく、クグトフルムの景色に見覚えがある。

以前この街に居たか、少なくとも訪れていたなら、この街でナイフの一本も買っていておかしくないはずだった。

「これ、その、ドゥアックさんの所に持っていったら何か分かるでしょうか。その、俺のこととか」

「るしぇら」

ルシェラの手に、優しく重なる別の手があった。

カファルだ。

人の言葉が得意でない事もあってか彼女はあまり喋らず、ただ背後からルシェラに付いて回り、見守っていた。

そんな彼女が今、手を伸ばす。

「むり、しないで」

「う？　う、うん。無理とか、してないよ？」

言葉は切実だった。彼女はルシェラを心から案じている様子だ。

だが、ルシェラの側にしてみれば、何をどう心配されているかまったく分からない。

「じゃあ行くか。店ならそこにあるし」

「近っ！」

「作ってるのは日用品だけど主に冒険者向けに売ってるから、ギルド支部の近くに店があんだよ」

件の店は徒歩二十秒の距離にあった。

武器屋と冒険道具店に挟まれた、石と鉄の小さな砦みたいな外見の建物は、いかにもドワーフ趣味だ。『研ぎ直し、承ります』と書いた札が表に掛けられている。

「でもナイフなんて何百本も売ってるはずですよね。見せたところで何か分かるんでしょうか」

「ま、そこはダメ元だな」

＊　＊　＊

「覚えてるぞ」

「マジかよ⁉」

砦と言うよりも石の洞窟みたいな内装の店内には、鉈《なた》だのナイフだのがズラリと並んでいる。どれもこれもご立派なお値段だ。ちょっと奮発して良質のものを買おうというときに、ギリギリ許容できるか、という価格帯で、しかし品は値段以上に素晴らしい。

金属の扱いに長けたドワーフの職人が作る武具は品質に定評がある。もちろんその技術は日用品にも発揮される。日用品とは言え、冒険中に作業用のナイフ一本が壊れるかどうかで生死を分かつ事もあり得るわけで、そう考えれば安い買い物だろう。

ちょうど店の奥で、脚こぎ式の回転砥石《グラインダー》で鉈を研いでいた店主ドゥアックは、もじゃもじゃの髭を撫でてナイフを観察した。

ドワーフは男女問わず、人間より背が低いものの筋肉の塊みたいな頑強な身体を持ち、暗視能力がある。これは地下生活に適応した結果とも言われる。彼らは大坑道を築き、そこを地下都市と為し、種々の金属を打ち鍛えて暮らすのだ。なお、何故か酒好きが多い。

ずんぐりした岩塊みたいな体型のドゥアックは、太い指で刃をそっと撫でて、顔をしかめる。

「俺だって自分が売ったナイフを全部覚えてるほど酔狂じゃねえさ。だがこいつは覚えてる。見ろよ、これだけくたびれても星みてぇに輝くこの刃。刃文も綺麗なもんだ。奇跡的に出来が良かったんでな。どこぞの貴族にでも売りつけようかと思ってたとこだ」

「そ、それ、誰に売ったか覚えてますか⁉」

「〝七ツ目賽〟っつうパーティーの……マネージャー？　だったか？　そういう奴だ」

ドゥアックの答えに、三人の疑問の声が横一線に揃った。

〝七ツ目賽〟のマネージャーと言えば。ドラゴン語の通訳を知るという人物で、去年の夏頃に魔物に殺されて、この世界から名前が消えたという謎の人物。今まさにティムは『彼』の情報を求めてゲメルの所へ話を聞きに行っているはずだ。

「そいつがよ、言ったんだ。『クグセ山でも仕事ができるようなナイフはあるか』ってな。クソ生意気なガキだと思ったから、こいつを見せてやったのよ。……だがそれっきりだ。あの野郎、まさか本当にクグセ山に入ったんじゃねえだろうな。なあ、こいつをどこで手に入れた？」

パズルのピースが嵌まるように、全ては符合する。

「それってギルドで話を聞いた、あの……」

「去年の夏頃に死んだって言ってましたよね？　俺がカファルに拾われたのがその頃で」

「どういう状況でギルドが死亡判定したのか聞いておくべきでしたね。と言うか今からでも聞きに行きましょう」

「おい、お前ら。俺にも分かるように話をせんか」

いきなり目の前でヒソヒソと相談が始まったので、ドゥアックは眉間に皺を寄せる。

「手短に言うと、このナイフを買ったの、俺かも知れません」

ルシェラが言うと、ドゥアックは目を丸くしていた。

「はあ……？　俺がこれを売ったのは、少なくとも大人の男だったぞ」

「元はそうだったんです」

「…………お前、頭は大丈夫か？」

ドゥアックは岩みたいな自分の頭をトントンと叩く。

実際ルシェラ自身も、頭がいかれていると思われて仕方ない説明だと思ったが、事実だし、ルシェラ自身にも何が起きたかよく分かっていないのだからしょうがない。

「えっと、ごめんなさい。色々はっきりしたら、またちゃんとお話ししようと思います！　このナイフ、本当にクグセ山の異様に頑丈な植物にも通用しました。助かりました！」

「お、おう……おう？」

理解に苦しんでいるドゥアックを取り残し、一行はバタバタと店を出て行った。

＊　＊　＊

「はあ⁉　ルシェラが例の『マネージャー』⁉」

「かも知れねーってだけだ。手掛かりはドゥアックじじいのナイフだけだからな」

ゲメルに話を聞いて戻って来たティムと、ギルドから情報を得たルシェラたちは、ちょうどギルド支部の前で行き会った。

探している『彼』がルシェラかも知れないと聞いて、ティムはもちろん驚いていた。

「ティム、そっちは何か分かったか？」

「『彼』についてゲメルが言うにゃ、個人的な事情なんて興味を持った事も無いし話された事も無いから知らねえと。仕事の命令くらいしか会話は無かったそうだ。もちろん、ドラゴン語通訳がどうたらなんて話はまったく知らんと」

「そこまで何も知らないって、メンバーに対して冷たくねえ？」

ウェインは『信じられない』と言うように大げさに肩をすくめる。

冒険者のパーティーは一蓮托生。何かの目的のため一時的に結成されたパーティーなら別として、長く一緒に居るのに互いの事情が分からないというのは珍しい事だ。

「つっても背中を預けて一緒に戦うわけじゃない裏方だからな。〝七ツ目賽〟のメンバーからも『彼』は準メンバーって扱いだったらしい」

「その、ルシェラかも知れない『マネージャー』が死んだ時の話は？」

「ギルドの記録によると、〝七ツ目賽〟が去年の夏頃、双頭空鮫《ツインヘッドスカイシャーク》の討伐依頼を請けた時にやられたっつー話らしいんだが、死体が上がってないからあくまで〝七ツ目賽〟の申告だな」

「ゲメルも同じ話をしてたが……」

ティムは表情を険しくした。

「話が繋がってきやがったぞ、畜生。さてはあいつら、禁域指定が解かれる前のクグセ山に入りやがったな」

「……なるほどな。ゲメルたちは逃げ帰ったが、ルシェラは山の魔物にやられて……」

「メンバーがいきなり死んだとなったら調査されて、禁域に入ったのがバレるかも知れねえ。だからそれを誤魔化すために適当な依頼《クエスト》を請けて、そっちで死んだって話にしたのかもな」

確かにゲメルたちは、ツインヘッドスカイシャークの討伐依頼を請けてそれをこなしたのかも知れない。だが、その最中に『マネージャー』が死んだというのは完全な嘘っぱちだという推測だ。そう考えれば辻褄が合ってしまう。

「でも、それ……はそれでおかしくないですか？　だって、元の俺は……その『マネージャー』が元の俺だったとして、ですけど……全然戦ったりできない、ただの裏方だったのに。なんでクグセ山みたいな危ない場所に？」

「そりゃ、まあ……なんでだろうな？　確かに妙だ」

「もし俺がマネージャーしてるパーティーがクグセ山に入ろうとしたら、絶対止めますよ。まして自分自身が入るなんて、そんなこと絶対……するわけ…………」

ルシェラの言葉に被さって、カラーン、カラーンと鐘の音がした。

船が通りかかり、運河の跳ね橋を動かす合図だ。渡らぬように、と報せているのだ。

鐘の音は響いていた。ちょうど、あの時も。

運河の水音。船が蹴立てた波のさざめき。

「うっ……!?」

頭が爆発しそうなほどの衝撃を受けた気がして、思わずルシェラは頭を抱えた。

それが、どうしても必要だった。彼女のために。

――『[redacted]、何を考えてる？』――

声が聞こえた。

カーテンが舞う。

窓の外には水の街。

彼女は街を見ていた。

後ろ姿はほっそりとして。

かつて亜麻色と白のまだらだった彼女の髪は、漂白されたように白くなっていた。

――『もう君は私への恩くらい返したと思うんだけどね。私のことなら心配は要らない。君はどこへなりと行って自由に生きるといい。死に方くらいは自分で決めるさ』――

そう、彼女は嘯いて。

強がりだろうと知りながら、[redacted]は頷いた。

「どうした?」

「……分からない。何か思い出しかけたような……」

ティムに聞かれて、ルシェラは首を振った。

掠れた記憶の断片は、灼けた石のようだった。掴んで並べようとすれば、熱くて思わず取り落としてしまう。

「とにかく、なんでクグセ山に入ったかは分かんねえけど、だとしてもルシェラが山ん中で倒れてたのは間違い無いんだろ?」

とっちらかりそうになった話をウェインがまとめた。

何故ルシェラが山に入ったのかは疑問ではあるが、山に入ったこと自体は確かなのだから、ルシェラが死んだはずの『マネージャー』であったとしても話は通るのだ。

「ルシェラちゃんの記憶が戻れば一発で何もかも分かるんですけどねえ」

「そうだな。どうにかなんないのか?」

「どうにかって言っても……」

ルシェラはカファルの方を見た。必然的に全員の視線がカファルに集中する。

慣れない人間語の話を聞き取るのに集中していたらしいカファルは、皆の視線が意味するものを察してか、ルシェラの肩をそっと抱く。

「むり、よくない」

「カファル……」

「つらい。たいへん。よくない」

切実な表情で彼女は首を振る。

相変わらず彼女の言葉は端的で詳細な説明が無い。まだ人間語に不慣れなのだから当然かと思いかけたが、ルシェラは、ふと、敢えて彼女が何も言わないようにしているのではないかという疑念を抱いた。そんなことをする理由があるのかは分からないけれど。

「記憶が戻れば、山を守るための助けになるかも知れないんだ。何か方法は無い？」

カファルは少し考えてから、答える。

「るしぇら、なまえ、もどす、きおく、もどせる。だけど、よくない。ぜんぶ、もどる。ちから、も、ない、なる」

「それはダメそれはダメそれはダメ！」

今度はルシェラが首を振る番だった。

カファルが身を削って与えたも同然の『変異体』。

その代わりになるかは分からないけれど、『変異体』という用心棒が減ってしまった分は自分が補わなければならないとルシェラは思い定めていた。この力を消してまで記憶を取り戻すのは本末転倒だ。

――でも、だとすると、やっぱり記憶が消えたのは名前のせいなんだ。ドラゴンに命名されたことで、俺はその娘になった。だから……人ではなくなろうとしている……？

だとしても別に嫌だとか、不気味だとか思ったりはしないけれど、ドラゴンという存在の力をあらためてルシェラは思い知る。

「他に記憶を取り戻す方法は？」

「…………わからない。なにか、きっかけ、ある、かも」

分からないという言葉はおそらく真実だと思われるが、カファルはそれ以前にルシェラが記憶を取り戻そうとすること自体、何か良くないことであると思っているように見えた。

ルシェラにしてみれば、自分の過去は当然気になる。しかもそれが差し迫った危機を解決する鍵になるかも知れないとなれば尚更だ。カファルもそれは分かっているはずなのだけれど。

「どのみち俺らもドラゴン語通訳の情報は探すつもりだったんだ。お前かも知れない『マネージャー』とやらについて一緒に調べて、何か思い出せないか試してみりゃいいんじゃないか」

「そうですね……」

結局、やるべきことは同じだった。

「ま、なんとかなるさ。協力するぜ」

「なんだかすいません、どっちかと言うと俺個人のことなのに」

「気にすんなって。俺らはなんだかんだ、この街の冒険者の顔役だからな。ギルドメンバーの生き死にに関わることで誤魔化しがあったかも知れんとなりゃ、放ってもおけねえんだよ」

「それに『マネージャーさん』がルシェラちゃんかも知れないとしたらドラゴン語通訳の話は信

憑性が増すのでは？　私は希望の光が見えたと思ってますよ」

「そりゃそうだな、ホラ吹きには見えねえし。この話、追っかける価値ありそうだ」

「それは、どうも……」

ルシェラは曖昧に笑う。記憶を失う前の自分がどんな人物だったか分からないけれど、心情としてはウェインの言うとおり、信じられそうな気はした。

「とにかく、管理官以外でも『彼』からドラゴン語通訳の話を聞いた奴が居るかも知んねえ。それが見つかりゃ早いんだが」

「俺はクグセ山の件でゲメルの野郎を詰めてくる」

「鎌掛けとか、できるのか？　ティムは単細…………人が良いからな」

「ウェインお前今なんて言いかけた」

「つっても俺が行ったら逃げるよな、あの野郎……ティムが上手くやることに賭けるしかねえか」

ウェインは肩をすくめて溜息をついた。正直、あまり期待はしていないように見える。

「こっちは今度こそ『変異体』の毛皮の換金に行ってくる。あの変態に聞きたい事もできたしな」

「……変態？」

ルシェラは確かに不穏な単語を聞いた。

＊　＊　＊

冒険者ギルド支部の周囲には当然、冒険者向けの商売をしている店が多い。クグトフルムのように大きな街であれば、周辺の小さな町や村で活動する冒険者のハブにもなっているので、その傾向は更に強まる。

『アダマント・ソーイング』はそんな店の一つで、非金属製の鎧のオーダーメイド製作や補修を請け負っていた。

カラフルな糸、帯、加工しかけの皮、巻いた布等々が壁と天井を埋め尽くしている工房にて。

「きゃああああっ！　ほ、本当に⁉　本当に、こ、これを、切ったり⁉　縫ったり⁉　染めたり⁉　し、して良いの⁉　本当に⁉」

背の低い作業台に大量に並べられた種々の毛皮を見て、工房の主であるミドゥムは身悶えながら黄色い歓声を上げていた。

ミドゥムは外見だけならルシェラと同じくらいの歳の少女に見えるが、彼女はドワーフであり、これでも大人だ。ドワーフの女は人間で言うなら十代前半くらいの容姿で成長が止まり、それ以上育つ事が無い。

豪快に金属を打ち叩くばかりがドワーフではなく、ものを作ることにかけてはだいたいなんでも高い技術を持つ。ミドゥムは一流の材料を用いて、一流の冒険者に、一流の魔物と戦うための高級防具を提供する縫製職人だ。

そんな彼女にとって『変異体』の毛皮は最高の作品の種。アップ髪に作業エプロンというスタイルの女ドワーフは、積み上げられた毛皮を見て感動に打ち震えていた。

「いやあ、持ち込みは助かります。ギルドの仲介料も安くなりますからね」

「一枚分だけでいいから今現金で払ってくれ。残りの払いは後でいい」

「合点。でもこんなに沢山、どうしたんです？」

当然の疑問だった。

ウェインの目配せにルシェラは、頷く。

「言っちゃって構わないです。事情を説明しないと迷惑を掛けちゃうかもしれませんし」

「分かった。ええとな、そこに居るカファルは、実はアレな、クグセ山のドラゴンだ。そっちのルシェラはカファルの養い子。山が物騒な事になりかけてるんで、それをどうにかしようって街に降りてるんだ。この毛皮は二人が食った『変異体』の残りだよ」

ウェインは掻い摘まんで事情を説明し、ルシェラとカファルを紹介する。

するとミドゥムは目を潤ませてルシェラたちの方を見ていた。

「……ゆ、夢ですか、これは。最高の材料の生産者に会えるなんて……」

「感動のポイントがおかしくないか。……一応しばらくは他言無用で頼むな。色々面倒な事になりそうなんで」

「そりゃーもう。私の名誉と毛皮に賭けて誓いましょう」

ミドゥムは平たい胸をドンと叩いた。

そして彼女はニマッと好戦的に笑う。

「ところで、お二方。ミドゥムちゃん様の作品はいかがです？　性能もデザインも一級品ですよ。強く美しい方にこそ私の作品を着ていただきたい。ドラゴンの装束としても相応しい逸品であると保証します」

唐突な売り込みにルシェラとカファルは顔を見合わせる。

ややあってカファルが、すっと自身の身体を撫でると、揺らめく炎のようなドレスはミドゥムとお揃いの作業着になった。

「かふぁる、からだ、ほんもの、ちがう。ふく、つくれる」

「わ、そんな仕組みなんだ」

「その『傀儡』で戦うわけでもないでしょうしねえ」

「むむう……」

目の前で一瞬で服を作られ、縫製職人としては色々思う事があるのか、ミドゥムは何か言いたい事があるような無いようなふて腐れた顔をしていた。

「あの、俺、欲しいです！」

そこでルシェラは手を挙げて申し出る。

カファルは所詮分身体だし、本来の姿はドラゴンだから装備など不要なのだろうが、ルシェラは本体も分身も無い。そして戦いが予感される中、激しい戦いにも耐えうる武具は是非とも欲しかった。

ルシェラの声を聞いてミドゥムの目が怪しく光った。気がした。

「よっしゃ掛かったぁ‼　材料は持ち込み扱いで実質タダ！　ついでに残りの毛皮代も加工費で相殺してキャッシュフロー保全です！　しかもこんな絶世の美少女に着てもらえるなんてぇ！

あああ、もう手が震えちまうですよ！」

「心の声が全部漏れてんぞ」

「いやでも実際妙案だと思いますよ。ルシェラちゃん明らかに只者じゃないですもん。冒険者っぽい格好させとけば誤魔化せる部分もあるかと」

燃え上がるミドゥムをビオラがフォローした。

冒険者には無法者も多いが、常人の枠に収まらない変人奇人も多い。ルシェラが只者ではないという事、聡い者であれば気配だけで察するだろうが、冒険者の格好をしていれば『そういうものだ』と納得してくれるかも知れない。

ミドゥムは鼻息も荒くルシェラの方を向き、熱っぽい視線でじろじろと観察する。

「採寸完了！」

「見ただけで⁉」

「そういう奴なんだ……こいつ変態だから」

「そう言えばビオラさん、前回会ってから一・一キロ太りましたね！　ちょっと食べすぎました？」

「ぶち殺《ころ》‼」

ビオラがミドゥムに襲いかかってもちもちのほっぺを摘まみ上げた。

「可能な限り早く欲しいんです。何日でできます？」

仮に山向こうの国が攻めてくるとして、それがいつになるかは知らないが、それには間に合わせねばならない。

そんなルシェラの不安にミドゥムは怪しく笑って応えた。

「ふふふふふ、このミドゥムちゃん様を舐めるでありません。もう他の仕事なんかやってられねーですから、店を閉めてぶっ通しでやって四、五日で完成ってとこですねえ」

「マジでそんな早く？　毛皮の加工からだろ？　折角これだけの素材なんだから、ちゃんと相応の質の防具作れよ？」

やっつけ仕事にならないか心配しているらしいウェインに、ミドゥムは得意げに指を振る。

「形にするだけなら、そんなもんで充分です。魔化はどうせ専門外なんで枠《スロット》だけ作っとくですよ。『変異体』の毛皮なんて、それ自体マジックアイテムみてえなもんですから、魔化が必要かは疑問でやがりますがね」

腕まくりしてスリーブを着けたミドゥムは、もう振り返りもせず、なにか特殊な輝きを宿す裁ちバサミで毛皮を切り始めた。

作業速度は素人にでも分かる速さだった。

「つーわけだ。こいつ変態だけど腕は確かだから、後は任せておけばいい」

「あ、はい。お願いします」

ルシェラは二つの情報に納得した。

「ところで、ミドゥム」

熱心に作業するミドゥムの背中にウェインは声を掛ける。

「なんですか？　見てのとおり忙しいんですが」

「お前、クグセ山が禁域指定されてる頃から『変異体』の素材扱ってるよな？」

「そりゃそうでやがりますよ。私はそのためにこの街に店を構えてるようなもんで」

「正規品だけじゃねえよな？」

ミドゥムの手が、止まった。

「その手の物の流通ルートとかは知ってるか？」

背中で返事をしていたミドゥムが、振り返った。

「……何を言いてえですか？」

「禁域指定が解かれる前にクグセ山に入った馬鹿野郎が居る……と、思われる。その推測の裏を取りたい。後は目的が何だったか、だな」

「貸し一つですよ。それと、後ろ暗い仕事をしてる界隈ですから、紹介するわけにはいきません。私にも信用ってもんがありやがりますからね。情報を聞きに行ってくる程度なら構わねーです」

ミドゥムを訪ねた理由は、第一に『変異体』の毛皮を売却して、ルシェラが当座の資金を得るため。そしてもう一つの理由は、山より産出される種々の物品について、闇のルートに足跡が残っていないか探るためだった。もし本当にゲメルがクグセ山に入っていたとしたら、推理は当たっていたという事になりそうだ。

クグセ山は最近まで冒険者ギルドが指定する立ち入り禁止区域だったわけだが、こんな特殊資源の宝庫を目の前にして、規則だの命の危険だのを理由に踏みとどまる者ばかりではない。そして密採者が存在する以上、正規ルートでは流せない彼らの戦利品を扱う商人も存在するのだ。

ミドゥムは、そんな界隈とも付き合いがある。ひょっとしたら彼女に限らず、この街の多くの商人や職人が。

褒められたことではないかも知れないが、そうして作られたミドゥムの作品は誰かの命を救っているわけで……ウェインはその辺りは割り切って考えているようだ。

「分かった、ありがてえ。〝七ツ目賽〟ってパーティーなんだが知ってるか？」

「〝七ツ目賽〟？　仕事で関わった相手なら覚えてるはずですが、そういうパーティーから注文を受けた覚えは無えですねえ」

「そうか……ま、いいや。とにかくそいつらが去年の八月か九月頭頃にクグセ山に入ったかも知れねえ。そこで何を手に入れたとしても正規のルートじゃ売れないから闇に流してるはずだ。それを確認して、なんかあったなら何が売られたかも知りたい」

「しゃーない、引き受けたですよ」

しょうがない、の一言でこんな話を引き受けるのだから、彼女もなかなかの傑物だった。

「あと、こいつに着せる適当な服を用意してくれないか。この格好じゃ目立って、街を連れて歩くにも不便だし」

未だに未加工の毛皮を服の代わりに身に纏っているルシェラをウェインが指差すと、ミドゥムは肩をすくめる。

「普通の服が欲しいんでしょ？　普段着にできるような服なんか、うちの工房には置いてねーですよ」

「そりゃそうか」

「普通に既製品買いに行きましょうよ。ルシェラちゃんは試着室に突っ込んどいて私が選んでくればいいんですから」

「じゃあビオラさん、お願いします。面倒をお掛けしますが……」

ルシェラもここは大人しく、ビオラの力を借りることとする。

「面倒なんてとんでもない！　よろこんでお手伝いしますよ……じゅるり」

「じゅるり？」

ビオラは眼鏡を光らせて舌なめずりをしていた。

＊　＊　＊

服の生産も、魔動機械《アーティファクト》を導入した工場生産が行われるようになって久しい。

お陰で現代を生きる庶民は、それなりに安価に服を手に入れられるようになった。

「あの、ビオラさん」

「なんでしょうか！」

もちろん、個々人に合わせて作るオーダーメイドの形式は高級品として残っているが、『サイズ』という概念が生まれた事で既製品の販売がされるようになり、量販店には防寒着から靴下まで沢山の衣類が置かれるようになり、客はその中から好きなものを選んで買えるようになったのだ。

「…………なにこれ」

「おパンツ」

クグトフルムの街にも服の量販店はある。そんな店の奥の、ロッカールームみたいにちょっと広い女性用試着部屋にて。

ルシェラはビオラが持ってきた服とにらめっこしていた。正確にはその中にあった、とてつもなく布地面積が少ない純白のおパンツと。

いや布地面積が少ないというのは、あくまでもルシェラの感覚だ。

女性用の下着は総じてこんなものなのかも知れないし、今は子どもの身体なのだからこれでちょうど良い……の、かも知れない。

「ルシェラちゃん本当に山の外で育ったの？　文明社会の人間って普通は下着を身につけるものじゃないです?」

「えーと、俺、元は男だったはずでして……こんなの未経験なんですが」

「仮にそうだとしても今は女の子じゃないですか」

「あう……」

ビオラは問答無用だった。

毛皮も外套も脱いですっぽんぽんになったルシェラは、薄っぺらで頼りない下着にそっと足を通す。身体にピッタリ纏わり付くような形のそれは、未知のこそばゆさだった。

「謎の密着感……」

「ドロワーズも試してみます？　身体を覆う面積は増えるから戒律破りになっちゃうかも知れないけど密着感は薄れるかも」

「人をノーパン・カルト教団の信者みたいに言わないでください」

「下着は試着不可だけど全部買ってあるから心配しないでくださいね」

ビオラはダボダボで短いズボンみたいな下着を投げ渡してきた。

花びらのように繊細で柔らかな印象の白いドロワーズは、前側の部分にワンポイントとして小さな赤いリボンが付いていた。

打って変わって、今度は大きすぎる。とりあえず穿くだけ穿いてみたところ、素肌に直接薄いズボンを穿いてるような奇妙な感覚だ。あと長めのズボンやスカートでないと確実に裾が見える。

ついでに渡された『上』の下着は、幸いにも男性用のシャツとあまり違いは、無い、かと……思われたが、なんだか緩い気がした。

よく見ると胸の部分だけ少し余裕を持たせてある。薄っぺらな布地は胸の下で縫い分けられて袋状に膨らみ、そんなスペースが不要なルシェラの肉体にも若干の幻想を与えていた。

――このいかにも子どもっぽいダサカワイイ下着……なんで何も穿いてないよりヤバい格好してるような気分になるんだ……？

ルシェラは得も言われぬこそばゆい恥ずかしさに襲われていた。

これなら毛皮を巻いて生活している方が気楽だ、絶対に。

「服はこんなもんでいかが。この辺の地方だと女の子の普段着ってだいたいこれですし」

ビオラはちょっと目を離した隙に試着室を出て服を持ってきた。

まず部屋着にもできそうな簡素な白ワンピ。

その上から、長い布の真ん中に穴を開けて貫頭衣状にしたものを被り、細い帯で腰の辺りを留める。上着となるそれは、赤を基調にしたタータンチェック柄だった。ついでにどこか他所で買っておいたらしい丈夫そうな革靴も履かされ、裸足状態は解消された。

なんだかよく分からないうちにルシェラに服を着せたビオラは、その成果を見て眼鏡を輝かせた。

「良い……！　とても良い！　ワイルドな毛皮の服も荒々しさと一種の無垢さを感じさせて良い

ものでしたがやはり！　いかにも女の子らしい普段着の醸し出す幼気《いたいけ》さは唯一無二！　これが一番似合うことでしょう！」

ウェインの制止が無い女だけの空間で、ビオラはいつもより何割増しかの勢いで喋っていた。

「髪も赤いから被っちゃうけどどうしても赤色を入れたくなりますねえ。不思議と『これが魂の色』って感じです。と言うわけでいかがでしょうお母様」

「ええと……」

服のことなど分からないカファルは、ビオラの所業を傍で見ているだけだった。

ドレスアップされたルシェラの姿を見て、彼女はまじまじと目を丸くする。

「るしぇら、すごい。ちがう、にんげん、みたい、だけど、るしぇら」

彼女はそっとルシェラに触れ、梳かされて整えられた髪を撫でた。こそばゆかった。

「ご本人の感想は」

「毛皮より軽くていいけど……足下がヒラヒラして落ち着かない……」

「ほら鏡！」

自分がどんな服を着ているかなんて身体を見下ろせば分かると思っていたルシェラだが、ビオラに鏡の前まで引っ張ってこられて、息を呑む。

華やかに赤く彩られた美少女がそこに居た。

ビオラの評価は誇張でもなんでもなく、鏡の中の少女は透き通るように美しく。

「……………可愛い」

衝撃のあまり思わず呟き、それからルシェラははっと我に返った。

ビオラは眼鏡を光らせてにんまり笑っている。

「ち、ちが、違うって！　そういうのじゃなくて！」

「可愛いじゃないですか。何か問題が？」

「自分で自分のこと『可愛い』って言うの、危ない奴みたいじゃんか……」

「可愛いものは可愛いでしょう。事実は正しく認識しなきゃ」

可愛いものは可愛い。それは確かに真実かも知れない。

しかし、自分自身の可愛さを感じ取るというのはルシェラにとって未知の感覚だった。未だかつてないほど心臓がドキドキしている。

「かわ、いい？」

カファルが首をかしげる。

「そうですとも。抱きついてスリスリしたくなるような愛おしく見えるものを『可愛い』って言うんです。まあこの言葉には多くの用例と定義がありまして……」

「るしぇら、かわいい！」

「むぎゅる！」

カファルは胸からぶつかってきてルシェラにタックル、もとい抱きしめた。そしてビオラが言った『抱きついてスリスリ』を名案だと思ったらしく、そのとおりの行動をする。

「かわいい、かわいい、かわいい」

「あの、ちょっと、そのくらいで……」

全力でカワイイを満喫していたカファルが、ふいに醒めたように動きを止めた。

何事かと思えば彼女はルシェラに抱きついたまま、ルシェラが脱いで畳んだ毛皮を見ていた。

「けがわ、きらい？」

「や、別にそんなことなくて！」

ルシェラはぶんぶんと首を振る。

――そっか、これカファルがくれて、ずっと着てたものだしな……街に来たからってポイされたらいい気はしないか。

カファルがくれた毛皮のお陰で、ルシェラは凍えずに済んだし、山中での全裸生活を回避して自尊心を保つことができた。

だが、それはそれ。さすがに人の街であんな格好をして出歩くわけにはいかない。

「ほら街の人はみんなこういう格好してるし……人は、って言うか人間は、場所に応じて着るものを変えなきゃならないの。毛皮を巻くだけっていうのは人前でする格好じゃなく……だから、山の中だったらあれでもいいわけだし」

「うん……」

弁明、したつもりだったのだけど。

カファルはそれでも浮かない様子だった。

――あれ？　問題点はそこじゃなかったのか？

抱きしめる手は、縋るようでもあった。

「ほらほらさあさあ見てもらいに行きましょう！　やっぱり私の眼鏡に狂いは無かった！　普段着でも誰もが振り返るような無敵の美少女が完成ですよ！」

「『目立たない』って目的はどこに行ったの⁉」

二の足を踏むルシェラを、ビオラは強引に試着室から引っ張り出した。

雑貨店のように棚が並んだ店内には、小物ではなく既製品の服が陳列されており、ちょうど何人かの客がいた。

ビオラの声を聞いてふとルシェラの方を見た女が息を呑み、通りがかった品出し中の店員がルシェラの方を二度見し、買う物に迷っていたらしい親子連れは即断でルシェラと同じ服を手に取った。

——無敵の美少女って……無敵の美少女ってえええええええ⁉

顔から火が出そうなほど恥ずかしい。

何か失敗をしたわけでも、みっともない格好をしているわけでもないのに。そうではない恥ずかしさも存在するのだと、ルシェラは新たな世界の扉を開いた。

「盛り上がってんな、お前ら」

「あ、ティムさん」

ゲメルを問い詰めに行っていたはずの鎧男が店の隅にいて、女どもの買い物を待っていたウェインと話していた。

ティムはルシェラの姿を見て、いぶし銀の微笑を浮かべた。

「おお、こりゃまた可愛らしい。驚いたぞ。……って、どうした？」

「いや、その……控えめな反応がかえって客観性を感じて逃げ道塞がれた感が……」

「逃げ道？　何のだ？」

ルシェラは褒められて、嬉しいよりも脱力した。

「……えーと、ゲメルさん？　って人から、話は何か聞けました？」

ひとまず服のことは忘れて本題に集中することでルシェラは恥ずかしさを遠ざけようと努力した。

「会えなかった。パーティー全員で出かけちまったみてえだ」

「逃げましたかね？　もし私たちの推測が正しければ〝七ツ目賽〟は禁を破ってクグセ山に入ったわけですからそれがバレそうになったと思って……」

「さすがにそりゃ判断が早すぎるだろ。ティムが『マネージャー』について聞いただけでそこまで察するわけないと思うぞ」

「俺らだってまだ推測の段階だしな。……まあ明日にでもまた行ってみるわ」

どうにも何かが、きな臭い。ルシェラはそう思ったし、ティムもそう感じているようだ。

しかしあくまでもきな臭いだけ。今できるのは、待つくらいだ。

「焦る気持ちもあるかも知れんが、今日はもう休もう。クグセ山へ行って戻って来てこれじゃ、さすがに俺も疲れた」

「さんせーい。お二方さえ良ければ、俺たちのねぐらに案内するがどうかね。ま、寝る場所くらいだったらいくらでもあるぜ」

「でしたら是非、お願いします！」

一も二も無くルシェラはウェインの言葉に甘えることにした。

久々に文明的なベッドで眠れそうだとなって、ルシェラは心躍らせていた。

＊＊＊

ところが、まだ今日という日は終わっていなかった。

「あ、ティムさん！　王宮から通信がありましたよ」

冒険者ギルド支部の前を通りかかったところで、飛び出してきた管理官が一行を呼び止める。

「もう返事があったのか？」

「折り返しの連絡をお待ちしておりますと……いつでも良いので三人で出るようにとのことです」

「分かった、今行く。準備頼む」

「了解致しました」

管理官は足早に戻っていった。それを見送ってからティムは冗談めかして謝罪する。

「……つーわけだ、すまん。帰るのはちょっと遅くなっちまうな」

「もしかして、今の話って」

「お前らのことを王宮に伝えたんだ。その返事だよ」

ルシェラとカファルが街へ来たのは、王宮との協力を勧められたからだ。具体的にどうするかルシェラ自身はまだノープランだったのだけど、ティムは先に手を回していたらしい。

「すごい……一流冒険者ともなると、王宮とも直接話ができるんですね」

「ま、俺らは特別さ」

「コネの一つもなきゃ、あんな誘いはせんよ。声を掛けた以上、繋ぎを付けるところまでは責任持ってやらせてもらうとも」

「あ、ありがとうございます」

「礼には及ばんさ。俺ができるのは、話し合いの席を用意するところまでだ。後はお前と……王宮《むこう》の出方次第だからな」

ティムは謙遜したが、ルシェラにとっては拝むしかないくらいにありがたかった。交渉事をするに当たっては、まず相手の考えを知るべきだが、それがそもそも大変だったりするのだ。特に王侯貴族のような、雲の上に居たがる人々を相手にする場合は。

その点、こうして伝手を頼ることができれば初手から率直に意見を聞くことができる。

「しばらく待っててくれ」

「分かりました。俺は行かなくて大丈夫ですか？」

「向こうにも段取りとかあるからな」

「それじゃ、待ってますね」

三人はギルド職員に案内され、建物の奥へ消えていく。

ここには遠隔通話魔法を行使するための設備があって、遠く離れた場所の人とも言葉を交わすことができる。一般人でも街の通信局へ行けば、いくらかの料金を支払って遠隔通話をできるが、領主居城や冒険者ギルド支部は専用の通信室を保有することが多い。これだけ大きな街の支部になら当然通信室があるわけだ。

そしてルシェラは暇になった。

ロビーの隅の椅子にカファルと二人、並んで腰掛けていると、行き交う人々が皆、こちらを見ている。表を歩いているときもなんだかそんな気はしていたけれど、こうしてじっとしていると、なおのことだった。

　世間一般の基準に照らせばカファルは間違いなく美女だし、ルシェラも……薄々察してはいた自分の美少女ぶりを叩き付けられたところだ。人目を引くのも当然。

　――そ、そうだ！　俺がその『マネージャーさん』なら、ギルドの人が俺について知ってるはずだよね……

　いい加減、視線に耐えかねてじっとしていられなくなったルシェラは、なんとなく立ち上がってなんとなく聞き込みを開始した。

　ちょうど、先程、又聞きの形でドラゴン語通訳の話を教えてくれた、若い女性管理官が帰ろうとしているところだ。

「すみませーん」

「あら、なんですか？」

「さっきのお話ですけど、〝七ツ目賽〟のマネージャーだった人について伺ってもよろしいでしょうか」

　管理官は、ルシェラが呼び止めると、しゃがんで目線を合わせてくれた。

「真面目な人だったと思います。色んな申請書類とか依頼《クエスト》の報告書もすぐに出してくれるし、これが全部丁寧で私もまとめるのが楽だったの。それに街を出る前に依頼者と連絡を取ってちゃんと段取りを……」

「えっと、そういうお仕事上のことじゃなくて、もっと別の」

「そうねえ……」

と、彼女が何か言おうとしたところで、〝黄金の兜〟の担当らしい中年の管理官が割って入る。

「……ごめんなさい。依頼者の方に依頼先の冒険者さんを選んでいただくために、必要な範囲で情報をお渡しする事はあるけれど、基本的に外部の方に冒険者さんの個人的な情報を漏らすのはダメなのよ」

「ですよね……」

困ったように柔和に笑いながらも、そこは断固とした調子だった。

子どもの頼みでも規則を曖昧にはしない。冒険者の中には、バレたら洒落にならない秘密を抱えている者もそれなりに存在するので、ギルドとして所属冒険者の情報を守る姿勢は堅固だった。

〝黄金の兜〟の面々はギルドからの信頼も厚いだろうし、ギルド内の者でもある事からある程度の情報を開示されていたが、ルシェラが相手ではそれも無いわけだ。

「あの、それじゃ聞けることだけお願いできますか。どんな実績があるのか、とか……」

「そうね、それくらいだったら良いわ」

お許しが出たと見て、若い管理官はちょっとホッとした様子で口を開く。

「あくまでマネージャーですので裏方という立場で、『彼』自身が戦いの場に立つ事は無い……はずだったのですが……ええと、『彼』はまさに〝七ツ目賽〟の支柱であったと私は思っています。

本来はギルドが冒険者の方に必要な情報を全て提供すべきなのですが、それでは足りない分を彼はよく補っていました。『彼』は高い情報分析力と、冒険者という仕事に対する深い知識があり、それは私たちも驚くほどでしたね。情報を事前に揃え、状況に備えることで、〝七ツ目賽〟の四人は、五人分も六人分も戦えていたものと思います。

定期的に依頼を出されている方を調べて御用聞きに回るような、いわゆる営業活動ですとかも積極的にしていました。冒険者の方はどうしても、勝手に広まっていく名声や依頼者とのコネによって指名依頼を得るという形になりがちなので、これはまさに裏方の力だと思いましたね。

依頼者の方からも評判がよろしかったです。と言うのも、依頼者の方は大抵、魔物の専門家ではありませんから、問題の原因も、本当にそれが解決したのかも分からないんですよ。『彼』はその点、自身の知る事についてよく説明し、時には依頼内容に含まれていない隠れた問題を炙り出す事もありました。

私も当初、冒険者のマネージャーという仕事を胡散臭く思っていたのですけれど、『彼』の働きを見て認識を改めました」

「あの、ちょっと待っ……恥ずかしいんですが……」

「なんであなたが恥ずかしがるんです？」

まさか目の前に本人（推定）が居るとは思っていないわけで、止まらない管理官の賛辞に、ルシェラは顔が燃えそうだった。天まで持ち上げるような褒めっぷりだ。

「それは、すごい、こと？」

ずっと話を聞いていたカファルが、急に、ここで聞いた。

――カファル？

間違ってても嫌味とかではなく、ただカファルは純粋に、『彼』についての評価がどんなものか聞いている様子だ。

たどたどしいカファルの人間語に、若い管理官はちょっと面食らった様子だったけれど答える。

「え、ええ、そうですね。誰でもできることではありません。優秀だったと言うべきでしょう」

「ひつよう、だった？」

「冒険者ギルドは所属する全ての冒険者さんを必要としております」

中年の管理官は、ギルドを代表した立場として無機質な声音で言う。

それから彼女は破顔し、親しみと無念と、崇高なものに向き合う敬虔さを滲ませた笑顔になった。

「……というのは建前にすぎますね。その、『彼』は掛け替えのない存在だったと思います。私はこの仕事をして三十年以上になりますが、若い彼から学ぶことは沢山ありました。惜しい方を亡くしました」

「そうですね、私も、立場は違えど『彼』を一つの目標にしたいと思っておりました。……亡くなられたことが無念でなりません」

「そう……ですか。色々ありがとうございます」

「いえいえ」

いい加減、二人がかりで怒濤の褒め言葉を食らうことに堪えかねたルシェラは話を切り上げて礼を言った。このままではほっぺが燃え尽きる。

「目の前で悼まれて褒められるのって……変な気分だな……」

ルシェラは溜息をつく。脈拍が速かった。

とりあえず『マネージャーさん』とやら、つまりルシェラ（推定）が仕事で関わった相手に慕われ、尊敬されていたことは分かった。だからなんだという話ではあるが。

「……カファル？」

そしてルシェラは、気が付いた。

傍らのカファルが浮かない表情で俯いている事に。

＊　＊　＊

その後ルシェラは、三人が戻って来るまでの間、〝七ツ目賽〟の『マネージャー』や、マルトガルズの動きについての噂を周囲に聞き込んで回った。

前者に関しては管理官たちから聞いた話以上の事は分からなかったが、後者……つまりマルトガルズに関しては、ルシェラが思っていた以上にきな臭い話を色々と聞けた。

冒険者たちはもちろんギルドへの通達について知っていたし、マルトガルズから両国の冒険者ギルドへの通達は新聞にも載り、人々の知るところとなっていた。

当初はどこか他人事めいた批判が街中で囁かれていた様子だが、幾人かの大商人が街から避難したという噂が流れたことで街の空気は一気に変わったようだ。

大勢の人を動かそうとすれば、そのための食料や生活物資などを調達する必要が出てくる。そういった情報を掴むことで、他国の軍の動きであろうと察知できることがある。つまり商人同士の情報網からそうした情報を得て危険を察知した者らが、身の安全を確保するため、国境を避けて南へ逃れたのだ。

彼らがどの程度の確度でマルトガルズの侵攻を予想しているかは不明だ。しかし街の名士と言うべき者らが明確な行動を起こしたことで、人々の認識は変わった。

マルトガルズが本気でクグセ山を越え、クグトフルムを、そしてセトゥレウを一呑みにしようとしている……

街はにわかにざわつき始めていた。このままなら市民の心配は現実のものとなることだろう。

……そう、このままなら。

＊　＊　＊

夕焼け色に染まるクグトフルムの街にて。

大きな道が交差する噴水広場は、それ自体が半ば公園のようになっていて、馬車などが往来する道の脇にはベンチだの露店だのが並んで、思い思いにくつろぐ人々の姿があった。

「へぇえ。ルシェラちゃん凄い人だったんですねぇ」

「全っ然覚えてないので実感無いですけどね……」

ルシェラが管理官たちから聞いた話をすると、ビオラはメガネを輝かせて感心していた。

ルシェラはさっきの褒め殺しを思い出してしまい、くすぐったい気分だった。

「そもそもこれ、本当に俺の話なんでしょうか。自分がそんな凄い人だとは思えなくて」

「ルシェラちゃん出来事や人の記憶は消えても知識は残ってるんでしょう?」

「全部残ってるかは分かんないですけど、おそらく」

「なら明日は図書館にでも行って自分の知識を試してみちゃどうでしょう。もし冒険者業に専門家レベルの知識があったらルシェラちゃんが件の『マネージャーさん』だっていう傍証にはなりますよ」

「確かに」

ルシェラは、なんとなく自分が色んなことに詳しい気はしていたけれど、実際のところ自分の頭にどの程度の知識が眠っているかよく分かっていない。なにしろ、何のために何を勉強したかという記憶も消えているのだから。

ひとまずビオラの言葉で明日の予定は決まった。

「そっちはどうでした？」

「まだ現状説明しただけですが向こうはかなり興味持ってます。マルトガルズが動き出してるのは王宮も分かってるわけですから『クグセ山のドラゴン』と協力できるかもとなれば当然ですね」

「なら、ひとまずはよかったです。ありがとうございます」

ルシェラは頭の中でしっかり算盤《アバカス》を弾いていた。

王宮が必死になっているなら、ルシェラはその分だけ高く共闘関係を売りつけることができる。そうすれば、権力のための道具として利用される危険性は薄れるだろう。

「お気になさらず。リーダーも言ってましたがお二方だけではなく皆のためです」

けけけ、とビオラは笑う。恩に着るようなことではないのだとばかりに。

――俺が居なければ、そもそもそんな心配は無用だったわけだけど……

気にするなと言うのも無理な話だ。問題が起きたのはクグセ山の『変異体』が減ったからで、それはカファルがルシェラに力を付けさせるために、山の『変異体』を食事として与えたから。

あくまでカファルの判断だったので、責任を感じているというのとは少し違う。自己犠牲をも厭わぬ彼女の愛を知って、黙ってはいられなくなった。今ひとつ名状しがたかった彼女の気持ちが、愛と呼んでいいものだったように感じて……ルシェラはカファルのことが好きだったけれど、もっと好きになったのだろう。好きな相手のために何かしたいと思うのは自然な感情だった。まして悲惨な目に遭いそうなら、それを助けたいと思うのは当然のことだった。

付け加えるなら、『変異体』が減ったせいで国一つ危なくなっているというのも看過しがたい。『原因である』としても『責任がある』とは限らないわけだが、自分が原因で戦争が起こったりしたら、やっぱり寝覚めが悪いものだ。ビオラは皆のためだと言ったけれど、ルシェラとしては、これは自分の解決すべき事態だと感じていた。

「まあ今日はこの辺でゆっくり休んでくださいな。山を下りてほんの数時間でいろいろありすぎやりすぎですよ。差し当たっては食べそびれたお昼ご飯の分まで食べましょう」

「そうですね……」

思い出したようにルシェラは空腹を覚えた。

一行はねぐらへ帰る前に、腹ごしらえの時間を取っていた。

ティムはデカ盛り弁当屋へ、ウェインは露店の串焼き屋へ買い出しに行った。七人前くらいの食べ物を買ってきて三人で食べるらしい。

ルシェラの分も買ってくれるという話だったが、ルシェラはルシェラで食べたいものがあったので丁重に辞退した。

「これ、おかね？」

カファルは銀色に輝くコインをつまんで、茶色い縦長瞳孔の目でためつすがめつ眺めていた。

ドラゴンは財宝を本能的に好み、人が作った金貨などを使いもしないのに奪って蓄えると言うが、カファルは銀貨すら初めて見るかのように興味津々だ。

「そう言えばカファルは、宝物とか全然持ってなかったよね」

「あの、すみか、こども、そだてる、ため。たからもの、るしぇら、だけ」

「あ……そうだったんだ」

「ほほう興味深い。子育て期の母竜は母性が財宝に対する本能的欲求を超越するのでしょうか？」

カファルがあんまりにも当然で何でもない事のように言ったので、ルシェラは嬉しいやら恥ずかしいやらだった。ビオラは眼鏡を光らせていた。

「……えっと、お金が何かは分かるよね」

「にんげん、もの、と、おかね、こうかん。くさらない。はこぶ、かんたん。かち、の、がいねん。しらない、ひと、こうかん。おかね、あれば、しんらい、いらない。しゃかい、つよい、なる、はつめい」

言葉は拙いながらも理解は深く、カファルは金というものについて述べる。

――人族社会には馴染みが無いはずなのに、よく分かってる。さすがドラゴン、頭良いんだな。

感心するルシェラに対して、ビオラは今ひとつ腑に落ちない様子だった。

「お金ってそんな良いものですかねえ？　持ってる人と持ってない人で世界は真っ二つ。おまけにお金に惑わされて人を殺す人もいるくらいだし。どっちかと言うと必要悪みたいなものじゃないです?」

「おろかもの、わるい。おかね、わるくない」

「ま……まあそれは確かに……」

カファルの言い方にはどこか、引っかかるものがあった。達観していると言うよりも、逆にむしろ、『おろかもの』への苛立ちがこめられているような言い方だった。

「るしぇら。これで、なに、かう?」

カファルはルシェラに小銀貨を返す。

「あのサンドイッチを」

「えぇー……あれを?」

噴水広場の外周にあるキッチン屋台を指差すと、ビオラは別に自分が食べるわけでもないのに苦い顔をした。

「あんな肉より葉っぱが多いサンドイッチをわざわざ買うなんて正気ですか?」

「だから良いんです。山暮らしではパンも、人間がちゃんと作った美味しい野菜も食べられなかったから。肉と果物ばっかりだと、いくらそれが美味しくてもサンドイッチが恋しくなりますよ」

「あぁー」

話を聞いてビオラも納得したようだ。

文明社会への帰還を果たした今、ルシェラは切実にパンと野菜が食べたかった。

「かふぁる、も！」

「……食べるの？　えっ、ていうか、その身体って物食べられるの？」

「へいき」

そもそも人の食べ物などドラゴンには小さすぎるし、仮に食べられるとしてもここに居るのは分身にすぎないのだからと計算外にしていたカファルが、意外にも乗り気だった。

「どんなのが食べたい？」

「るしぇら、と、おなじ。ためす」

「分かった」

要は、食べる必要は無いけれど試しに同じものが食べてみたい、ということらしかった。

ルシェラはお金を握りしめ、屋台に立つおばさんの所へ向かう。

「『野菜と魚のスペシャルサンドイッチ』ふたつください」

「あらぁお嬢ちゃん、もう一個はお母さんの分？」

屋台のおばさんは愛想良く応じる。

だがその笑顔に、ルシェラは予想外の方向から殴り飛ばされたような衝撃を受けた。

「えっと……はい」

お母さん。

カファルをそう呼ばれた。

実際、今のルシェラとカファルは一目見て親子と見えるような、似通った特徴を持つ容姿だ。

だから客観的に見ても親子に思われるだろう。

そしてそもそもカファルは、ルシェラに娘の名を付けて養育していたわけで。ルシェラ自身も『ドラゴンの養い子』という自分の立場を分かってはいて。

でも、それを当たり前の事であるように、日常会話の範疇でカファルを母と言われたのは、思いがけないほどの衝撃だった。

――何、この……ワケ分かんない照れくささ……

うつむき気味になったルシェラに構うことなく、おばさんは豪快なスマイルと共にサンドイッチを作り始める。

「偉いわねー、お魚ちょっとだけ大盛りにオマケしたげるわ」

「あ、ありがとうございます……」

驚異的な手際で、溢れるほどの葉物野菜と魚のほぐし身を挟んだサンドイッチが二つ建造された。紙に包んで渡されたそれを受け取り、まだちょっとさっきの衝撃が抜けきらないルシェラはふらふらと戻って行く。

「買ってきたよ」

「にんげん、るしぇら、に、なに、いった?」

「あ、えっと、悪いことじゃないよ。その……『お母さんの分も買って偉いから多めに入れてあげる』って……」

心配した様子のカファルを見て、慌ててルシェラは弁護した。

「いい、にんげん、だ」

「う、うん。そうかも」

「ほめにいく」

「いいから！　大丈夫だからそういうの！」

さっきの三倍くらい慌ててルシェラは、屋台に向かいかけたカファルを止めた。

そんなことをされたら顔から火が出て三日三晩燃え続けてしまう。

「弁当買ってきたぞー、って何してんだお前ら」

「母の愛が暴走しかけていましてね」

ちょうどそこに他二名も、それぞれ大きな包みを抱えて帰ってきた。

賑わう噴水広場にて、五人（四人と一匹？）は大きな噴水の縁に腰掛け、めいめいが自分の分の食べ物を手にする。

「では早速……」

あらためて見るとサンドイッチは結構大きかった。

と言うかルシェラが以前より小さい、子どもの身体になったから、いざ食べるとなると大きく見えるのだろう。瑞々しい野菜がはみ出すサンドイッチに、めいっぱい口を開けてルシェラはかぶりついた。

「……うまい……パンと野菜がこんなに美味しいなんて……」

シャキシャキとした野菜の食感と仄かな苦みが心地よい。水が良いセトゥレウでは水耕栽培が盛んで、葉物野菜は良質なものがどこででも安く手に入るのだ。

そして、柔らかく小麦の風味が漂うパンも感動的な味だった。

苦いだけの草なら山にいくらでもあったが、人が食べるために品種改良され味が調整された野菜は文明社会の産物だ。パンなどは言うに及ばず。

「ちなみにカファルさんの感想は？」

背筋をピンと伸ばし、異様に洗練された手つきで大盛り弁当にがっつきながらビオラが聞いた。

「ふしぎ。こんなの、はじめて」

カファルは一口一口、食感と味を確かめるかのようにサンドイッチを食べていた。

「ちゃんとしたお料理は食べた事が無いんです？　群れで暮らすドラゴンは多くの魔物を侍らせて人間の貴族みたいな生活をしている場合もあると言いますが……」

「ああ、有名な『四色の群れ』なんかはそんな調子だって言うよな。ドラゴンは基本、人の姿で生活してると」

「かふぁる、ちがう」

「人族にだって未開の地で原始的な生活をしてる人は居ますけどカファルさんはドラゴンの中ではそういう枠なんでしょうか。単独生活するドラゴンの中でもここまで徹底してるのは珍しいと思いますよ」

これまでルシェラは深く考えていなかったが、確かに言われてみればそのとおりだ。

ドラゴンは、人を超えた高等で高貴な生物とされることも多い。

だがその高貴さの方向性にも色々あって、ただ『伝説の獣』としての野性的な優美さを語られることもあれば、洗練された貴族的な生活をして、時に人と関わり戯曲めいた物語を織りなす文明的存在として語られることもある。

カファルの生き様は前者の方だ。

彼女は、その爪と牙で獲物を仕留めては生のまま引き裂いて食らい、露天にうずくまって眠るという生活をしていたわけで、まともに料理されたものを食べた経験など無いのかも知れない。

「どうです？　これはドラゴンの口に合いますか？」

「よく、わからない、まだ。でも、るしぇら、と、おなじもの、たべる、しあわせ」

「……そっか」

「なに照れてるんですかー？　このこのぉ」

ビオラは肘でルシェラをつつく。

ルシェラはもごもごとサンドイッチを噛みしめるしかなかった。

しかし、ふと横目で見たカファルの様子に、ルシェラは冷たい手で顔を撫でられたような気分になる。

――カファル……？

食べかけのサンドイッチを見るカファルの目は、どこか真剣で、どこか寂しげだった。

『本当に幸せなの？』とは、聞けなかった。

＊　＊　＊

クグセ山は今は静かな山だが、その身の内には炎を秘めているという話だ。

だからこそレッドドラゴンが棲み着いたのだと。

その裏付けとでも言うように山の所々からは湯が湧いている……らしい。残念ながら山暮らしの中でルシェラは見る事がなかったが。

そのためクグトフルムの街は古くより湯治場として人気を集めた。カファルが住み着いてからは、危険なクグセ山で採湯施設を築き、街までパイプラインを作るのは至難となったが、幸運にもクグトフルムに近い山裾に湯の湧く場所があり、そこから引いた温泉がクグトフルムの街には今も行き渡っている。

「お湯加減大丈夫ですー？　ルシェラちゃん。ここ湧いてるお湯が熱すぎるから冷まして使ってるんですけど普段私たちが使うとこしか設備のメンテしてないから調子が分かんなくって」

「大丈夫です……って言うか多分俺、熱湯でも火傷すらしないんで……」

「あははは……まあそうですよね。私だって熱湯くらいじゃ珠の肌に傷一つ付かないですよ。クグセ山ごもりしてたルシェラちゃんなら全然平気かー」

一般家庭の三倍くらいの大きさの内風呂で、ルシェラは久々の入浴を楽しんでいた。窓の外からは設備をいじっているビオラの声が聞こえてくる。

ここは〝黄金の兜〟が拠点としている宿。

その客室の一つに付いている内風呂だった。

「すごいですね、宿丸ごと一つが拠点ですか。さすがこの街のトップパーティー……」

「と言ってもここはウェインさんのばあちゃんの宿ですからね。もう歳だし体力的にキツいからって閉めることにしたとこで『じゃあ私たちが使います』って言って住み着いたんです。一応ご飯の用意とかしてもらうこともあるし『宿泊料』も払ってるけど一般のお客さん入れなければ女将の体調悪いときに融通利きますんで」

「……ウェインさん、あんな格好してるからどこかのお尋ね者かと思ってたんですけど、普通に地元出身だったんですね」

「あははは……ウェインさんは形から入るタチなので駆け出しの頃からあの格好なんです。でも結果として今は街のトップパーティーですもん。形から入るのも大事ですよ。最初は形だけだったものがいつか本物になったりしますから」

カラカラ笑ってビオラは窓から覗き込んできた。

堂々とした覗きだ。だが部屋内から噴き出す湯気がすぐに彼女の眼鏡を曇らせた。

「カファルさんはご一緒ではないので？」

「来るって言ってたけど遠慮してもらいました」

「あらまあどうして」

「どうしても何も、さすがにそれは……」

カファルは街についてからというもの、トイレの中まで付いてくる勢いでずっとルシェラに付き添っていたので、既にビオラはカファルの行動パターンを読み切っているようだ。

そして実際カファルはルシェラの入浴に付いてくると言ったのだけれど、ルシェラはそれを断った。色々な意味で恥ずかしいからだ。だがその事でカファルは随分しょんぼりした様子で、ルシェラは何か悪い事をしてしまったような気分になっていた。

――一緒に風呂入るのを拒否しただけなんだけど、これってそんなにショック受ける事なのかな？　ドラゴン的に。山に居るときは度々、俺のこと舐め回して身体を清めてたもんな。それと同じ事を人間流にやろうとしてるのかな？

遠ざけられたように思っているのだろうか。ならば確かに落ち込むのも分かるけれど……いや、本当にそうなのだろうか。

「あの、ビオラさん。街に来てからカファルの様子がおかしい気がするんですけど、何か気が付いた事とかありません?」

「と、言いますと?」

「何か悩んでるみたいに……急に落ち込んで……どうしてなのか理由が分からなくて」

ビオラは、むう、と唸って行儀悪く袖で眼鏡を拭いた。すぐまた曇った。

「ルシェラちゃんに分からないなら誰にも分からないと思いますよ。カファルさんを一番よく知ってるのはルシェラちゃんなんですから」

「俺だってどの程度カファルのことを知ってるかって言ったら全然自信ないですよ。ドラゴン語は分からないし、カファルは人間語がまだ得意じゃないし。分かるのはカファルが卵を失って悲しんでいたことと……俺のことが可愛くてしょうがないんだろうな、ってくらいで……」

「あらまあよくご存知で」

「茶化さないでください」

「茶化してませんよ本気です。よくご存知じゃありませんか」

優しく笑ってビオラがそう言ったものだから、意地を張ってしまったような気分になって、ルシェラは憮然とするよりなかった。

「ドラゴン語の通訳、本当に居るんですかね。その人にお願いすれば、カファルの気持ちも分かるでしょうか……」

「言葉が通じなくても分かることはある……なんてのはちょっと詩的な誤魔化しですかね。私ら人族は言葉で生きてるんですから。言葉が通じればより多くのことを容易に分かり合える。そういうものなんですよね」

ルシェラは、湯煙に霞むタイル張りの天井を見上げた。

必要充分と言えるくらいにはカファルのことを知っているつもりだったのに、分からないことがまだ山ほどあるのだと思い知った気持ちだった。

「るしぇら！」

「わあっ⁉」

その時唐突に、カファルが戸を引き開けて浴室に姿を現した。

彼女は元々、魔法で作った仮の身体を動かしているにすぎない状態なのだが、その仮の身体から炎のドレスみたいな服を消し去り、一糸まとわぬ姿となっていた。

肌は気高く白い。瑞々しくしなやかな肉体は機能美を感じさせるほど無駄なく完璧な造形だが、母性の象徴とでも言うかのように特定の箇所のみが重量級だった。

「うぇいん、に、おそわった。にんげん、ほんとう、の、きもち、しる。『はだかのつきあい』」

「何教えてくれやがってるんですかあの野郎はー‼」

「あらう」

「待って、ちょっと待って！」

スポンジを持参していたカファルは、湯の中からルシェラを引っ張り出すと自分の前に座らせ、全身くまなく泡立てて磨き始める。

「お熱いですねえ」

「それ普通、恋人同士に言う言葉でしょーが」

窓から見ていたギャラリーは勝手な感想を言った。

＊　＊　＊

その夜、ルシェラとカファルに宛がわれた寝室は実にシンプルだった。

衣装箪笥《ワードローブ》が一つ。小さな机が一つ。椅子が二つ。

そして。

「ダブルベッド一つ……なるほど、一緒に寝ろと」

コンパクトな寝室の中でデカイ顔をしているのが、フカフカのダブルベッドだった。

「これ、どうする？」

「えっとね、ここに寝転がって……ああ、丸くなる必要は無いよ。人の身体はそういう風にできてないから。で、毛布を掛けて……」

仮初めの人の身体を手に入れてはいるものの、カファルは人の常識に収まらない存在だ。人用の寝具をどうやって使えばいいか分からないらしく、枕を持ち上げて振り始めたので、ルシェラはカファルを寝床に引き込んで一緒に横になる。

――って、何やってんだろ……

別に良い。一緒のベッドで眠るのが嫌なわけではない。山では寄り添って眠っていたのだから。

だが本当にこれでいいのかとルシェラは多少の疑問を覚えた。

人の親子がするようなことをそのままなぞって真似るのが、ルシェラとカファルにとって意味のある行為なのか。

　なんとなく、宙吊りにされているような落ち着かなさがあった。

「この、おおきさ、るしぇら、ちかい」

「そうだね……」

「いっしょ、ねむる、たくさん、した。でも、いま、あたらしい、きぶん」

　カファルは横になったまま、抱き枕にするかのようにルシェラを抱き寄せる。

　魔法によって生み出された分身体は、まだカファルがこの身体を作ることに慣れていないのか、外見は人そのものでもぬいぐるみのように頼りない感触だ。

「かふぁる、ちいさいと、るしぇら、おおきい……るしぇら、が、いっぱい」

　柔らかな胸に抱き込まれてしまったルシェラには、カファルがどんな顔をしているかは見えなかった。

「るしぇら。るしぇら、は、かふぁる、きらい？」

「え……」

　怖々と。

　そう、恐る恐るであると分かる口調で。

　山を踏み拉き、天をも従える、強大なドラゴンが。

　恐れていた。

　カファルは不安の言葉を口にしていた。

　街に来てからカファルは少し様子がおかしかった。何故なのか分からなかったけど、その気持ちを読み解く端緒をルシェラは、掴んだのかも知れなかった。

「……ううん。大好き、だと思う。よく分からないけど」

それは何も誤魔化していない偽りなき本音だ。

恩があって、優しさを知っていて、彼女が魅力的な竜柄《ひと》だとも思っていて。

言葉はまともに通じなくても、それでもずっと一緒に居たい。

そんな気持ちを一言で表現するなら、それは『好き』でいいはずだ。照れくさいけれど。

カファルはルシェラの答えを聞いて、少しだけホッとした様子だった。

「どうしてそんなことを聞いたの?」

「えっと……」

カファルはしばらく、薄暗い天井に言葉を手繰っていた。

街灯か何かの温かな光が川面に反射し、窓からそっと忍び込んでくる。

「ごめんなさい。にんげん、の、ことば、むずかしい」

「そっか」

カファルは言葉の代わりとでも言うようにルシェラを抱きしめた。

そして。

「わ」

いきなりペロリとルシェラの頬を舐めたものだから、驚いてルシェラは身をよじった。

「いや?」

寂しげなカファルを見て、ルシェラは『しまった』と思った。

「あ、あの、そうじゃなくて……人はドラゴンみたいに舐めたりしないし、それは特別な意味になっちゃうから、えっと、ド、ドラゴンの格好でやるなら大丈夫だから」

「……そう」

今度は少し控えめに、ルシェラを抱きしめるカファル。

ルシェラはカファルに少しだけ頬ずりした。

＊

一方その頃。

ゲメルはしこたま酒を飲んでいた。

「ば、化け物めぇ……あいつだ、あいつなんだ、山の力で化け物になって帰ってきたぞぉーっとぉ！　うえっぷ、うーい……ころ、ころろ殺されるる……」

既にほぼ空っぽの酒瓶をぶら下げて、街灯の明かりを縫うように、日が落ちた街をゲメルはふらふら彷徨う。

奴は、生きていた。ドラゴンの山で生き延びて、ドラゴンの力を食らって強くなり、そして今、街に下りてきた。

ルシェラとかいう少女についてティムからそれとなく話を聞き出したが、全ては符合している。間違いない。ルシェラこそが、名前を忘れてしまった『彼』なのだ。

それは普通に考えたら荒唐無稽な話だ。

しかしゲメルは物事の過程をあまり深く考えないタイプの人物であり、そのために今回は偶然、偏見に囚われず真実を見抜いていた。

ティムが言うには、ルシェラは山に入るより前の記憶を失っているらしい。

――記憶？　記憶が無いって？　じゃあ大丈夫なのか？　でも思い出したら、俺は人殺しだ。いや、その前にあの化け物にこ、殺される、殺される……

ひとまずパーティーメンバーには身を隠させたが、この先、どう動くのが最善か分からない。恐怖の中でゲメルは考えていた。そして気が付けば酒を飲んでいた。

しかし、浴びるように酒を飲んで、もとから単純な思考が更に単純化したことで、遂にゲメルは決断する。

「ウップ！　……うひぃ、そうだ、逃げよう、うん……生き延びるんだぁ、うはは、わはははあ！」

とにかく遠くに逃げる。ただそれだけだ。本質的に冒険者は土地に囚われないもの。〝七ツ目賽〟の力であればどこででもやっていける……

「〝七ツ目賽〟のリーダー、ゲメル様ですね」

声を掛けられてゲメルは初めて、目の前に男が立っている事に気が付いた。

ぐるぐる回る虹色の路地に、頭が二つで腕が四本で黒ずくめの服を着た男が三人立っていた。

「んだよ……どけ、俺はまだ飲むんだよ……」

「未だ立ち入り禁止である、あのクグセ山の深部に以前入られたと」

はっと、ゲメルの酔いが少し醒めた。

路地は回ってないし薄暗いし、目の前の男は頭が一つで腕が二本で一人だけだ。

しかし黒ずくめの男は、そこに居た。

「なん、てめ。おい……」

ゲメルは酒瓶を手に、黒い男との間合いを計る。

〝七ツ目賽〟がクグセ山に入って荒稼ぎをした事は、まあ、薬草を換金するのに何人かの売人を当たったから知っている奴は知っているだろうけれど、こんな場所でその事実を突きつけてくるとあらば、何かの意図を勘ぐるのが当然だ。脅迫とか、脅迫とか、あとは、たとえば、脅迫とか。

「ご心配なく。私はあなたを咎めるためにここへ参ったのではありません。それどころかあなたに感服し、そのお力を賜りたいと思っているのです」

「何……？」

ゲメルが身構えても、黒ずくめの男は動じない。

淡々と言葉を紡ぐ。

「案内役が欲しいのですよ。いかがです？　もちろん、相応の対価はお支払いいたします……」

頭の硬い役人みたいな、誠実を装いつつ無味乾燥な勧誘だった。

6 過去への探索

翌日。ルシェラは推定自分である『マネージャー』について調べるべく、街へ繰り出した。

＊　＊　＊

「〝七ツ目賽〟のマネージャー？　うーん、覚えがあるような無いような……」

＊　＊　＊

「ああ、そんなパーティーあったたな。え？　今も活動してる？」

＊　＊　＊

「そうそう、うちの店にもちょくちょく来てたな。パーティーの名前出してる割に冒険者っぽくなかったんで印象に残ってる。や、でもそれ以上は知らんなあ」

＊　＊　＊

「あの野郎、こんな可愛い娘と美人の奥さんを泣かせて……ん？　違うのか？」

＊　＊　＊

クグトフルムはそれなりに規模の大きな都市だ。住人全員が顔見知りになっているような田舎とはワケが違うのだから人の噂を辿るのも一苦労だった。

冒険者が関わりそうな場所に目星を付けて聞き込んでみたところ、誰も彼も不思議なくらいルシェラに協力的ではあったが、大きな収穫は得られなかった。

ようやくルシェラが実のある話を聞けたのは、昼時も近くなってから。開店準備中の食堂兼酒場の裏で煙草を吸っていた、オーナーシェフに話を聞いた時だった。

「ああ、よく覚えてるよ。最初はな、あそこの連中が酔って暴れた次の日に謝りに来てな……まったく見事な謝りっぷりだった。それからは、ちょくちょくうちに来るようになったんだ」

禿げ頭（薄くなった頭を潔く剃り上げたらしい）にタオルを巻いた、エプロン姿の髭親父は、冒険者たちが多く住む地域とギルド支部を結ぶ道に店を出している。そのためか客には冒険者も多い様子で、もしやと思って聞いてみたら大当たりだった。

「正直、よくあんな連中の小間使いをやってると思ったね。俺だったら御免だよ」

「そのマネージャーさんについて、何か分かりませんか？」

「何かったって……」

「どんな小さな事でもいいんです。情報料ははずみます」

やっと見つけた手掛かりは逃せない。ピン、と澄んだ音を立ててルシェラは一枚の銀貨を弾く。

それを見て髭親父は目を見開き、それからルシェラの肩を抱くように掴んで首を振った。

「いいか、嬢ちゃん。それは大人の手だ。ガキがやるこっちゃねえ。銀貨の一枚も出さなきゃガキに協力しねえような大人が居たら、そんな奴には金輪際近づくな」

「いやー、事情は話せば長いんですが、見た目どおりの歳じゃなくて」

「甘ったれの顔は見りゃ分かるんだよ。あんたはまだママと一緒に居てえガキだ。……なあ、そうだろママさん？」

「え………」

カファルは驚いた顔をしていた。

急に話を振られて驚いた、というばかりでもなさそうだ。何か、ハッとした様子だった。

――驚いてる？　そんなに意外なの？

ルシェラ自身の気持ちは置いておくとしても、てっきりカファルはそのつもりでルシェラを世話しているのかと思っていた。

「まあいいや。その……なんつったか、くそ、名前が出てこねえ。俺もトシか」

「名前は別に良いですから」

「『マネージャー』な、最初は〝七ツ目賽〟の不始末を謝りに来たんだが、そのうちお得意様になってなあ。しょっちゅう料理と酒を買いに来てたよ。ま、俺も連中が店に来ないでうちに金を落としてくれるんなら文句ねえしな。

そうそう、そんでな。いっぺんすげえ助けられた事がある。

薬膳、って知ってるか？　薬草やらを使った健康メシだな。うちの名物を作ろうと思って、それによ、挑戦してみようと薬草を買い付けた事があるんだが、クソッタレなことにヤバイ毒草が混じってやがったんだ。気が付かなかった俺も悪いが、こっちは薬草に関しちゃ素人なんだからどうしようもねえよ」

「何という名前の毒草ですか？」

「正式名は忘れたけど、冒険者が『ゾンビペッパー』って呼ぶやつらしい」

「げっ」

聞いた名前に、思わずルシェラはのけぞった。

辛みと猛毒によって外敵を退けるこの植物は、人の味覚にとっては素晴らしいスパイスにも感じられるのだが、少量でも摂取すれば毒によって激烈に苦しみ、多量に摂取すれば当然死ぬ。これを楽しんで食べられるのは既に死んでいるゾンビぐらいだ、という意味で『ゾンビペッパー』と呼ばれるのだ。

この毒草は特徴的な匂いで他の薬草と区別できるのだが、それも専門的な薬草摘みの知識と経験あってこそだ。素人には見分けられないだろう。

冒険者が魔物と戦うために使うことすらある毒草なのだから、食べてしまった客の苦痛は察するに余りある。当時を思い出してか、親父はくたびれた様子の溜息をついた。

「俺一人倒れるなら良かったんだが、運が良いのか悪いのか、試作の時は毒草が入らなかったんだ。それで店に出したんだがよ、まあ酷い事になったね。そりゃあ悪いのは俺じゃねえが、世間様にゃ通用しねえ。こいつぁもう商売は続けられねえ、石を抱いて運河に飛び込むしかねえと思ったぜ。

ところが話を聞いて『あいつ』がな、俺に任せてくれってんだ。だから指名依頼を出せって。

〝七ツ目賽〟の連中をどう丸め込んだか知らねえが、なんとかかっつう馬鹿強ぇ蛇の魔物を生け捕ってきて、そいつから解毒薬を作れたんだ。俺はそれを買い取って、料理を食っちまった奴らにばらまいた。お陰で誰も死なずに済んだし、うちの店も潰れずに済んだ。

　まあ、その事をダシに〝七ツ目賽〟の連中がタダ飯タダ酒たかりに来たのは辟易したが、その程度はしょうがねえ。後から『あいつ』が自腹で払いに来たが金は受け取れねえっつっといた」

「そんな事が……」

「そりゃあよ、命張ったのは〝七ツ目賽〟の……なんつったか、ゲメルだっけ？　それとかだよ。だが、あの『マネージャー』が居なきゃ〝七ツ目賽〟が俺を助けることはなかったろうな。そしたら俺の恩人で勇者だよ、『あいつ』がな」

　彼は感服した様子で語っていた。

　話を聞いていてルシェラは、なるほど、自分がやりそうなことだと思う。人助けをするのも、それで良い評判が広がって次の仕事に繋がるのも最高だ。

「急に顔を見せなくなったんで気になってたんだが……『あいつ』は死んだのか？」

「まあ、概ね……」

「概ね死んだ、ってなんだよ。でもなあ、そうだよなあ、〝七ツ目賽〟の良い評判を聞かなくなったのがちょうど、『あいつ』が顔出さなくなった頃なんだよな。世のため人のためって働き方を全然しなくなったんだろうな。そしたら良い噂も流れねえし指名依頼も来ねえだろ」

　煙草の煙を大きな溜息に変えて、彼は吐き出した。

　仕事をして対価を受け取るとき、大なり小なり、どこかで誰かが助かっているものだ。となれば後は方向性次第。

『マネージャー』が居た頃の〝七ツ目賽〟は、奇跡的にそれが上手く回っていたのかも知れない。

しかし機械というのは歯車が一つ外れれば動かなくなるものだ。

「ったく、若者がジジイより先に死にやがって」

「……お話、ありがとうございました」

「おー。嬢ちゃんは長生きしろよ。ママを悲しませるんじゃねえぞ」

煙草の吸い殻を煙管から落として踏み消し、男は背中越しに手を振りながら店へ戻って行った。

「るしぇら。あなた、すごい、ひと、だったのね」

「え。う、うーん、まあ、覚えてないから実感無いけど……」

カファルは背後からルシェラを抱いて、スリスリと顔を擦り付ける。人に喩えるなら頭を撫でるようなニュアンスの行為だろうか。

そしてカファルは、沈黙する。

「……どしたの?」

「すごい、ひと、だった」

彼女は呟く。

それはルシェラに向けた言葉ではなく、何かを確かめてなぞるようなもので。

「るしぇら、は、いいこ」

「え?　……えっと、ありがとう」

「いいこ、は、ともだち、おおい」

「そう、かもね」

それは本来、褒め言葉で、そして誇るべき事であるはず。

なのにどうしてかカファルの言い方は、寂しげだった。

＊　＊　＊

賑わうクグトフルムの街の中にあると、その建物は静けさを際立たせる。

落ち着いた雰囲気の魔力灯照明は、どこか眠気を誘うような雰囲気もあった。

「図書館……ここもなーんとなく見覚えある気がするな……」

静かに本棚が並ぶ図書館を、ルシェラは訪れていた。ここは街が運営しているらしい。安っぽい絨毯が来館者の足音すら消し去り静寂を生みだしている。

「来ましたねルシェラちゃん。カファルさんもご一緒で」

ルシェラの姿を見て、入り口近くの椅子に座って本を読んでいたビオラが顔を上げた。

午前中、ティムたち三人は別行動で〝七ツ目賽〟の動きを調べていて、ルシェラとビオラはここで時間を決めて待ち合わせたのだ。

「何か分かりましたか？」

「残念ながらこっちは空振りです」

「じゃ、結局まだ〝七ツ目賽〟の人たちには会えてないんですか」

「そ。リーダーが言うには〝七ツ目賽〟はあれっきり四人ともパーティーの拠点に全然帰ってないらしくて。さすがに怪しいってんでギルドに通報してきましたよ。自発的に失踪したか事故にでも遭ったか……いずれにせよ衛兵隊とギルドが話し合って『事件性あり』と認められたら鍵をこじ開けて彼らの部屋を調べることになると思います」

何とも言い難い。

状況はきな臭さを増し、事態は一歩前進した。だが〝七ツ目賽〟がどこかに行ってしまったなら『マネージャー』についての話を聞くことはできないし、彼らが悪事を働いた証拠も無いのだから即座に衛兵隊が調べるわけにもいかない。

もどかしいけれど引き続き、待つだけだった。

「二人付き添いです」

「はい、ようこそビオラさん」

ビオラは冒険者証のプレートを司書に提示し、図書室に入る。

この図書館に入るには、街の住人であるか街で働いている必要があり、ルシェラとカファルだけでは入場不可だ。ただし有資格者の付き添いとしてなら大丈夫で、ビオラはそのために来てくれたのである。

目的はビオラに勧められた『自分の知識の程度を確かめる』というもの。それから、知識が豊富な人物なら図書館に出入りしていたのではないかと思い、『マネージャー』に関しての情報を図書館の常連から聞けないかと考えたためだ。

書架の森に分け入ってすぐ、ルシェラは見知った顔を発見する。

「あら、ルシェラちゃん!?」

「あなたは、えっと、〝青旗〟のエメラルダさん！」

清楚な服装の白魔女が本を立ち読みしていた。

山で出会ってルシェラが助けた冒険者たちのリーダー、エメラルダ。彼女はさすがにこんな場所でルシェラに会うとは思っていなかったようで、目を丸くしていた。

「そうそう、そうよ。どうしてこんな所に？」

「色々と事情がありまして。あの後、皆さんご無事でした？」

「お陰様でね。本当に貴女は命の恩人よ。本当にありがとう」

「いえいえ」

純白のとんがり帽子を脱いで、エメラルダは深々と礼をした。

「どうもー」

「あら、ビオラさんまで。貴女がルシェラちゃんを連れて来たの？」

「ええまあ」

ヒラヒラと、ビオラは軽い調子で手を振っていた。

此度、〝黄金の兜〟が山を訪ねたのは、〝青旗〟がルシェラの情報を持ち帰って〝黄金の兜〟の面々に伝わったから。そう考えてみればエメラルダは、ルシェラとビオラたちの縁を繋いだ立場となるだろう。

「エメラルダさんは、昇格試験のお勉強とかですか？」

「火の元素魔法の古典魔法理論について。……あんまり実用性は無いわ。ほぼ趣味ね」

エメラルダは、読んでいた分厚い本をめくってみせる。ちょっと見てみるだけで、専門知識を持つ者のための、難しい話を難しいまま噛み砕かず説明している本だと分かった。

そしてルシェラはその内容を理解できた。

——話の前提が全部頭に入ってる。専門の術師が、実務の役に立たないと分かった上で教養とか趣味のために読むような本なのに？

記憶は朧気だが、ルシェラはカファルに拾われるまで、魔法など使えなかったはずだ。使えもしない魔法についてそこまで知識を付けることは並大抵ではないだろう。

「何か目的があって勉強してる人も居るけれど、半分くらい趣味じゃないかしら。術師系の冒険者は、修業の中で本を読む機会が多いから、読書の習慣があるのよ。別に戦士《ファイター》が本を読んだっていいはずなんだけどね。蔵書が泣くわ」

そう言うエメラルダは、分厚い小説も小脇に抱えていた。この図書館は実用的とは言い難い専門書から娯楽の本まで手広く揃えているのだ。もっとも娯楽として読むという意味では、エメラルダにとって小説も専門書も同列らしい。

「立派な図書館ですよね」

「クグトフルムは昔、クグセ山にドラゴンが棲み着くまではマルトガルズと行き来する山越えの拠点だったから。その頃の遺産って言えばいいのかしら。色んな意味で『枠』は立派なの」

当のドラゴンが目の前に居るとは知らず、エメラルダは説明した。

ルシェラもその事は知っている気がした。カファルがクグセ山に棲み着いたのは七十年は昔という話だったろうか。クグセ山の領有権争いは実はその頃から続いている話で、当時は今よりも更に活発な外交戦が行われていたとか。

そんな最中に棲み着いたドラゴンを、マルトガルズもセトゥレウも政治的な事情から排除できず手をこまねいているうち、クグセ山には『変異体』が増えて人の踏み入れぬ魔境と化した。当時はマルトガルズが山越えの街道を封鎖し続けていたため、民間の商人にもわざわざ自腹を切ってドラゴンを追い払おうという者は居なかったのだ。

かくして交易の動脈が一つ失われ、そして領有権の問題は未解決のまま棚上げにされ、長い（少なくとも人間にとっては）時間が流れ……マルトガルズが東の大国グファーレと開戦したことで、グファーレに協力するセトゥレウを牽制する材料としてにわかに蒸し返され、遂に今、爆発しようとしているのだ。

「あなたはどうしてここに？」

「〝七ツ目賽〟ってパーティーでマネージャーをしてた人のことを調べてるんです。魔物や魔法に詳しい人だったそうだから、図書館の常連さんなら会った事ないかなって」

エメラルダは少しの間、記憶を手繰っている様子だったが、すぐにポンと手を打った。

「〝七ツ目賽〟のマネージャー……ああ、居た居た！　居たわ、そんな人！　マネージャーなんて珍しいからよく覚えてるわ。色んな本を熱心に読み込んでたわね。自分の命を懸けて戦う冒険者だって勉強をおろそかにする人は多いのに、よく他人のためにここまでって思うほどだったわ」

「いやあ、それが役目なんですから、みんなの分までお勉強するのも当然だと思いますし……」

「なんでルシェラちゃんが謙遜するの？」

「その『マネージャーさん』のこと、分かりません？　その、たとえば交友関係とか」

「と、言われてもね……よくここで会うから、たまに話をするようになったってくらいで……お金には困ってるって言ってた気がするわ。あと、そうね。マネージャーとしての働き口が少ないって愚痴も」

本当に大した話はしていなかったようで、記憶を絞り出してようやくこの程度という調子でエメラルダは言った。

──お金に困ってるけど仕事を選べなくて……それで、評判の悪いパーティーでも雇ってくれる所で働くしかなかった、のかな？　もしかしたら給料も安かったのかも。

『マネージャー』の状況はちょっと分かったが、今のところ重要な情報には思えなかった。ドラゴン語の通訳に通じる情報とはならなそうだ。

「残念だけど、分かるのはそれくらいかしら」

「いえ、ありがたいです。助かりました」

期待外れだったが、そんな事はおくびにも出さずにルシェラはお礼を言う。エメラルダはそれだけででれでれした笑顔になった。

だが次の瞬間、エメラルダは真顔になる。

「……ところで、そっちのルシェラちゃんによく似た人は、もしかして……」

「しーっ……」

ルシェラが口に指を当てると、エメラルダは無言で何度も頷く。

ドラゴンは人に化ける、というのはよく知られた話だ。カファルの分身体の容姿はいかにもルシェラの母親然としていて、そこからルシェラとの関係性を連想するのは容易い。

「な、なんでこんな場所に……」

「ちょっと事情がありまして」

「そう。わ、私、急用の腹痛を思い出したわ」

きょとんとした顔のカファルを残し、エメラルダはそそくさと去って行った。

怯えすぎではないかとルシェラは思ったが、そう言えば、『山に入った者をカファルがどうするか分からない』と脅したのはルシェラの方だった。後でフォローを入れておこうと、ルシェラは頭の中に書き留めておいた。

＊　＊　＊

その後もルシェラは図書館の常連らしき人々に聞き込みをしたが、いくらか〝七ツ目賽〟の『マネージャー』を覚えているという者が居ただけで、結局、エメラルダから聞いたものを超えるような情報は出なかった。

ビオラもビオラで勝手に本を読んでいるので、ルシェラもそろそろ聞き込みを諦め、適当に冒険者業に関わりそうな本を漁ることとした。

ひとまず魔物の図鑑などめくってみると、冒険者向けに具体的な対処法などを詳細に書いているものなのに、ルシェラはその内容を全部知っている。読んでいて欠伸が出そうだった。

その間、手持ち無沙汰なカファルは、本の呼吸音すら聞こえてきそうな中で、興味深げに周囲を見回していた。

「ほん」

「そう、これが本」

「るしぇら。にんげん、どうして、ほん、つくる?」

いきなり何の前触れも無く根源的な問いを投げつけられ、ルシェラはちょっと、考え込んだ。

「……人は命が短いし簡単に死ぬから、自分が死んだ後も自分の考えを伝えるものが欲しくなるのかも。それに人はすごく数が多いから、全員に話して聞かせるなんて無理。だから自分で喋らなくても多くの人に言葉を伝える方法が必要なんだと思う」

ドラゴンと人（特に人間）の違いに想いを馳せ、カファルが疑問に思うであろう点を考えてルシェラは答えた。

　書架に収められたいずれの本にも、そういった想いがこめられているのだろう。

「ほん、なにが、かいてある？」

「んー……色々。この辺りは魔物についての本。あそこは地質学か……温泉の街だから充実してるんだろうな。あの辺りは小説、つまり物語の本」

「いろいろ、ある」

「うん。本当に色々。でもこの図書館はまだ小さい方だよ。図書館は大抵、国とか領主様とかが作るんだ。だから強くて大きくて先のことを考えてる国ほど図書館も大きくなる。マルトガルズの帝都の図書館なんかとんでもない大きさで………」

　ぽろっと口からこぼれた言葉に、ルシェラ自身が驚いた。

　――マルトガルズの、帝都の、図書館？　俺はそれを知ってるのか……？

　クグセ山に登るとなれば、北《マルトガルズ》か南《セトウレウ》からだ。

　この街の記憶があるような気もするし、自分は〝七ツ目賽〟とかいうパーティーの関係者と推測されるし、この街で買ったナイフも持っていた。だからルシェラは自分がセトゥレウ側から山に登ったものと思っていたが、では、何故マルトガルズの記憶があるのだろうか。

セトゥレウとマルトガルズは地理的には近いが、クグセ山越えなど不可能だから実質的には遠い。ましてマルトガルズにとってセトゥレウは『敵国の協力国』であり、どんな理由があってここまで流れてきたのか……

「るしぇら、あれは？」

カファルは、ちょうど近くの椅子に座っていた親子を見て言った。

「『わたしのすずをしりませんか？』と、みけねこさんはいいました。『いいや、しらないね』と、うさぎさんはいいました……」

若い母親が幼い女の子を自分の膝に座らせて、絵本を開いて読み聞かせているところだった。

「あれは絵本。絵が多くて、内容も簡単で、小さな子ども向けの物語が多くて……小さな子どもが親に読み聞かせてもらったり、ちょっと大きくなったら自分で読んだり、そうしてるうちに文字の読み方を覚えたりするんだ」

人代表としての責任感を感じ、ルシェラが絵本について百科事典の記述みたいな説明をしている間も、カファルは絵本を読む親子をじっと見ていた。

うきうきとした様子で絵本を見ている幼子と、静かに愛おしげに文章を読み上げる母と。

「あれ、やりたい」

「……それは読み聞かせをされる方？　する方？」

「よむ」

「えーと………」

突拍子も無いことを言い出したカファルは、自ら本棚に向かっていった。

小さな子どもでも出し入れできるよう作られた背の低い本棚だ。

「あった。おなじ、ほん」

親子が読んでいるのと同じ本をカファルは持ち出し、椅子に座る。

「ここ」

「……座るの？」

「ここ」

ぽんぽん、と彼女が膝を叩くものだから、ルシェラは圧に押し切られた。

怖々、という体でカファルの太ももの上に腰掛けると、カファルは絵本を開く。

柔らかな水彩調で猫だか女の子だか分からないキャラクターが描かれていた。

「『わたしのすずをしりませんか？』と、みけねこさんはいいました。『いいや、しらないね』と、うさぎさんはいいました……」

子守歌のように甘ったるい声でカファルは絵本を読み始める。

――丸暗記してる⁉　意味は分かってるか怪しいけど、ドラゴンの記憶力やばっ！

人の文字など読んだ事もないはずのカファル。

先程の親子と同じ本を選択した理由は、つまり聞こえたとおりに読めば、文字が分からなくても読み聞かせができるからだ。

「ままー、あのおねえちゃん、あたしよりおっきいのにごほんよんでもらってるー」

「そんな言い方をしちゃいけません。誰だって最初はああやって勉強するんですよ」

読み聞かせを終えて絵本を返しに行く親子。

娘がルシェラを指差して訝しみ、母親がそれを諫めた。

――べ、勉強してるのはこの場合カファルの方なんですが⁉

ルシェラは恥ずかしさのあまり人体発火するかと思った。

「あらあらまあまあ」

いつの間にか戻って来ていたビオラが至福の笑顔でこちらを見ていた。

「ちょ……助けて……」

「助ける？　何をどう？」

「『なくしたすずは、みつけられないけど、あたらしいすずをあげましょう』としろねこさんはいいました。『きょうからここは、あなたのおうちよ』……」

ルシェラは全身をくすぐられているような気分だった。

＊　＊　＊

街に下りて二日目も、目に見えた進展は無く終わった。

しかし、かつてのルシェラと目される『マネージャー』がどのような人物だったのかという細かな情報は増えていたので、ルシェラは失望していなかった。小さな情報が集まって、ジグソーパズルのピースが組み上がるみたいに大きな絵を描くこともある。待ち時間の戦果としては上等だろう。

何より、『自分が何者か分からない』というのは落ち着かない事なのだと、今ようやくルシェラは自覚していた。

山に居た時、ルシェラはカファルの養い子で、それだけだった。しかし人里に降りてみれば、かつて自分がこの世界に居たのだということを否応なく認識する。世界と自分の間のミゾが埋まる度、ルシェラは少し安堵して、自分が心細かったのだと認識した。

まあ、あまりにも話を聞いた人皆が褒めてくるのでそれは恥ずかしくもあったけれど。

＊　＊　＊

日も暮れて。湯治場として有名なクグトフルムの宿屋街には、夜を楽しむ人々の声がどこからか響き合う。

とうに廃業した静かな旅館の中でそれを聞いていると、不思議な寂寥感があった。

かつては二十人ばかりの客が一緒に食事を取っていただろう食堂は、今はもうほとんどの机と椅子が隅に除けられて、虚しい広さを醸し出していた。

男どもは宿の屋上で、風呂上がりの酒をかっくらいつつ盤上君主《ロードオンザタイルズ》の対局中。カファルはそれを見学しながらウェインに人族の文化をある事ない事教わっているようだ。

ティムが付いているから致命的な事態にはならないと思うが、後で何を教わったか聞き出して軌道修正しなければなるまいとルシェラは使命感に燃えていた。

一方ルシェラは、ビオラに強く勧められてこちらで牛乳を飲んでいる。

「牛乳美味しい……そんな好きじゃなかったはずなのに、久しぶりだと超美味しい……」

「それはよかった」

「なんで温泉には牛乳なんだろ」

「さあ？　元は東国の文化だそうですよ」

コップに付いた結露の水滴さえ心地よい。

ルシェラは冷えた牛乳で、入浴後の火照った身体を冷ましていた。

ルシェラは結局、今日も風呂に乱入してきたカファルに全身舐めるように洗い清められ、さらに抱きしめられたまましばらく湯船につかっていたのである。

「……俺って、カファルにとって何なんだろう」

「急にどうしました？」

「カファルはなんで俺を拾ったんだろう」

可愛がられた反動のように、急にルシェラはそんなことが気になった。

山で暮らしている間も幾度も自身に問いかけていたことだ。

カファル自身に問えない以上、結局推測するしかできないのだが、少なくとも今は相談できそうな（……少なくとも言葉が通じる）相手が居た。

「カファルさんは去年の水害で卵を失ってるんですよね。なら『寂しさの埋め合わせをしたかった』でいいんじゃないでしょうか」

「それって人基準からの考えじゃないのかな、って」

「……私は道楽の魔物研究と冒険者業に夢中すぎて誰かを愛したりした経験はまだありませんが……卵が生まれてこれから全てを捧げて愛そうって誓ったのにそれを失ってしまったとなったら愛の分だけ寂しくなってしまうと思うんですよ」

「ドラゴンでも同じなのかな……」

「むしろ落ち込みも深いんじゃないです？　ヒュードドラゴン（※レッドドラゴンなど、色の名前で呼ばれるドラゴンの総称）の子育て期なんて四十年くらいありますから」

それは、そう、確かに筋は通る。

しかしそれでもルシェラの気持ちはモヤ付いたままだった。

「でもなんでそれが、俺だったんだろう。人間なんてこの世界に千も万も居るのに」

山にはルシェラとカファルだけが居て、ただ単純に幸せだった。

しかし今、人が千も万も居るような街に下りてきてルシェラはようやく、世界は自分とカファルだけではないのだと気が付いた。

人の世界に帰ってきて、ふと、夢から醒めたようにルシェラは、山での暮らしがひどく不自然で不安定で、何かの拍子に脆く崩れ去るものであるように思われていた。

ビオラは自分も牛乳を二杯飲んで、絶壁に近い胸を軽く撫でる。

野暮ったいローブを脱いだ風呂上がりの彼女は、短めの金髪をアップにまとめ、下着に近い露出度のフランクな部屋着姿になっていた。ビン底めいた分厚い眼鏡だけはそのままだ。

「別に理由なんて無くていいんじゃないです？　『たまたまそこに居た』ってくらいで。運命の出会いにドラマなんて要らないでしょう。この世界の大半は偶然で動いてるんですから」

「偶…………然？」

「確かにあなたが『ルシェラちゃん』である必要は無かったのかも知れません。

カファルさんのお眼鏡にかなう養い子はあなた以外にも居たのかも知れない……でもあなたは条件に適合する人の一人で……そしてそこに偶然居合わせた。

それだけですよ。誰かが誰かを好きになるって事はその程度の理由で起こるんだと思えば気が楽になりませんか？　『別に自分じゃなくてよかったのに』『偶然会ったから自分だった』っていうの充分に運命の出会いですよ」

どこか早口言葉みたいな澄ました口調で、ビオラは言う。

ちょっとあんまりにも思える人生観だった。だけどその言葉は、ルシェラの腑に落ちた。

モヤモヤとしていたワケも分かった。カファルと自分の関係が、何か特別な運命めいたものであるという確信が欲しかった。カファルが自分と一緒に居る事に、何か理由が欲しかった。

要するにルシェラはカファルと離れたくないのだ。自分たちの関係が不自然な（少なくとも常識の観点からすれば）ものだという自覚が芽生えて、不安になっていた。甘えることを恥ずかしがりつつ、結局内心では甘ったれていたのだ。

しかしビオラは、偶然で良いのだと言った。

ルシェラとカファルを結ぶものは、それだけで充分だと。

ただの偶然で出会ったとしても、それが離ればなれになる理由にはならないのだと。

「…………ビオラさん、大人、だったんですね」

「それ感心してるのか馬鹿にしてるのか微妙……」

対面の椅子に座った彼女は、眼鏡を軽く押し上げて光らせ、けけけと笑った。

「相談に乗ってくれてありがとうございます」

「カファルさんの所へ行くんですか？」

「はい。一緒に居た方が良いのかなって……」

「んふふふ……いってらっしゃいませー」

何が楽しいのか、とてもにこやかに笑いながら三杯目の牛乳を注ぐビオラを食堂に残し、ルシェラは誰も居ない廊下に出た。どこか別の宿の明かりが廊下に差し込んでいた。

ルシェラは何故だか急にカファルのことが気になった。

街に来てから、時折、カファルは寂しげな表情を見せ、ルシェラに対し一歩引いたような態度を取っていた。かと思えばベタベタに甘やかしてきたりして、ルシェラとの距離感がおかしくなっている気がする。

カファルとルシェラの関係性が揺らいでいる。ルシェラが不安そうな気持ちになったのもそのせいかも知れない。

――カファルは人の街に来て、何を感じているんだろうか？

＊　＊　＊

次の日も、また次の日もルシェラは街を歩いたが、街に渦巻く不安の影はますます色濃くなっているように見受けられた。セトゥレウ王宮が軍需物資を集めているだの、国外に逃れた貴族がいるだの、本当か嘘かも分からない噂まで街角で聞かれるほどだ。

『何か事情が変わらない限り、早晩マルトガルズが攻めてくる』というのは、既に皆の共通認識になりつつあった。この件に関しては近く、王宮や領主から何らかの声明が出されるという話もあり、ひとまず様子見をしている市民も多いが、それは嵐の前に静かになる空を見ているような不穏な様子見だった。

着の身着のままと言える勢いで逃れる者あり。逃げの算段を立て始める者あり。街を離れられず、何も起こらないよう祈るしかない者あり。

ルシェラたちは王宮の動きを待っていた。〝黄金の兜〟宛に二回ほど通信が来たが、今のところ王宮は内部で意見をまとめるためてんやわんやになっている様子。何しろドラゴンと交渉するなんて王宮にとっても初めてなのだから仕方ない。しかも王宮は今、カファルの件を抜きにしてもマルトガルズの動きに対応するため大忙しなのだ。

事態は進捗しているらしかったが、ルシェラは首に掛かった縄を少しずつ強く絞められているみたいに焦りが募った。本当に王宮と協力するかどうか、ルシェラにとっては相手の出方次第だが、これでは先方の意見すら聞けないまま時間だけが過ぎていく。

もっとも、冒険者ギルドの態勢が脆弱なマルトガルズは、魔物の領域に対する情報収集力が伝統的に乏しく、すぐさま動くことはないだろうという楽観的な見方もあった。だがそれも断言はできないし、仮に動きが遅れるとしてもいつかは動いてくるだろう。

いずれにせよ、今ルシェラにできることは話し合いの準備のため、焦りを押し殺してドラゴン語通訳の情報を追うこと。つまり、ルシェラの過去と推測される『マネージャー』について調べることとくらいだった。

＊　＊　＊

ルシェラとカファルが街に下りてきて、五日目。

その日、ルシェラはティムに連れられて出かけることになった。

「冒険者マネージャーの事務所？」

「ああ、そういうのが街に一つあるんだよ。最近ギルドのお墨付きを貰って、仕事を頼むときにギルドの補助金も出るようになった」

ルシェラたちが向かったのは、『マクレガー冒険支援事務所』なる場所だった。

今回はティムとウェインとルシェラの三人で、カファルはビオラとお留守番だ。冒険者でないルシェラやカファルまで含めて、あまり大勢でぞろぞろ訪ねていっては警戒されるし、何より目立つというウェインの判断だ。……カファルはルシェラと離れることを大分渋ったが。

「冒険者のマネージャーなんて、この街に何人も居ねえから。同業の誼《よしみ》で『彼』について何か知らねえかと聞いてみたら、多少付き合いがあったって話でな」

「なるほど」

冒険者のマネージャー業というのは世界的にも珍しく、このセトゥレウでもそうだ。

そのためか、事務所があるのは冒険者ギルド支部の近くではなく、少し離れた表通り。なんでそんな良い場所にわざわざ事務所を出したかは若干の疑問もあるが、ともあれ、その事務所は薄く細い白のアーチプレートが蜘蛛の巣めいて折り合わさった向こう側に大きな硝子の壁が存在するという芸術的な建物だった。

「代表のイヴァー・マクレガーと申します。〝黄金の兜〟のリーダー、ティム様ですね。お目に掛かれて光栄です」

髪をべったりと撫で付けたスーツ姿の若い男が、愛想良くティムを出迎えた。

「ほう、俺も有名になったもんだな」

「これはこれはご謙遜を。この街のトップパーティーのリーダーとあらば、皆様ご存知でしょうとも。本日はマネージャーのご用命……ではありませんよね」

「ああ。先に話したとおり、ちょっと奇妙な事件を追っていてな」

小洒落た観葉植物以外に置かれている物が少ない硝子張りの応接間で、奇妙な容器に入ったお茶を飲みながらティムは、『彼』を探していることと、『彼』にまつわる奇妙な状況についてイヴァーに説明した。

イヴァーはそれを興味深げに聞いていた。

「……なるほど。確かに『彼』に関しては奇妙に思っていました。何度か会った覚えがあるのに、私も名前を思い出せませんでしたので」

「妙な力が働いてるみたいなんだ。それが何なのかは……分からんが。『彼』について何か知っている事は無いか？」

「優秀なマネージャーだった、としか。それと少なくとも私が事務所を開くより前にはこの街で仕事をしていましたね」

「そうか……」

何もかも計算ずくで客向けの態度を作っているかのような、慇懃無礼系の爽やかさを持つイヴァーが、『彼』に関しては素直に褒める調子だった。

「何故『彼』をお探しなので？」

「その、『彼』の家族がな。『彼』を探してるんだ」

ティムは嘘をつくことが激烈にヘタクソだった。隣でウェインが一瞬、苦い顔をしていた。

「なるほど……」

イヴァーは失礼にならない程度の一瞬、ルシェラの全身を刺すように眺めて観察した。ティムの誤魔化しをどう思ったかは定かでないが、イヴァーはその点に関して詮索しなかった。どちらでも構わないということか。

「それと俺らはドラゴン語の通訳を探してるんだ。それを『彼』が知ってるんだとか」

「ドラゴン語の通訳……？　よろしければ私の方からご紹介することもできますよ。マルトガルズから呼び寄せることになりますが」

「いや、それだとダメだな。気持ちだけ貰っとく」

「かしこまりました」

『彼』についての情報は特になく、通訳探しも進展せず。

結局、収穫は無しか……と思ったところで、イヴァーは何かを思い出した様子。

「ああ、一つ思い出しました。彼は確かライナー医院に通っていたような」

「ライナー医院？」

「チャールズ・ライナー氏。昨年の末頃に辞めてしまいましたが、この近くで開業医をしていた方ですよ。確か『彼』が……ライナー医院の閉院時間になってしまうからと、話を切り上げて帰った記憶がありまして」

「ほう。なるほど、医者ならいろいろと記録を残してるかも知れんな」

『彼』の名前を記した資料が消えてしまっている事は冒険者ギルドで確認済みだ。

だが、もし、名前を書いていない書類があれば……たとえば数枚まとめて綴じた資料のうち一枚にしか名前が書かれていないとしたら、残りの資料から『彼』についての情報が得られるかも知れない。

あるいは診察室での世間話などで個人的な事を聞いて、ゲメルなどよりも余程よく『彼』を知っているかも。

「助かった」

「いえいえ、これぐらいは何と言うこともありませんよ。ところでティム様、うちのマネージャーをあなたのパーティーで使ってみる気はありませんか？」

「考えとくよ。優秀だってことは分かった」

「ありがたき幸せ。……ああ、それと。もし逃げるならお早めに」

話の締めくくりとでも言うように、イヴァーは爆弾を放り投げてきた。

席を立とうとしたところでティムは、縛られたように動きを止め、無音で息を呑むような間を取った。

どんなルートで情報を掴んだか分からないが、イヴァーの言葉が意味するところは明らかだ。

『マルトガルズが攻めてくるから逃げろ』と。

「お前はいいのか？」

「私はマルトガルズの出身です。あちらには伝手がありますので、どうとでも」

「なるほど、分かった。助言感謝する」

「どうか王女様にもよろしく」

「あいつをそう呼ぶんじゃないぞ。どっから調べてくるんだ、そういうの」

「企業秘密です」

内心を読みがたい営業スマイルのイヴァーに、ティムは熟練冒険者の余裕で応じた。

「……冒険者のマネージャーか……」

ルシェラはじっと会話を聞きながらも、マネージャーなる仕事に想いを馳せていた。

自分がそれだったらしい、とは既に分かっているが、自分以外の冒険者マネージャーなる者を見たのは、これが初めてだ。

イヴァーのような者が、ある種の定型なのだろうか。

何かを、思い出せそうな。

――『遂に冒険者ライセンスまで取ってしまったのか。まったく、君の勉強熱心さには頭が下がるよ』――

褒められたのだと、少なくとも自分は思っていた。

――『君がそこまでして私を助けようとしてくれるのはとても嬉しい……でも、敢えて言いたい。私みたいな無茶な生き方をしている者に付いてくるのは並大抵じゃないよ。もう無理だ、と思ったらその時は……』――

照れ隠しみたいな、苦笑交じりの労い。

恩を返したかった？　役に立ちたかった？　もちろん、それもある。でも、違う。それだけじゃない。

戦う力の無い自分であっても、マネージャーという立場でさえあれば、共に……

「ルシェラ？　もう行くぞ？」

ティムに呼びかけられてルシェラは、幸せで悲しい物思いから醒めた。

ルシェラの頭の中で消えることの無い炎が、灰の中から浮かび上がる記憶を、舐めるように焼いていた。

＊　＊　＊

ティムがライナー医師とやらを探している間に、ルシェラは『アダマント・ソーイング』へ向かうことになった。頼んでいたルシェラの装備が完成したという連絡が、昨夜、届いていたのだ。

宿で待っていたはずのビオラも衣装を見たがり、そしてカファルに見せたがり、どこからともなく湧いて出て合流した。

冒険者は、良くも悪くも常識の範疇に収まらない、はみ出し者や異端者が多い。

ドラゴンの力を手に入れてしまったルシェラも、冒険者の格好をしていれば、違和感を多少誤魔化せるだろうという意見は妥当に思われた。

何より、いつ戦いが起きるか分からない状況で、ルシェラとしてはカファルを守るための力が少しでも欲しい。

それで、山から持ってきた『変異体』の毛皮を材料に装備製作を依頼したわけだが。

「………………ひぁ」

喉の痙攣みたいな悲鳴を上げたきり絶句するルシェラ。

頭を抱えるウェインとビオラ。

そして、独りご満悦の変態《ミドウム》。

完成した『防具』を身に纏ってみて、ルシェラはあまりの衝撃に凍り付いた。

それは全体的に言うなら、カファルの分身が身につけているドレスと似たような雰囲気のある、深紅のワンピース、あるいはミニドレスだった。

露出した肩の下、コルセット状の胴部はピッチリとしていて、腰にはドラゴンが翼を広げた姿のような大きな装飾リボンが付いている。

舞い踊る炎の如き、大げさなフリルスカートは硬めの質感で、かなり短い。このままでは正面からルシェラを見たときに下着が露出しないかどうかは非常に怪しく、これまた下着と見紛うほど短いショートパンツ（ホットパンツと言うらしい）を合わせることで辛うじて尊厳を補っていた。太ももは細いリボンらしきものを巻いてガーターベルトで吊り下げた以外、剥き出しだ。

指ぬきの長手袋型をしたアームガードは、肘まわりを守る真っ赤な花の蕾《つぼみ》みたいなアームドレスと繋がっていて、二の腕はやはり大胆に露出している。

頭にはファンシーでカントリーな雰囲気のヘッドドレス。

それとセットとなる膝丈のブーツも似たような印象だが、爪先部分の金属装飾は実用を兼ねており、防御力と蹴りの攻撃力を高めている。ぴたりと足に吸い付くような着用感があり、これは険しい地形での活動や激しい戦闘にも耐えうるよう作られた冒険靴だとルシェラは分かった。

ルシェラのために作られた防具は、それを着ているルシェラの燃える赤毛と相まって、炎の花が咲いたような印象だった。それは、子どもっぽく、女の子っぽく、そして可愛らしいのにどこかいかがわしいという、匠の技が斜め下の方向に輝く逸品だった。

「そうだった……忘れてた……『普通のデザインで』って言うの忘れてた……」

「俺の馬鹿野郎……！　こういうとき極東の人間とかドワーフにデザイン任せたら酷い事になるって知ってたはずだろう！」

「最高の素材と最高の装備者を前にして、ありきたりで普通のデザインにするなんて、この世に存在する全ての神に対する冒涜でしょう⁉　これが！　一番！　可愛いと思いまぁす‼」

「確かに可愛いですけど弁護不可能な領域に足を突っ込んでますよ⁉」

冒険者は自らをアピールするため、しばしば奇抜な格好をする。

が、これはおそらくその中でもかなり奇抜で特徴的な、恥をいくらか捨てなければ着られない部類の装備品だった。

鏡の中には、可愛いけれども何かが心配になる格好の女の子が立っていた。

「まあ。このはずかしいかっこうをしたかわいいおんなのこはだれだろう」

「現実を直視してください……！」

受け容れようとしないルシェラにビオラは縋り付き、肩を揺さぶった。

「恥ずかしいとはご挨拶じゃねえですか。これが最先端なんですよ」

外見年齢だけならルシェラと大して変わらない女ドワーフは、鼻息も荒く装備の状態を確認する。

「いいですかウフフフフ冒険者は自らをアピールするためアーティスティックなデザインの装備をドゥフフ身につけるものでしてこの程度は充分に普通の範囲ウヘヘヘヘなんですよ」

「その怪しい笑顔が無ければ信じたかも知れない」

「でも可愛いでしょ？」

直球の問いに、ルシェラは返す言葉に困った。

問題点は別の場所に存在するのであって、これを可愛いか可愛くないかで論ずるのであれば、確かに、可愛い。

鏡の中の美少女が顔を赤くした。

「か、かわ……あの、こんなスカート短くする必要あるんですか？　スカートの下に穿くやつも、こんな短くて無防備なんじゃ座ったときとか何かに登るときに中が見え……」

「大丈夫だと思いますけど、別に見えてもいいじゃないですか」

「よくないんですが!?」

「いいんです。可愛いから着ているあなたも作った私も許されます」

変態ならざる常人には理解不能なことをミドゥムが言ったので、ルシェラは別方面からの抗弁に切り替える。

「露出の分だけ防御力が低下……」

「素材が強すぎるんで身体を閉じ込めちゃって、むしろどこかで露出作らないと生体魔力のサイクルに悪影響出るんですよ。弱っちい身体の素人が着るなら変わらねえですが、ルシェラちゃんは防具に見合う力があるんでしょ？

　急所が多い胴体と、傷つきやすい手足はがっちりガード。となると肩はいいとして下半身にもどこか大きめの露出作りたくて、比較的安全なのが太ももになるんで。野郎なら二の腕でも出しとけってばオッケーって話になりますが、女の子は生体魔力の流れ方が違うんでねえ」

「…………そ、そうか、そういうレベルの防具かこれ……」

「ダルめの服にすれば構造上どうにかなるんですが、激しく動かなきゃならない前衛向きじゃねーですね」

機能性の面で合理性を突きつけられたルシェラは二の句が継げなくなる。

トップ層の女性冒険者は、大抵、足の露出が多い。その理由は機能面にあるのだ。

「いやでもやっぱりもう少し大人しいデザインにすることは可能……」

「るしぇら、かわいい」

「かわっ……あう」

「ほらあ！　親御さんにもご好評でしょう⁉」

カファルが喜んでいるものだからミドゥムは、これぞ免罪符とばかりに得意げだ。

――基本的に裸で生きてるドラゴンの基準では羞恥心の閾値が……

『可愛い』という評価には一応ルシェラも異存はないが、それ以外の問題点に関してドラゴンや変態は人族と共有不可能であるらしい。

「ストックしてた素材で何枚か下着《アンダー》も用意しましたんで、お渡ししましょう。お代は毛皮の端切れで支払ったことにしときます。見た目はヤワですが鉄より丈夫で、火でも酸でも穴が空かねえって代物です」

「アリガトゴザマス……」

ちなみに一旦はドロワーズに落ち着きかけた下着問題だが、この服でドロワーズを穿くのは丈の問題で無理だ。

ミドゥムから渡された、防具と合わせるための下着は当然のように『密着的で』『面積が少ない』ものだった。そのくせレースを模した装飾や可愛らしいリボンが付いている辺り禍々しい。

「おーい、お前ら……うおっ」

そこでちょうど工房に入ってきたティムは、ルシェラを見て、オーガの棍棒でぶん殴られたかのようにのけぞった。

「今『うおっ』て言った！　絶対『うおっ』て言った！」

「大丈夫だ、似合ってるし可愛いぞ」

「目を合わせてください！」

鎧男は、問題点に関してノーコメントを貫いた。

「ティムさんも来たことですし、例の話をしますよ。一回しか言わねーからよく聞きやがれです」

低い椅子に飛び乗って、ミドゥムは腕組み足組みする。

ウェインは何も言われずとも表に目をやって客が来ないか確かめ、戸を閉めた。

「間違いねーです。〝七ツ目賽〟はちょうどウェインさんが言った辺りの時期、クグセ山に入ってやがります。しかも初犯じゃねーですね」

「案の定かよ」

〝七ツ目賽〟が禁を破ってクグセ山に入ったという推測。それは、密採された品の流れをミドゥムが確かめたことで裏付けられた。

「あいつらの目的は？」

「そりゃ、金でしょう。ドラゴンの住処から採れた薬草はとんでもねー高値がつきますから。ミドゥムちゃん様の作品が一つ買える程度は稼いでたようですよ。なんでもあいつら、ドラゴンの卵まで狙ってたとか……」

「はあ⁉」

突然ミドゥムがとんでもないことを言ったものだから、ルシェラは頭が爆発したような怒りを覚えて裏返った声で叫んでいた。

「なんで⁉　どうやって⁉」

「おーちーつーきーなさい。私の工房は私以外大声厳禁です」

ミドゥムに宥められたけれど、ルシェラの怒りは収まらない。

あの卵を失ったことで、カファルがどれほど悲しんだか、ルシェラは多少なり知っている。現実には、カファルの卵は奪われる前に水害で失われてしまったのだけれど、だとしても彼女の卵を奪おうとしたこと、それ自体が万死に値する罪だ。

カファルは、静かだ。しかし不快げに顔を歪め、喉の奥で唸っているような気がした。彼女はまだ、人の姿で怒りを表現する言葉を持たないだけで、もし今少し人の言葉に習熟していたら何らかの罵倒の言葉を吐いていたことだろう。

「なんでも何も、金のためでしょう。売人に事前にそういう相談があって、ゲメルとかいう人が値段を聞きに来ただけらしいです。実際にはそんなもん持ち込まれてねーので、計画倒れだったっぽいですね。そう簡単にぶん捕ってこれるはずねーですし」

無言で、たじろぐように、居たたまれない様子で、皆の視線が彷徨う。

盗まれる前に卵が失われたからといって、めでたしめでたしにはならないだろう。ミドゥムは調べたことを伝えているだけだし、カファルの卵がどうなったかも知らないようなので悪くないが、それこそまさに『ドラゴンの尾を踏むような話』だ。

「ま、分かったのはこんなもんですね」

「助かった、ありがとう」

「なんの。お互い様ってやつですよ」

ティムは無茶な頼みを聞いてくれたミドゥムに頭を下げて礼を言う。

もはやただの答え合わせみたいなものだが、状況的に〝七ツ目賽〟の『マネージャー』がルシェラであることはほぼ間違い無いだろう。

するとゲメルは、どこかでそれに勘付いて、密採行為が大っぴらになることを恐れて逃げたのだろうか。情報の出所が出所なので、あまり大っぴらにすることはできない話だが、おそらくティムがギルドや衛兵隊に耳打ちし、今日中には〝七ツ目賽〟のねぐらをひっくり返すことになる。行方を掴めれば御の字だ。

ただ、〝七ツ目賽〟が尻尾を巻いて逃げたのだとしたら、そこから情報を得るのは一旦諦めるしかなさそうだ。少なくとも、マルトガルズが攻めてくるまでには間に合わない。

やるべきことは結局、王宮の返事を待ちながら、この街でルシェラの過去を調べるだけだ。

「ところでティム、妙に早かったがそっちはどうしたんだ?」

「ああ、見つかったぞ。チャールズ・ライナーさんとやら」

あっさりとティムは言う。

「見つかったんですか」

「へえ、早かったな」

「そりゃ、店じまいしたとは言え元医者だからな。噂を辿ればすぐだった」

しかし彼は例によって、渋い顔を苦く歪めた。

「だが、どうも悪い意味で有名なんだ。何かきっかけがあって医者を辞めたらしいんだが、それからずっと酒浸りで……一度は自殺に失敗してるらしい」

＊＊＊

その家は、少なくともここ数ヶ月、玄関を掃除した形跡が無かった。

玄関前に置かれた金属製のゴミ箱からはゴミが溢れ出し、酒瓶の展覧会が開かれている。

この家の主は、ひとまず家の外にゴミを出す程度の理性は残されているようだが、それを捨てに行く気力とか自尊心とかは残っていない様子だった。

ティムが戸を叩くと、三回目でようやく家主が姿を現す。

「あ、ああ、なんだ……？　酒代ならこの間払った……よな？　確か………」

無精髭の目立つ、干からびた男だった。

中年にも老人にも見える彼は、おどおどと焦点の定まらない目でティムを見て酒臭い息を吐く。

「あなたが、チャールズ・ライナー先生？」

「先生だなんて呼ばないでくれ、俺はもう医者じゃない。もう嫌だ、うんざりなんだ、そう呼ばれる資格は無い……」

酷いニオイがする物から顔を背けるときのように、チャールズはティムから目を逸らし、虫でも払うように手を振った。

だがティムも、他の四人（三人と一匹だろうか？）も動こうとしない。

「なんだ、やめろ、帰ってくれ、俺はもう誰も診ない」

「〝七ツ目賽〟というパーティーでマネージャーをしていた男に覚えは無いか？」

チャールズの反応は劇的だった。

酒で朦朧とした様子だった彼は、痩せこけた顔の中で飛び出して見えるほどに目を剥いて、白いものが混じる髪を掻き毟りながら崩れ落ち、叫んだ。

「ひっ、ひい！　うわあああああ‼」

「どうした⁉」

「おい、落ち着け‼」

のたうつ彼をほとんど取り押さえるかのようにティムは抱え上げる。

「何があったんだ、知ってるのか⁉」

「あいつは、あいつは……！　俺が殺したようなもんだ！」

「落ち着け、落ち着いて事情を話してくれ。『彼』のことを知りたいんだ」

相変わらず焦点の合わない目をしているチャールズは、しかし、切れた堰から水が流れ出すようにブツブツと話し始めた。

「『彼』は……姉か、恋人かも知らないが、ジゼルという子と暮らしてたんだ。ジゼルは俺の患者だった。彼女はずっと呪いの病を患っていて……俺にも命をほんの少し延ばして、苦痛を和らげることしかできなかった……」

地の底まで墜ちていきそうな深い後悔が、チャールズの声には滲んでいた。

「いよいよどうにもならなくなって……ある時、『彼』が俺に聞いたんだよ。ジゼルを治す方法はないのかって。それが、ああ、あああ…………」

チャールズは頭を抱え、白髪頭を掻き毟る。

そうして彼は、ようやく震える言葉を絞り出した。

「言っちまったんだ……『ドラゴンの卵を使った薬なら彼女を救えるかも知れない』って……！ あいつ、きっと、クグセ山に入ったんだ‼ 俺は人殺しだ‼」

ドラゴンの卵。

「あ……」

ルシェラの口から声がこぼれた。

新たなドラゴンが生まれてくる前の卵。この世で最も濃い、命の力。それを食らうことができたなら死に行く者の命すら繋げよう。

ドラゴンの卵など手に入れるのは至難だ。

長寿と強大な力の代償とでも言うように、ただでさえドラゴンは仔を為すことが少なく、さらに卵を奪おうとするなら恐ろしく強大なドラゴンの怒りを買うことになる。

しかし今、クグセ山のレッドドラゴンが卵を抱いている。

一匹きりで生きる彼女であれば、その目を盗むことも叶うだろう。

――『はぁ？　クグセ山に？　お前急に何……』――

知っていた。ゲメルは信用に足らない男だと。

だから慎重に、狙いを話すことは避けた。

安くはなかった『ドラゴンの巣の場所の情報』も渡さず、自分の頭だけに入れていた。

──『ああ、分かった。それで手を打とう。手に入ったものは全部俺らの取り分だ。お前が欲しいものは適正価格でお前が買い取る。案内料込みだぞ、払えるのか？　……まあいい、一生タダ働きを覚悟しとけ。逃げ出したら絶対捕まえて奴隷商人にでも何にでも売り飛ばしてやるからな』──

構わない。

ジゼルを助けることさえできたなら、後のことはどうとでもなる。

いや……彼女を助けることができたなら、この命を差し出したっていい。

そして。

やがて。

「思い出した……」

ただ、割れた卵を見て、ルシェラは静かに理解した。

『ああ、終わってしまったんだな』と。何故だか、そう、腑に落ちた。

「ルシェラ!?」

ルシェラは身を翻して走り出した。

場所を知っている。

道を知っている。

彼女と暮らしていた場所を、覚えている！　思い出した！

道行く人々は驚愕の声を上げた。

――ジゼル！

深紅の突風となり、ルシェラは街を駆け抜けた。

邪魔な建物をドラゴンの飛翔の如くひとっ飛びで飛び越え、道行く人々は驚愕の声を上げた。

――どうして君を忘れることができたんだ、ジゼル!!

数ヶ月分の焦燥が一気にまとめて押し寄せ、ルシェラを急き立てる。

運河を臨む、古い集合住宅の一つ。

雨だれの痕が黒く染みついた四角い建物。

郵便受けが並んだ狭い廊下。

三十年前には魔力灯照明だったらしい天井のオブジェ。

煤けたように黒い階段。

半開きになっている二〇二号室の扉。

「ジゼル……！」

そして、水気を孕んだ風が吹き抜けた。

ルシェラが扉を開けたことで風が吹き込み、窓のカーテンがふわりと舞った。

家具は無い。窓際のベッドも。暖炉の前の椅子も。

その部屋は悲しいほどに、ただの空白だった。

箒が一本だけ置いてあるところを見ると、ちょうど掃除中であったらしい。

「お嬢ちゃん、何してるんだい。そこは空き部屋だよ」

管理人の老婆が雑巾とバケツを持って、ルシェラの背後に立っていた。

「こ、ここに！　ジゼルという人が、住んでいませんでしたか⁉」

「あれ、あの子の知り合いかい？」

珍しい事もあるもんだとばかりに、老婆は目を丸くしていた。

それから、言った。

「ジゼルなら死んだよ、結構前にね」

＊　＊　＊

それはまだ、ジゼルと[redacted]がクグトフルムに流れ着く前の事。

「ドラゴンと話せるって？」

「うん。ま、そう大したことじゃない。ちょっとコツがあるだけさ」

二人旅の最中、ある時、街道脇の大きな木の陰で休憩を取りながらジゼルはそんな話をした。

白と亜麻色のまだらという、奇妙な色の髪を彼女はつまみ上げる。それは徐々に……少なくとも[redacted]がジゼルと出会った頃よりは、白の割合がより多く侵蝕しているように見えた。

「私は一時期、マルトガルズ軍属でね。この隠し芸でドラゴンとの交渉を受け持った事があるんだ。ところがあいつら、ドラゴンを騙し討ちにしやがって……そりゃ恨むよね、ドラゴンは。私を。そのせいで私はこの身に呪いを受けているんだ。身体は徐々に蝕まれ、先は長くはないだろう。しかもこのザマじゃ二度とドラゴンにゃ信用されない。それでお払い箱になって、今じゃしがない冒険者ってわけ。まあ私ももう、軍《あいつら》に協力するなんて御免だけどさ」

不思議なことにジゼルの言葉には、恨みも、悲壮感も無かった。

彼女はただ、面白い話ができたことで得意になっている子どもみたいに無邪気で、それが[redacted]には不思議だった。

＊　＊　＊

全ては明らかになった。

ドラゴン語通訳のことも。どうしてルシェラがクグセ山に居たのかも。

「そうか。ドラゴン語の通訳ってのは……」

「はい、ジゼルのことです」

冒険者ギルド支部の貸し会議室。

人が居ないとかえって威圧的にも思われる、机と椅子ばかりの空間に、ルシェラたちは居た。

ルシェラは自分が思い出した事の全てを話した。

ティムたちに。……つまり、一緒に居たカファルにも。

カファルは俯きがちで消沈していた。

娘として可愛がっていたルシェラが、実は本当の娘を狙ってきた卵泥棒だったと知って、驚き失望し、怒り狂うのではないかとルシェラは思っていたが、そうではなかった。

彼女が何を思っているかは……分からない。

「俺はジゼルに命を助けられて、それ以来ずっと一緒に旅をして、恩返しとしてジゼルの冒険者業をサポートしてきたんです。ジゼルは恐ろしく強い冒険者でした。でも長く呪いの病を患っていて、この街に辿り着いた頃にはもう剣も握れなくなってた。それで俺は……彼女のために働くようになって……でも、もちろん良くなる見込みは無くて、それで……」

ゲメルは以前からクグセ山で密採をしていた冒険者だったが、そうと知って、クグセ山に入ることをゲメルに持ちかけたのは[redacted]の方だった。

ジゼルを救うため、ドラゴンの卵を奪い取ることを画策したのだ。

だがゲメルは山の中でパーティーが追い詰められたとき、[redacted]を見捨て、囮にして逃げ延びた。その結果が、今だった。

ティムは歯を食いしばり、机に拳を叩き付ける。

「ゲメル、あの野郎……！　どうしようもねえ奴だとは思ってたが、これほどのクズとは思わなかった‼」

ティムは義憤に燃え、我が事のように憤っていたが、ルシェラには怒る気力も無かった。

ジゼルのことを思い出し、その死を知ったショック。彼女を助けられなかったという無念。死に目に会えなかった後悔。

そしてカファルのことを、出会う前から裏切っていたという烈火の如き罪悪感。

いっそルシェラは、カファルに引き裂いてほしかった。

「それで、これが………」

会議室の机の上には、小さな箱が置かれていた。

アパートの管理人の老婆が預かっていた、ジゼルの遺品だ。

『失踪者調査のため、失踪者の家族であるジゼルの遺品をギルドで預かりたい』という、ギルドを通したウェインの申し出を、管理人は快諾した。預かったはいいものの受け取りに来る人も居らず、さりとて勝手に処分するのも心苦しく、持て余していたようだ。

箱を開けると、そこにはちょっとした小物や装身具、そして封筒に入れた手紙。

遺書の一枚目は消失していた。おそらく、そこには宛名として[redacted]の名前が書かれていたのだろう。

ひとまずルシェラは、残っていた分の遺書を手に取った。

＝＝＝＝＝＝

まあ、私のつまらない身の上話はこれくらいにしておこう。

君に出会ってからの人生は、それまでの私の人生とはまったく違うものになった。

私はもう何もかも諦めて余生を生きているだけのつもりだったのに、君が居たお陰でそれは存外に楽しく、思ったより長いものになった。

そのことは本当に感謝している。

君と一緒に居た時間はドラゴンの財宝にも勝る、私の宝だった。

正直に言うなら最初は鬱陶しいし、危なっかしいと思ったよ。

こんな仕事をしていると人の命を助けることも一度や二度じゃないから、私には君も大して特別な存在じゃなかった。

でも君は本当にしつこかった。

どこまでも私についてきて、マネージャーの資格まで取って私を助けてくれた。

いつからか私はそれが嬉しくなって、やがては、『君がしてくれること』ではなく『君の気持ち』そのものが嬉しくなっていた。

本当にありがとう。

君がこの手紙を読んでいるということは、君は無事に帰ったけれど、私はそれまで生きていられなかったということだ。もう一度君に会えなかったのは残念だけれど、君が無事だったのはとても嬉しい。

でももう『忘れてくれ』なんてことは言わないから、せめて私から自由になってほしい。君の人生は君のものだ。私は死んだのだから、もう私に縛られている必要も無い。

もし君にその気があるならマルトガルズへ戻り、シュンという男を探すといい。私の名前を出せば悪いようにはしないはずだ。君は冒険者のマネージャー業で充分に生きていけるだろう。

最後にひとつ、お礼がしたい。

君にも秘密にしていた『ドラゴンと話せるコツ』……それを君に贈りたいと思う。初めてこの街に来た時の二人の思い出の場所にそれを隠した。君なら見つけられるだろう。どう使うも君の自由だ。

さようなら。

君と別れるのは寂しいけれど、いつかこうなるのは分かっていたことだ。

君は優しいから、きっと悲しむんだろうね。

悲しみを乗り越えて強く生きてくれることを祈ってる。

愛をこめて　ジゼル

＊　＊　＊

そこは東からの街道が尾根を跨ぐ場所。

クグトフルムの街を一望できる場所。

[redacted]とジゼルが初めてこの街を見た場所。

「思い出の場所って、ここでいいのか？」

「うん。他には思いつかないし……」

風を浴びて、ルシェラは視界いっぱいに広がる空を見ていた。

長い髪と短いスカートが風にはためく。

見晴らしの良い場所だからか、街道を行く者たちがここでしばしば休憩していくようで、椅子になりそうな丸太が置いてあったり、焚き火のための石囲いがいくつかあったりする。

ルシェラは周囲を見回して、何か隠せそうな場所が無いか考えた。

「……もう剣を持つ力も無かったジゼルにできることは限られてる。彼女は少しだけ、地の元素魔法に適性があった……」

感覚を研ぎ澄ませてルシェラは気配を探る。

この世界を常に巡り続ける、見えない流れを読み取ろうとする。

すると、僅かに引っかかりを覚える箇所があった。

「ここだ」

腰掛けるのにちょうど良さそうな石が一つあった。

それをルシェラは持ち上げてどかし、その下の地面を慎重に手で掘った。

特に掘り返された痕跡も感じなかったが、果たして。三十センチほど掘り下げた所で何かがルシェラの手に当たった。

小さな麻袋。収納用のマジックアイテムだ。

外見と大して変わらない大きさの小物しか収納できないが、収納魔法を魔化したマジックアイテムであるため、中に入れた物は亜空間に飛ばされて劣化することなく保存できる。

ルシェラは袋をひっくり返す。すると、網目のような細工が施された金の指輪が出てきた。

「指輪……？」

「ちょっと失敬」

ビオラが眼鏡を光らせて指輪を確認する。

「少なくともマジックアイテムであることは確実ですね」

「これが『通訳』の秘密ってこと？」

「多分そうでしょう。装備者に言語能力を与えるマジックアイテムの例は多々ありますから。ただそれがドラゴン語となると普通はあり得ません。貴重品ですよ」

指輪は、重くて、冷たくて、小さかった。

「目的は……達したか」

「……うん」

半ば上の空でルシェラは応えた。

ここ数日、街を歩き回っていたのはドラゴン語の通訳を探すためでもある。とは言え目的は通訳者本人を探すことではなく、人語が不自由なカファルと高度な意思疎通を可能にするためで、その観点から言えばこのマジックアイテムを発見したことで目的は達成されたと言える。

それを素直に喜べるかは、別として。

――カファル……カファルは何を思ってる？　話の流れで、俺が卵を狙って山に入ったことは理解してるのか？　それとも言葉の壁で……？　って、そんなはずはないか。

カファルはただそこに居て、成り行きを見守っていた。落ち込んだ様子ではあるけれど、その理由さえ定かではない。

ルシェラは、この指輪を使ってみようかと思い立った。

これがあれば言葉の壁を越えられる。カファルの気持ちを聞ける、と。

だがそれよりも、早く。

「あっ……‼」

カファルが叫ぶ。あるまじき切迫した声で。

四人は一斉にカファルの方を見た。その時にはもう、分身である彼女の姿は薄れ、輪郭が曖昧になっていた。

「カファル⁉」

「だめ、あぶない！　にんげん、くる！　にげて、るしぇら……‼」

そして、それっきりだった。

まったく唐突にカファルの姿は消え失せて、風の音しか存在しない恐ろしい沈黙に満たされた。

「消え……えっ？　消え……？」

「おい、見ろ」

否。

平穏を乱す戦いの音が、風に紛れて聞こえてくる。

クグセ山より飛び立つ巨影あり。

深紅の巨竜は苦しげに啼き、山を揺るがす。

「あれは……まさか……」

その周囲には羽虫のように、何かが纏わり付いていた。

＊　＊　＊

ドラゴンを狩るにはどうすればいいか。

まず何より重要なのは逃がさないことだ。

空へ逃げられてしまえば追撃は難しく形勢逆転。地を這う人族こそ逃げ場をなくして、空から魔法とブレスで一方的にやられかねない。

然るに、まずは不意を突いた先制攻撃をして、地より逃れられぬよう繋ぎ留めるが上策だった。

蜘蛛の巣に捕らえられた蝶のように巨大なドラゴンは羽ばたき、もがく。

その翼には馬上槍のように巨大な銛が何本も打ち込まれていた。返しが付いた銛は、尻の部分で『最硬の金属』アダマンタイトの鎖に繋がれ、それは地上から伸びている。

『グオオオオオオ‼』

「回り込め！」

「逃がすな、捕らえろ！」

この世には《空歩《エアステップ》》という魔法があり、これを掛けられた者は何も無い空中に足を着いて天を駆けることができる。自在に天を歩むには長い修練が必要だが、それを為した達人は、天を征くドラゴンとも戦い得るのだ。

幾人か、黒い雨合羽のような奇妙な防具を身につけた戦士たちが、レッドドラゴンの巨体の周囲を三次元的に駆け回っている。

鋭い爪のある前肢が振られ、尻尾が薙ぎ払われる。直撃すれば大ダメージ、いかな熟練の猛者と言えどヘタをすれば一撃で死ぬだろう。

だが彼らは皆、恐れず的確に仕事をする。このような修羅場にも耐えるべく地獄の如き修練を積んだ竜狩りの専門家たちだ。過去にもドラゴンとの戦いを経験している者あり。一子相伝たる竜殺しの技を受け継ぐ一門の者あり。

相応の報酬を支払ってマルトガルズが彼らを招聘し、軍と共同戦線を張らせているのだ。

『オオオオ‼』

ドラゴンがいなくと同時、頭の芯を締め上げられるような緊張感が満ちる。魔法の気配だ。

「来るぞ、備えろ！」

誰かが叫んだのと、ほぼ同時。

辺りを真っ白に染めるような大爆発が、ドラゴンの周囲で無数に発生し、天に咲き乱れた。

こんな災害級の攻撃魔法を食らえば軍隊だって半壊するだろう。だが、この程度の攻撃は平然といなすことができて、ようやく竜狩りを名乗れるのだ。

ある者は一瞬の気配だけで攻撃範囲を読み切って範囲外に逃れ、ある者は防御用のマジックアイテムや魔法で被害を軽減していた。

「何人やられた！」

「一人死んだ！　あと多分三人巻き込まれた！」

「怪我人は下がらせろ！」

死んだ仲間を顧みることさえ、今はまだしない。天を舞う勇士たちは、全員が己の為すべきことを心得ており、完璧に連携していた。

一対一でドラゴンに勝つのは不可能だ。しかし、これだけの猛者を集めて四方八方から襲いかかれば、全員に同時に対処することを強制できる。さすれば絶対的強者たるドラゴンにも隙が生まれるのだ。

「弱らせろ！　もっと翼を縛るぞ！」

「発射ぁ‼」

小さな大砲みたいなものを担いでいた男が、そこから銛を発射する。

撃ち出された銛は鎖の尾を引きながら、翼にまた一つ穴を開けた。

『ギュアッ！』

「命中！」

手元にある鎖の端に、延長用の長い鎖を取り付け、竜狩りの男はそれを地上に投げ落とす。地上にて陣を張るマルトガルズの兵が、それを手にして、地に打ち付けた巨大な杭に繋ぎ止めた。

そんな鎖が既に何本もある。

レッドドラゴンの翼に突き刺さった『竜錨《アンカー》』は彼女を地に繋ぎ止めると共に、翼の動きを制限して動きを鈍らせていた。

『ゴアアアアアア‼』

レッドドラゴンは地上の軍勢目がけて火を噴いた。

空が燃えながら崩れ落ちてきたかのように巨大な炎が降ってくる。

だが！　光の壁が何枚も展開されて屋根のように連なり、地上に居る者らをブレスから守る！

魔力によって障壁を展開する防衛兵器だ。ドラゴンのブレスも一種の魔法であり、距離による威力減衰もある。逃げ去ろうと可能な限り高く飛ぶ彼女のブレスは、この防御を貫けない！

「負傷者の回復を！　拘束だけは途絶えさせるな！」

「第二陣発進！　第一陣を援護せよ！　右が手薄だな、挟み討て！」

先鋒を務めた竜狩りたちを援護するべく、マルトガルズ軍も発進する。

鷲獅子馬《ヒポグリフ》にまたがった空行騎兵たちが天へと突撃を開始したのだ。

鷲の頭と翼、獅子の上半身、そして馬の下半身を持つヒポグリフは、騎士が空中戦に用いる中では最もポピュラーと言える騎獣。

馬より二回り大きなヒポグリフは、さすがに白兵ほど小回りは利かないが、動きが鈍った今のドラゴンとであれば渡り合える。

狙いが甘いブレスを掻い潜って肉薄したヒポグリフライダーは、その勢いを乗せて巨大な馬上槍をドラゴンの脇腹に突き立てた。

『グアアアア！』

血が吹きだし、苦悶の咆哮が上がる。

この槍も尋常のものではなく、ドラゴンを殺すべく肉体の構造を研究し、それを分解して大きなダメージを与えられるよう魔化されたマジックアイテム・対竜特効武器《アンチドラゴンウエポン》だ。

「後は時間の問題だ、攻撃を絶やすな！　奴が疲れて地に墜ちた時こそ最期だ！」

指揮官は地上にて檄を飛ばす。

強大なマルトガルズの軍勢ともなれば、ドラゴンと戦えるほどの超人的な強さを持つ者も一定数存在する。その戦士たちは竜狩りと空行騎兵の活躍を地上にて見守り、獲物を待ち伏せる虎のように、空の戦いが決着するのを待っていた。

＊

戦場からいくらか離れた場所に、マルトガルズは本陣を置いていた。

矢や魔法を防ぐ天幕の中で、ドラゴンの『排除』を指揮するケネス・アンガス侯爵は部下の報告を聞いていた。

「首尾は？」

「目下のところは順調です、将軍」

「うむうむ。陛下もお喜びになることだろう」

豪奢な鎧を着て、あごひげを渦巻き状に固めているケネスは幾度か頷いて、それから天幕の端に控えている四人の男たちを見やった。

「よくやったな、冒険者たちよ。諸君の道案内は実に正確だった」

「へえ、そりゃありがたいこって……何しろ俺らは何度も山の奥にまで入ったことがありますもんで」

〝七ツ目賽〟なるパーティーのリーダー、巨漢の戦士《ファイター》ゲメルは、ケネスの褒め言葉に恐縮してみせた。

セトゥレウを攻めるに当たって最大の問題はこのクグセ山。

ドラゴンを狩るにせよ、地理を知る案内人が必要だが、マルトガルズ側には使えそうな者が居なかった。冒険者の仕事を公がこなしてしまうことが多いマルトガルズでは、金や冒険を目当てに未踏の地へ踏み込んでいくフリーの冒険者というのが少なく、その情報を集積する冒険者ギルドの態勢も貧弱だ。

そこでセトゥレウ側で使えそうな者を探したところ、それはすぐに見つかった。

クグセ山を知り、少なくとも平均以上には腕が立ち、金で動く冒険者。それが彼らだった。

本当ならケネスは他国の冒険者などに頼って作戦を進めるのではなく、慎重に調査をして安全を確認してから事を運びたかった。それがいつもどおりの、今まで上手く行ってきたやり方だからだ。

しかし今は、十四年も続いた泥沼の対グファーレ戦争を終わらせる千載一遇の好機。セトゥレウを落とせばグファーレは戦争継続が難しくなるのだ。そしてマルトガルズの皇宮は、とっくに痺れを切らしていた。

セトゥレウが備えを整える前に奇襲的に決着を付けるべきだというのが皇宮の意向であり、危険を承知で賭けに出ることを求めた。ケネスも最終的に納得した。そして今のところ、幸いにも問題は起こっていなかった。

「それで、その、仕官のお話は」

「もちろん口添えをしようとも。褒美としては安いほどだな。我らがマルトガルズはいつでも優秀な魔物退治人を求めているのだから大歓迎だ。君らは最上級の評価で迎えられることだろう」

「ありがてえこってす……！」

「うむ、もう下がってよいぞ。休んでおれ」

金に困っている様子だった〝七ツ目賽〟を釣る餌は、仕官話だった。

マルトガルズに属する魔物退治人たちは、騎士ならざれど王家に仕える者、すなわち官吏である。彼らの食い扶持は国が持つのだ。

「へへへ、知ってるか？　マルトガルズ軍の退治人てのは、並の冒険者より儲かるんだぜ。何せ仕事が無《ね》え時でも給料が出る。最高のランクってなりゃ……ひへへへ！　まあ俺たちには妥当な評価ってやつだな！」

「ああ！　クグトフルムの連中はどいつもこいつも見る目が無かった！　だが分かる奴には分かるってもんだ！」

四人組の冒険者は金の話をして、下卑た笑みを浮かべながら去って行った。

「おめでたくてありがたい連中だ」

〝七ツ目賽〟が退出すると、冷たい見下しの声音でケネスは言う。

「あのような、ならず者まがいの連中を中央に推薦してよろしいので？」

「冒険者上がりは所詮そんなものだ。向こうも期待はせんだろう。腕はそこそこあるようだから、最前線に送り続けて使い潰せばよかろう」

官吏には官吏の責任がある。おそらく彼らはそれさえ理解していない、身勝手なだけの無法者だ。そんな連中をマルトガルズがまともに使うと思っているのだろうか。

何も考えず仕官話を額面どおり受け取ってくれたのだから、まったくありがたい話だった。

7 逆鱗

数日前は下り来た道を四人は上っていく。

藪を飛び越え、岩を駆け上がり、滝などは突き出た岩を足がかりに跳躍して遡る。

「早すぎるぞ、くそったれ！」

重量級の鎧を着ながら平然と山道を突っ走るティムが、ストレートな悪態をついた。

王宮と交渉する段取りを悠長に整えている間にこれだ。

いや、悠長とは言うまい。早すぎる。マルトガルズはクグセ山についての情報を持っているか怪しく、まず調査を行うだろうというのが、冷静で事情に通じた者らの見立てだった。

実際、それはマルトガルズでの冒険者事情を知るルシェラの考えにも符合する。軍隊などが動く前、冒険者たちは、軍事行動とは全然まったくこれっぽっちも一切合切金輪際関係無いということになっている調査活動を命じられる。それがマルトガルズのいつものやり方だ。

そもそも大人数で動く軍隊は、魔物に見つかりやすく、逃げにくい。いくら人数が多いと言っても誰もが魔物と戦えるほど強いわけではない。行軍中に襲撃を受ければパニックが発生して被害が大きくなる事の方が多いのだ。そのため危険地帯の歩き方には気をつける必要がある。

最近まで調査すら至難だったクグセ山に、いきなり竜狩り部隊を流し込むというのは前のめりで、想定より一手早い印象だった。もしマルトガルズが伸るか反るかの賭けに出たのだとしても、そこに勝算を見いだした理由が、何か、ある。

「どうすれば止められるんです⁉　相手はドラゴンを殺す気で、ちゃんとその準備をして来てる軍隊ですよね⁉」

ルシェラは戦闘服の飾りリボンを翻して疾駆する。

短いスカートは、なり振り構わず駆け抜けるのであれば普段着のヒラヒラしたワンピースより動きやすかった。

ここは街中ではないのだから通行人に見られて恥じることも無い。

「端的に言うなら暴力で止めます」

ビオラはずり落ちそうになった眼鏡を掛け直し、光らせながら言った。後衛を担当する彼女でも、一流冒険者とあらば山中を駆け抜けるくらいの身体能力はあるのだ。

「やれるんですか⁉」

「強大なドラゴンを人の身で打倒しようというのですからドラゴンの討伐は極めて繊細な作業です！　余裕があるとは思えません。つまり歯車一つ狂わせるだけで全て台無しにできる可能性が高いんです！」

ルシェラもドラゴン退治の事例はいくつか知っているが、軍隊が現実的にどうやってドラゴン狩りをするか、そしてそれをどう止めればいいかなんて知らない。

しかしビオラは自信ありげだった。魔物の知識に関して、ビオラは信用に足るとルシェラは思っており、彼女が言うのであれば事実として阻止可能なのだろう。

もっとも、軍事行動に横槍を入れるというのは別の問題を誘発しかねないわけだが。

「……俺はカファルのためなら戦いますが、皆さんはいいんですか。政治的な争いに関わったら、冒険者ギルドも守ってくれませんよ」

「大丈夫だ。冒険者には冒険者なりに喧嘩の仕方がある。マルトガルズの邪魔をして睨まれるなんてまっぴら御免だが、不可抗力ならしょうがない」

鎧男は企み顔で渋く笑った。

「直接奴らの邪魔をしたらとんでもねー事になるが……」

しんがりを走る怪盗ルックのウェインは、背後を振り返って確認する。

「俺らを追っかけてた魔物が！　勝手に向こうへ流れていったなら不可抗力だ‼　マルトガルズのクソッタレどもめ、動くのが早すぎて失敗したな。セトゥレウの冒険者ギルドが禁域指定を出すのは明後日付けだ！　俺らに何の落ち度も無いってことはギルドが証明してくれるさ！」

「ギャオオオオオ！」

「グルルアアアアア‼」

こだまのようにいくつかの咆哮が上がる。

四人は先日ほど速くは走っていなかった。

頭部から毒液を滴らせる大トカゲが。獅子と虎を足してタコを掛けたような猛獣が。牛並みに大きな火炎放射カブトムシが。その他諸々が。

後に続く『変異体』たちが追いつくことができるよう、速度を調整して走っているのだ。

「そうら、来い来い！　良いニオイだろうコンチキショー！」

「グオオオオ！」

「ギキキキキキ‼」

大きな袋に入れた桃色の砂を、ウェインは振りまきながら走る。

すると魔物たちはますます興奮の度合いを増し、半狂乱で突進してきた。その辺の木にぶつかってへし折っても、何も感じない様子ですぐまた走り出す有様だ。

「魔物誘引剤と興奮剤！　普通ならこんな場所で使うのは頭がおかしい人だけですが……」

「安心しろ！　ちゃんとおかしいぜ！」

徐々に大所帯になっていく一行は、山を真っ二つに切り分けるかの如き勢いで、ドラゴンの巣へと駆け上がっていった。

＊＊＊

山を震わす音がした。

「……オオオオオオ……」

洞窟を吹き抜ける風のような怖気《おぞけ》を誘う調べに、兵たちは恐れ戦く。

「な、なんだ？　これドラゴンの声じゃないよな？」

「落ち着け、貴様ら！　ここはクグセ山だ、魔物の声くらい聞こえよう。だが我らの陣は退治人によって守られている故、恐るるに足らん。恐怖で動けなくなれば、それこそドラゴンの餌食ぞ！」

兵を指揮する騎士が檄を飛ばした。

地上ではドラゴンを繋ぎ止め、さらに魔動兵器による空中への援護射撃を行っている。

兵たちが動揺のあまり手元を誤れば、竜狩りは失敗してしまうだろう。

しかし既に『変異体』の数は減っているし、そもそも竜の巣の周りは元から『変異体』が寄りつきにくい。

さらに地上には選りすぐりの狩人たちが、墜落してきたドラゴンを仕留めるべく控えているのだから、邪魔者が迷い込んできたとしても蹴散らせるだろう。

……という目論見は、藪の中から冒険者たちがドタドタと転がり出てきた瞬間に崩れ落ちた。

「冒険者⁉ 貴様ら、今ここは立ち入り……」

「逃げろ！ 危ねえ！ つーか助けてくれーっ！」

「何⁉」

続いて、異常な姿に変異した魔物たちが大挙して、しかも異常な興奮状態で雪崩れ込んできたのだ。

「ギャオオオオ‼」

「う、うわあああ⁉」

魔獣たちの爪と牙によって、たちまち数人の兵が血まみれの肉塊に変えられた。

突然の異常事態に兵も騎士も、恐怖を感じるより先にまず狼狽する。

「なんだ⁉」

「『変異体』の侵入だ！」

「退治人は何をしてる！」

「どうしてこんなに居るんだ⁉」

一匹でも常人には太刀打ちできない、強力な変異体。

それが、少なくとも十は居る。いや、まだ、藪を掻き分け木々をへし折り、こちらへ迫り来る音と気配がある。

この場の兵たちは知りようが無い事だが、待機しつつ警戒に当たっていた退治人たちは既に壊走していた。いかな猛者と言え、これほどの数の『変異体』をまとめて引き受けることは不可能である！

「どけ、どけ！」

「わーっ！　こっち来るなーっ‼」

「ぎゃあああ！」

逃げ惑う冒険者の後を追いかけながらも、興奮状態の魔物どもは形振《なりふ》り構わず手近なものに攻撃を仕掛ける。

噛みちぎる。ぶつかる。引き裂く。火を噴く。魔法の雷を落とす。酸毒を吐く。

辺りはたちまち、地獄もかくやという状況になった。冒険者どもが酔っ払ったハエみたいにうろうろ逃げ惑うので、誰も彼も満遍なく魔物の暴走に巻き込まれているのだ。

「しまった、ドラゴンが！」

はっと、誰かが叫んで皆が気が付く。

ドラゴンを地上に繋ぎ止めていた杭は、薙ぎ倒されて根こそぎになるなり、酸に溶かされて朽ちるなりして、既に用を為さなくなっていたのだ。

拘束から解き放たれたドラゴンは、未だに両翼に銛が突き刺さり、そこからぶら下がる鎖をなびかせながらも、強く激しく羽ばたいた。

『オオオオオオ……！』

空が燃え上がった。

ブレスを撒き散らしながら踊るように爪と尻尾を振るい、レッドドラゴンは自らに纏わり付くヒポグリフライダーを三騎まとめて吹き飛ばしていた。

炎に巻かれた竜狩りたちも離脱していく。

「逃げろ、もうだめだ！」

「どっちに逃げればいいんだ⁉」

「てめえ、足踏みやがったな！」

「おかーちゃーん‼」

しかし地上も、空中の戦いを援護できる状況ではない。

強大な魔物たちが本能のままに暴れ狂う中、辛うじて生きている者たちが、武器すら投げ捨てて逃げ出していく。

いつの間にか冒険者たちの姿が消えていることにすら、もう誰も気が付いていなかった。

＊　＊　＊

「やった……！」

「ははっ！　ざっとこんなもんよ！」

少しばかり離れた高台から、四人は状況を見守っていた。

『変異体』を誘導した後、ビオラの転移魔法で距離を取って見失わせ、さらに魔法でニオイを消すことで撒き散らしてきた誘引剤の効果も消して、追って来た『変異体』を向こうになすりつけたのだ。

結果、カファルを捕らえていた地上部隊は壊滅した。

「るしぇら！」

背後から聞き慣れた声がした。

「カファル、無事だった⁉」

燃える炎のようなドレスを着たカファルの分身がそこに居た。

空ではまだ本体が戦っているが、そちらを片付けるより早く、まず分身を作ってこちらへ来たようだ。

彼女は最悪の破滅を見たかのように狼狽し、ルシェラの身を案じていた。

「どうして、きた。あぶない。にんげん、の、くに。るしぇら、も、てき……」

「言わないで、そんなこと。カファルを助けたかった……それだけなんだ」

人の国と戦えば、ルシェラは人の世界に居られなくなる。

そう、カファルは心配していたのだ。だがそれは無用の心配だ。

「ありがとう。あの、生きるか死ぬかの瀬戸際で『逃げろ』って言ってくれて。カファルは自分のことより……俺が大切なんだって、分かった」

「るしぇら……」

そしてルシェラは、手にしたものを見る。

堅い木の実の殻と、魔物の毛皮の中でも特に色鮮やかな部分、そして形の良い骨で作った飾りものだ。

それは千切れてバラバラになり、何かの拍子に踏まれたようで、割れている所もあった。

ルシェラがカファルに贈った角飾り……だった物体だ。

戦っているうちに角から外れてしまったのだろう。

あの場所に落ちていた。

拾った。

「ティム。『冒険者には冒険者なりに喧嘩の仕方がある』。そう言ったよな」

「あ、ああ」

灼鉄の如き声でルシェラは言った。

「ならここからはドラゴンの喧嘩だ！　法も国も知ったことか、人は手出し無用！　愚かにもドラゴンの縄張りを踏み荒らした奴らがどうなるか……その身を以て味わわせてやる‼」

怒りのせいか悲しみのせいかも分からぬまま、ルシェラの目にはじわりと涙がにじんだ。

＊　＊　＊

よく統率された魔物の群れと戦うときは、まずリーダーを倒せれば手っ取り早いのだと、冒険者マネージャーは知っていた。

狩り場から少し離れた山中。

マルトガルズ軍の本陣には、襲撃を生き延びた退治人たちや雇われ者の竜狩り、将軍を守る騎士と兵が集合していた。

兵たちは防御用のマジックアイテムなどを準備し、陣列全体への攻撃を防ぎつつ撤退する態勢を整えているところだった。

「しずまれ、貴様ら！　退却の準備だ。落ち着いて逃げればドラゴンなど何ほどのこともない！　慌てた者から死ぬぞ‼」

髭を巻いて固め、偉そうな鎧を着ている将軍は、動揺する部下たちに檄を飛ばす。

もし恐怖に駆られて逃げ出す者がバラバラと出たりしたら撤退すらできなくなるし、皆を置いて逃げた者も結局逃げ切れずに死ぬだろう。

その意味で将軍が言うことは正しいし、朗々たる声の張り方を聞く限りでもなかなかに指揮力はありそうだが、もはやそんなことに何の意味も無かった。

「違うな。お前から死ね」

右往左往で逃げ支度する兵たちの合間を堂々と歩き、ルシェラは将軍の前に立った。

「なんだ、小娘？　貴様は何者………」

目が合うなり、将軍は一瞬白目を剥き、腰を抜かして後ずさった。

「ひ、ひ、は、はひっ……」

「へえ、力の差は分かるのか」

「た、たふけ、たしゅけて……」

「俺も分かるぜ……お前が……俺に比べたらゴミみたいに弱いってことがな‼」

ガタガタと震えながら命乞いの言葉を吐く将軍にルシェラは飛びかかり、兜ごしのビンタで彼を地に打ち付けると、渾身の力をこめて鎧の胸板を踏み抜いた。

「ぎぴゃっ！」

豪華な鎧は重く厚い感触。

将軍の鎧であるからにはきっと、相応に高価なマジックアイテムで、軽く見積もっても象の突進くらいは防ぐ力があるのだろう。

だがその鎧はルシェラが踏みつけただけで割れ砕け、中身もグチャグチャになり、将軍は血を噴いたきり二度と動かなかった。

「次はどいつだ」

ルシェラはもう将軍に興味を無くし、唖然としている周囲の者たちを睨め回す。

呼吸が炎を孕んでいるような気がした。

「う、うわ、し、死ねええぇっ!!」

この状況でまず動けたのは、魔物の相手に慣れた超人的猛者である退治人たちではなく、対人戦闘の専門家である騎士たちだ。

わけが分からない状況であろうが、将軍が殺されたという事態に反応し、破れかぶれに近い勢いで剣を抜いて向かってくる。相手が少女の形をしていようと油断も容赦も無い。狼狽してはいても、それは確かに人を殺すことに慣れた歴戦の戦士の動きだった。

だが、それとほぼ同時。

力強い羽ばたきの音が天を覆う。

『「オオオオオオオオオ!!」』

天を舞うカファルと地に立つルシェラ。

二重の咆哮が天をつんざき地を揺るがした。

雲は引き千切れて消え去り、木々は軋んで枝葉を飛ばす。ルシェラの周囲は地が割れ砕け、蜘蛛の巣状の亀裂が入った。胆力のない者は軒並み意識を刈り取られ、そうでない者も耳から血を噴きつつ崩れ落ちた。

カファルは轟と風を唸らせ高度を下げる。

そして牙の合間から息を吸い、胸を膨らませたかと思うと。

『ゴアアアア‼』

騎士たちに向かってファイアブレスを吐いた。

それは単なる炎の放出にあらず！　巨大な圧力と共に叩き付けられるそれは、もはや炎による轢殺である！

鎧の騎士が数人まとめて燃えながら吹っ飛んだ。

ルシェラは即座に命の気配を探る。

既に事切れている者。間もなく死ぬであろう者。……まだ命のニオイが濃い者！

ルシェラは咄嗟に、陣の中に立てかけてあった手槍を奪う。

「てりゃあ！」

大気を灼くほどの勢いで飛んで行った槍は、ふわりと宙に浮いた騎士の身体が地面に落ちて転がるより先に、鎧ごと串刺しにする！　まだ生きていた騎士は、地面に転がった時にはもう死んでいた。

「……まともな武器はやっぱり丈夫だな。魔獣の牙を棒に結んだ槍は、鋭くてもすぐ壊れちゃったのに」

投げたのは割とありふれたミスリル製の手槍だったのだが、ルシェラが使えば必殺の威力だった。

使いやすく丈夫な物を量産するという点に掛けて人の技術は捨てたものでないらしい。

とか、そんなことをルシェラが考えた刹那。

「射殺せぇ！」

「あっ⁉」

退治人たちが弓を放った。

人跡未踏の地を探検する冒険者たちは無闇に荷物を増やせないので、自らの得意武器一つを極めることが多いのだが、マルトガルズの退治人たちは状況に応じていくつかの得物を使い分ける。

弓は、接近すべきでない敵を仕留めるため……少なくとも手傷を負わせるために有効な武器だ。

超人的膂力を誇る彼らが引き絞る強弓は、魔獣の分厚い毛皮も貫く恐るべき武器。

弓だけでなく矢の方も当然特別製だ。矢尻どころかシャフトまでアダマンタイト製の矢は重く高価で、強い！　その矢が、何本も！　ルシェラ目がけて鋭く飛翔する！

そしてそれらは、ルシェラの身体にぶつかった後、ぼとりと地面に落ちた。

「……っぶな……折角の服がボロボロになるかと思った！」

「はあ……⁉」

「つーかさすがにちょっと痛かったぞ、何すんだ！」

『変異体』の毛皮によって作られた戦闘服は、恐ろしいほどの防御力だった。

適切な加工によって力を引き出されたそれは、毛皮の主が生きていた頃よりも更に強度を高めている。

いくら防具で矢を防ごうと、これほどに鋭い射撃であれば衝撃が伝わった肉体の方は無事では済まないのが普通なのだが、もちろんルシェラは普通ではなかった。

即座にルシェラは攻撃に報いる。

「燃えちゃえ！」

魔法を使うときと似て非なる感覚。

己の身の内を巡る力の流れを制御して、それをこの世界と連結する。

熱が大地に流れ込み、そして、ひび割れさせた。

「ぎゃあああ！」

地面が火を噴いた。

ひび割れながら炎を吐いた。

ルシェラを中心に蜘蛛の巣のように砕けていた大地の亀裂、そこから噴出する炎が、周囲を地獄の竈の如く炎上させていく。

「なんだ、今の魔法は!?」

「残念ながら、魔法じゃない。こんなことができるって分かったのは、俺も本当に今だけど」

ルシェラの今の攻撃は一見すると、炎の魔法か何かにも思われよう。

だが、違うのだと退治人たちは見抜いたようだ。

魔法であるならば詠唱を省略した即発であっても、魔力を練る気配を読んで、遅くとも発動と同時に反応できる。先程彼らがカファルの魔法を回避したように。

だというのに、今のルシェラはまばたきでもするように自然に炎を発生させた故、彼らは反応が遅れて直撃を受けてしまったようだ。

「今のはファイアブレスだ」

「何？」

「こちとらドラゴンの喉なんて持ってないんでな！　我流で失礼！」

さっとルシェラは腕を払う。

すると地面から湧き出す炎は知恵あるものかの如く流れ、運良く直撃を回避していた退治人たちへ今度こそ襲いかかった。

クグセ山は炎を抱えて眠る山。含まれる炎の因子は色濃く、竜の呼びかけを触媒として目を覚ます！　ルシェラが呼び起こしたそれは、本物の噴火の勢いにまでは至らずとも、のたうち広がりゆく紅蓮の奔流はさながら炎の鉄砲水だ。

「うわあああああ……！」

鏖殺！　退治人たちの超人的肉体をも、ルシェラの炎は焼きながら挽き潰す！

『ゴアアアア‼』

同時に空からも本家のブレスが吹き付けられ、逃げ惑う兵たちを追い散らし、焼き殺す。

もはやこの場に抵抗しようとする者など残っていない。ただ、運を天に任せて逃げて行くだけ。

だがそれは怒れるドラゴンが戦いを止める理由にはならない！

「うん？」

その、逃げて行く者たちの中に。壊滅して火の海となった陣地の中に。

「ゲメル」

「ひっ！」

見覚えのある男の姿を、ルシェラは、見つけた。その瞬間ルシェラは全てを悟った。

「もう察してるんだろう？　こっちも思い出したぞ、こないだは忘れていたこと全部な」

冒険者向けの鎧で武装した巨漢は、足を縫いとめられたように動きを止め、それから恐る恐る振り向いた。

「耐えたんだ、俺は……俺にはこれしかできないと思ってたから……『寄生虫野郎』だの『雑用係』と言われても……いつかは俺を拾って良かったと思わせようと、頑張った……」

九割は不愉快で残りも良いとは言いがたい、ゲメルとの思い出がルシェラの脳裏をよぎった。

かつてゲメルの下で力を尽くした。

ジゼルのために働かなければならなかった。

冒険者マネージャー業なんていう妙な技能では他に働き口も無く、そんな中で拾ってくれたことには多少の感謝もしていた。

ゲメルたち〝七ツ目賽〟の面々はまさにマネージャーが必要なタイプの冒険者で、実際に[redacted]のサポートによって流星の如く成り上がっていった。その成果が[redacted]の収入に還元されたとは言い難いが、やり甲斐は感じていた。

感謝されているかは分からなかったが。

必要とされているとは、思っていた。

「だがお前は、俺を殺した。そしてその結果どうなった？　結局は何もできなくなって、挙げ句の果てが侵略者の手先か。…………何故そこまで堕ちることができた、ゲメル！」

冒険者パーティー〝七ツ目賽〟は大ピンチだった。

冒険者は四人。

相対するは一人。

たった一人の、怒れるドラゴン。

「ならばその報いを受けることも、お前が望んだ結末なんだろうな」

「なんでだ！」

ゲメルは、やりきれない気持ちを言葉にするかのように叫んだ。

「な、なんで、おま、お前、そ、そんなこっ、ことになって、か、帰ってきたっ！」

まるで自分が悲劇の主人公であるかのように、ゲメルは絶叫した。

確かに、常識的に考えればあり得ないほど幸運な（ゲメルにとっては不運な）経緯だった。死んで当然の状況だったルシェラは命拾いして、完全犯罪を成し遂げたつもりだったゲメルは全ての計算が狂った。

窮地に追い込まれたのは自業自得であっても、どうしてこんな事になったのかと嘆くのは、ある意味当然だろう。

「最近教えてもらったんだけど、運命って言うらしい。こういうの」

「隙有りィ！」

その時、横合いからルシェラに襲いかかる者あり。

ルシェラはゲメルとの会話に気を取られていると判断したらしい。〝七ツ目賽〟メンバーの一人、格闘家《グラップラー》のアントニーが手甲で殴りつけてきたのだ。

曲がりなりにも『一流』の領域に手を掛けようとしていた冒険者。

彼の鉄拳は自分より遥かに重量のある魔獣すら昏倒させる。

だが。

ルシェラは少し揺れただけだった。

「あっ、あっ⁉　い、痛え、硬えええええ……」

逆に、手甲を付けて殴ったにもかかわらず、何かとんでもなく硬いものを殴ってしまったかのようにアントニーは手を押さえて後ずさる。

そんな彼を、ルシェラはぎろりと睨み付けた。

「もっと痛くしてやる」

「ぎっ⁉」

アントニーより遥かに小さな手でルシェラは、鍛え上げられた彼の腕を掴み、ただ、握った。

筋肉質な腕は、メキリ、と握り潰される。骨が砕けて筋肉がズタズタになる感触があった。

「あぎゃあああ痛えええええええ‼」

悲鳴を上げて彼は崩れ落ちた。

「《雷　槍《サンダージャベリン》》！」

「ん？」

ルシェラの後頭部に光がぶつかって弾け、一瞬、ルシェラの正面に濃い影ができた。

だが、ルシェラの真っ赤な髪は、一筋たりと燃えていない。

振り返れば、こちらも〝七ツ目賽〟のメンバーの一人、魔術師《ウイザード》のグレゴールが杖を構えて立っていた。

いくらか回復魔法も使えるが、彼が得意とするは雷を操る風魔法。

その攻撃魔法によって多くの敵を仕留めてきた。

だが彼の杖から放たれた稲妻は、ルシェラにかすり傷一つ負わせられなかった。

一歩、ルシェラは彼に近づく。

「ひっ……ス、《電撃《スパーク》》！」

火花を散らしながら電撃が爆発した。

だが爆心のルシェラは無傷。

そしてさらに一歩、彼に近づく。

「こ、ここ、《召　雷《コールライトニング》》‼」

空が輝き、そしてたちまち、天から投げ落とされた雷がルシェラに叩き付けられた。

一瞬、閃光が周囲を白と黒に染めたほどだった。

だがしかし、それでもなお、ルシェラは無傷。

既にルシェラはグレゴールの目の前に居た。

「がっ！」

ルシェラはぞんざいに、グレゴールを蹴りつけた。

技も何もあったものではない、ただの蹴りだ。

杖はへし折れ、グレゴールは身体を折り曲げて飛び、転がった。

死んだかどうかすらルシェラは確認していない。生きていたら後でトドメを刺せばいい。

「も、もうだめだあーっ！」

「あ!?　お前俺を置いて逃げ」

「ぎゃっ！」

〝七ツ目賽〟のメンバー、野伏《レンジャー》のジャンは、二人がやられたのを見て即座に逃げを打った。元々彼は探索支援が主だ。戦闘力は少し劣り、逃げる方が得意だ。

目の前で二人が立て続けにやられたことで逃げるしかないと判断したらしい。おそらくそれは正しい。

だが、逃げ出した彼の背中には直ちに槍が突き立った。

近くに落ちていた槍をルシェラが投げつけたのだ。

ジャンは倒れた。少し這いずって、止まった。赤いものが地面を汚していた。

「後はお前だ」

「ひえっ」

遂に独りになったゲメルは、足が地面に吸い付いてしまったかのように逃げることも戦うこともできず、震えていた。

「ままま、待ってくれ！　お、俺は確かにお前を殺した、か、かも知れない！　だけどな、おま、お前を拾ってやったのも俺だろう!?　なあ！」

「口を閉じろ、言葉が臭い」

「お、俺が戦って、お前が裏の仕事をする……それでよ、ほら、上手くやってただろ⁉　またやっていこうじゃねえか！」

「終わらせたのはお前だ。今更『雑用係』に何の用だ？」

「ひっ……お、お許しを！」

見苦しく恩を売ろうとしたゲメルの言葉を、ルシェラは取り付く島も無く叩き返す。

するとゲメルは、驚いたことに地べたに額をこすりつけて平伏した。

「どど、どうか見逃してください！　こ、心を入れ替えて真っ当に生きます！　二度とこんなことしませんし、あなた様に関わろうなんて露ほども！　だから、こ、殺さないで‼」

「は、はあ？」

上擦った早口で。

ゲメルは全てを投げ出した命乞いをした。

巨体を丸めるように地面にキスをする彼はあまりにみっともない姿で、ただただ、ルシェラは唖然とする。

ルシェラは怒りを通り越して荒涼とした気分になってきた。

こんな、この程度の矮小な男にいいように使われ、遂には殺されかけたのだと思うと、世の中というのはあんまりにも理不尽だ。

何もかも虚しく思えるような瞬間があって、ルシェラは闘志すら萎える。

「…………そうだな。お前はただの小悪党。金のために状況に流されて悪事を働いていただけで、悪を成す意思さえろくに持っていない。殺したところで名誉が穢れるレベルの、ゴミみたいに小さな悪党だ。そして、ここで逃がしてやれば、どこか知らない場所でコソコソ生きるようになって二度と俺にもカファルにも関わろうとはしないだろう」

「そ、そう、そのとおりですよ、へへ……」

目の前に犬のフンが落ちていたとして、触りたいと思うだろうか。自分の家の玄関前であれば鼻をつまんで掃除するだろうが、無関係な道端に落ちているなら無視するだろう。

今、ルシェラがゲメルに対して抱いているのはそういう気持ちだった。

見逃してもらえるのか、という期待がゲメルの顔に卑屈な笑みを浮かばせた。

「でも悪いな」

その直後、巨大なものが山を揺るがせ降ってくる。

「ぐほっ……」

「カファルは俺ほど甘くないみたいだ」

怒りに燃える目でゲメルを見下ろし、カファルは彼の五体を引き裂いていた。

エピローグ　竜の親子

巨大なレッドドラゴンは傷ついた翼を折りたたみ、静かにルシェラを見下ろしていた。

狂騒に包まれていた山は静寂を取り戻し、夕日が辺りを染める中で、一人と一匹は向かい合う。

ルシェラは唾を飲み、深呼吸して、ジゼルの指輪を身につけた。

『私の言葉が分かるかしら？』

『…………うん』

カファルが声を発すると、それは単なるいななきのようにも思われたのに、ルシェラには意味が分かった。

指輪の力によってルシェラは、今だけドラゴン語の本質を理解していた。人の言葉が紙に描いた図形なら、ドラゴンの言葉は立体だ。

いななきを交えた意味不明の念話《テレパシー》みたいにも思われたドラゴン語は、実はより重層的で、その聞き方を知らなければ理解しがたい言語だった。

『俺が、どうして山に入ったか……』

人の耳には意味不明な音の羅列に聞こえるだろう言葉を、ルシェラは口にする。どうすればそこに意味を乗せられるのか、今のルシェラには分かった。

深紅の巨竜は静かに目を伏せる。

『分かっているわ。言葉は半分くらいしか理解できなかったけれど、それを繋いで推理すれば状況は分かるもの』

『じゃあ、どうして！　どうして、そうと分かった時に、俺に何もしなかったんだ！　大事な卵を奪おうとした、俺に…………』

音にするなら二言三言。ドラゴン語の会話は、その中に多くの意味と濃密な感情がこもる。

街に来て、過去の自分について調べ、そして記憶を取り戻し。

ルシェラは過去の自分がカファルの卵を狙っていたと知り、その事に衝撃を受けた。そして、同時にカファルもそれを知ったはずなのだ。

だが彼女の反応からは何を考えているのか掴みがたかった。怒り、ルシェラを殺してもよさそうなものだったのに。それで贖罪になるのなら構わないとさえ思ったのに。

もしかしたら、ルシェラの所業を理解していないのではないかとさえ考えた。しかし彼女はちゃんと分かっていた。

『仮にあなたが卵泥棒を成し遂げていたなら、私はこの世の全ての苦しみをあなたに与えていたでしょう。でも、怒ることと憎むことは違うわ。あなたも大切な人の命を守るためだったのだから、これは単なるこの世の営み、命と命のせめぎ合い。打ち払うべき害敵でこそあれ、それ以上の憎しみには値しない……まして未遂に終わったのであれば、この話はここまでよ』

『でも……！』

『もし罪の重さを比較するなら、未遂の過ちよりも、私がしてしまったことの方が重いはず』

罪という、カファルが口にした言葉。

その一言は物理的な重さを感じるほどだった。

『それは？』

『あなたから人の世界を奪ったこと』

突拍子も無く聞こえる言葉に、ルシェラは一瞬、その意味を掴みかねる。

しかしカファルの声には深く、後悔の色が滲んでいた。

『山であなたに初めて出会ったとき、あなたは全てを失って、全てを恨んでいるのだと思った。全てを失ったと思っていた私は、その悲しみに共鳴し、あなたを守りたいと思った。……人を、かよわく可愛らしいものだと思ったのも初めてだったわ。私が見てきた人は、強大な魔獣とも渡り合う力と、ドラゴンの棲む魔境を生き抜く強《したた》かさを持つ者ばかりだったから』

『そっか、こんな場所まで入ってくるような人間は少ないし、そういうのは大抵……』

『変異体』と戦うどころか、指食い鼠《ジャイアントラット》に勝てるか怪しいような奴がクグセ山に入り込んでくるなんて初めてだったのだろう。

……仮にそんなのが入ってきたとしても、普通はカファルに出会う前に死んでいる。ドラゴンの棲む場所とは、そういう場所だ。

そして彼女は小さきものを、愛玩することにした。

『私はあなたを人の世から切り離そうと思った。どこか遠くの世界の恨みなど忘れて、ただ私の手の中で幸せであればいいと。……だから私は、あなたに名を与えたの。産まれてくる前に喪った娘の名を。それがどんな意味を持つか、どんな結果をもたらすか知りながら。人ではなく、竜の代わりとして、あなたを私の巣に置いたの』

『じゃあ……この世界から元の名前が消えてしまうのも、昔のことを忘れてしまったのも……全部狙った上でのことだったのか……！』

ドラゴンが、名を与えることの意味。

それは当のドラゴン《カファル》が百も承知だったのだ。

本来であれば竜の仔につけられるはずだった名前……カファルはそれを自ら、[redacted]に与えた。

竜は、世界の組成そのものに根ざした命であるとされる。

そのカファルによる名付けは、『彼』を『竜の娘である』と規定し、世界に刻んだ。

そのためにルシェラは少女の姿となり、人を超えたドラゴンの力を宿せるだけの器となり、そして、かつて人であった記憶は掠れてしまい、[redacted]の名は世界から消え失せた。

『だけどあなたは、失っていなかった。多くのものを人の世界に残していた。そして私は、それを奪った。あなたの大切な人の記憶さえ、あなたから……本当に……ごめんなさい』

はっと、ルシェラは息を呑む。

記憶を失っている間、街に下りて自分自身を探す中で、ルシェラは自分が周囲から悪しからず思われていたことを知った。

自分が確かにこの世に足跡を刻んでいたことを知った。

……そして、カファルもそれを知った。

彼女が消沈していた理由は、つまりそういうことだ。全てを失った人だと思ってルシェラを拾ったのに、結果的にはカファルの方がルシェラに残ったものを奪ってしまったような形にもなる。

もちろん、ジゼルのこともだ。[redacted]は、戦えもしないのにジゼルのため魔境に踏み入るほど、彼女を大切に思っていた。だがその関係性を、カファルは断ち切ってしまった。

ルシェラはジゼルを救えなかった。……まあ元より救う手立てなど無かったようなものだ。

ルシェラはジゼルの死に目に会えなかった。……もっとも、カファルに拾われなければどのみちルシェラも死んでいたわけなので、この点でカファルに落ち度があると言えるかは微妙だ。

だが、ルシェラはジゼルの存在すら忘れていた。彼女と過ごした日々の思い出を失い、彼女の死を悼むことさえできなかった。それはカファルがルシェラにしたことの結果だった。

カファルの愛情は、手前勝手だったと言えば、そうだったのかも知れない。

『教えて。答えて。

私はドラゴンで、あなたは人間。

……そうやって生きるべきなのかしら？』

切々と彼女は問うた。

カファルの目が、沈み行く夕陽の色に燃えていた。

違うと、ルシェラは言おうとした。そんなことはないと。

だがそれは、何故なのか？　答えだけは明白なはずなのに、過程は曖昧で、言葉が出なかった。

そのことを考えているうち、ルシェラはなんだか、不思議と、おかしみが込み上げてきた。

『ふふ……あはは！』

『……どうして笑うの？』

『やっとちゃんとお話しできたと思ったのに、最初の話題が別れ話なんて、お涙頂戴の安っぽい小説みたいだなって思って、そしたらなんだか面白くなっちゃって』

冷静に考えると何もかもがおかしいような気がして、ルシェラは笑ってしまった。

心に感じていた重さが全て必要の無いものだったと悟って、気持ちがフワフワと浮かんでいた。

『俺、卵のことでカファルに殺されるなら仕方がないって思って、さっき……喋ったんだ』

『どうして？』

『理由は……いくつかあるけど。一番に思ったのは、何も知らずに卵泥棒を可愛がってるなんてカファルが可哀想だと思ったから』

『そんな……』

『でも、そういう話にはならなかった。それどころかカファルは、自分のしたことを謝った。黙ってればよかったのに、俺のことを考えて、全部……うん、つまり、お互い様なのかな』

破局するかも知れないと思いながら、相手のために秘密を打ち明けた。

お互いがお互いを想いながら、相手のために身を引こうとした。

それは悲劇か、喜劇か。

いや。

どちらもお断りだ。

そんな一人と一匹の辿り着く先が、大団円《ハッピーエンド》以外の何かであってたまるものか‼

『お互いに勝手なことをしたから出会った。仮初めの親子関係には欺瞞があったかも知れない。でも、あの時感じた嬉しさとか、温かさとか、そういうのまで全部嘘だったことにはならないでしょ。それで結局は自分のことを顧みず、俺はカファルを、カファルは俺を助けたんだ』

とても自然にルシェラは笑っていた。

カファルを見上げて笑いかけた。

『だからこれで終わりなんて寂しいことは言わないで。それとも、ちゃんとこっちから言葉にした方が良いの？』

もはやカファルにとってルシェラは、亡くした仔の代わりなどではないはずだ。そしてルシェラにとってのカファルも、ただ自分の命を繋いでくれた都合の良い庇護者ではない。

カファルは、取るに足らぬはずの小さきものの痛みを想い、詫びた。

なればルシェラも一歩踏み出さなければなるまい。

強大なドラゴンの愛玩物ではなく、娘たらん、と。

『……あなたがわたしを許してくれるなら、わたし、あなたの娘になる。だからこれからもよろしくね、ママ』

『ルシェラ……‼』

カファルは鼻面をルシェラにすり寄せて来た。

ルシェラはその大きな顔を、受け止めた。

＊　＊　＊

「かわいこぶりやがってー。このこのぉ」

カファルと話をしてきたルシェラを、ビオラが手荒く出迎えた。

彼女はルシェラの髪をわしゃわしゃと撫で掻き回す。

「な、なんですか、いいじゃないですか。って言うかドラゴン語分かったんです？」

「そこは会話のニュアンスで」

ビオラはしっかり盗み聞きしていたらしい。

「元の姿には戻れないのか？」

ティムが聞いて、ルシェラは首を振る。

「名前を返せば姿も元に戻るそうですが、そしたら今の強さも消えちゃうって話だから、やめときました。減ってしまった『変異体』の分まで、この力でママを守りたいんです。それに、この姿はママに名前を貰った証だから、それでいいかなって」

ルシェラが言うと、三人は温かく微笑んだ。

「……『ママ』ときたか」

「この甘ったれ！」

「いいじゃんかよぉ！」

勢いでそう呼んだ時には何とも思わなかったのに、茶化されてルシェラは急に恥ずかしくなり、顔から火が出るかと思った。

とは言え彼らも意地悪をしているのではなく、祝福している調子だった。

「ふっふっふ……そうと腹を決めたならルシェラちゃんが立派な『娘』になれるよう不肖ビオラさんが色々とレクチャーを」

「やめとけ、ろくでもない予感しかしねえ」

眼鏡を輝かせるビオラをウェインが小突き、悪の企みは事前に阻止された。

だが人が人である限り、歴史はまた繰り返すのかも知れない。

「これから、どうすればいいんだろう……」

「ひとまず山に入り込んでた連中は壊滅させたが、マルトガルズが本気なら次が来るかも知れん。ドラゴンと話す手段も手に入ったんだから、これを使ってセトゥレウ王宮と交渉することを考えてみちゃどうだ？」

「うん、それもですけど、そうじゃなくて」

目の前に迫っていた脅威がひとまず過ぎ去って、ルシェラはこれからのことを考えていた。

『人として、しかしドラゴンの子として』生きるというのがどういうことか。

そのためにはどうすればいいのか。

まだまだ分からないけれど、一つ、考えた事はある。

「ティムさん。わたしを雇ってみる気はありませんか？」

「なん……て？」

ティムは完全に想定外だった様子で、彼にしては最大限に間抜けな顔をしていた。

驚いたのはウェインとビオラも同じことだ。

「ちょちょちょ、どういう風の吹き回しだよ！」

「い、一応、冒険者マネージャーの経験ありますし」

「そういう話じゃなくて！　なんで急に働き口を探そうとしてるの⁉」

「……人族社会での身分があった方が良いと思ったんです。それに皆さんには、わたしとママを助けてもらった恩もありますから、それを返せたらなと」

山の中で静かに暮らすだけではダメだ。

何の努力もせずに平穏を手に入れることはできない。

一人と一匹の穏やかな生活を守るためには、自らの意思で人の世界を歩かなければならないのだ。

ドラゴンの養い子であり、人であるルシェラだからこそ、レッドドラゴンの力でも太刀打ちできない脅威からカファルを守れるのかも知れないのだ。

そのためには無法者《アウトロー》では居られない。だがしかし自分が常識の枠に収まる存在ではないのだとルシェラはちゃんと分かっている。

その点、冒険者の業界は、規格外の者や異常者も受け容れる懐の深さがある。冒険者マネージャーは勝手知ったる仕事であるし、それをもう一度始めるというのは悪くない選択肢であるように思われたのだ。

「あー…………とりあえず、恩だなんだって考えは忘れてくれ。俺も親切心だけでお前を助けたわけじゃないからな。その上でもし、俺らのパーティーに加わりたいなら大歓迎さ。賢い冒険者はやすやすと美味い話に飛びつかないもんだが、本当に美味い話なら遠慮しねえんだ」

ティムはしばらく考えてから、金メッキの兜の面覆いの所から指を突っ込み、頭をかきながら言った。

義理人情だけで冒険者はやっていけない。

ティムはあくまでパーティーのリーダーとして、ルシェラを引き入れるメリットと、そのせいで抱えかねない厄介事を天秤に掛け、割り切れぬ部分のみ己の誇りに照らして判断したはずだ。

それでも仲間に入れてくれるというなら、ルシェラにとっては光栄で喜ばしい事だった。

「では、よろしくお願いします」

「おうとも！　そしたらパーティーは一蓮托生だ。お前の母ちゃん、絶対俺たちが守ってやるぜ」

「ありがとうございます！」

がっしりと、ルシェラはティムと握手をした。

二人の握手はなかなかに急角度のアーチを描いた。

「ありがと、ござます」

そこに更に重なる手があった。

カファルの分身だ。本体はティムたちが巣の周りに集めてしまった『変異体』を追い払いに行っていたはずだが（この時間から山を下るのは危険だ……つまり三人を巣に一晩泊める必要があるのだ）、いつの間にか分身だけこちらに来ていた。

「お、おう……ドラゴンに礼を言われるってのはなんか、もったいねえ気分になるな」

どことなく貴婦人めいた雰囲気のカファルが屈託の無い笑顔で礼を言ったものだから、ティムはちょっと照れた様子だった。

「るしぇら。かふぁる、にんげん、の、ことば、おぼえる、もっと」

便利な指輪があるというのに、今のカファルはわざわざ人の姿で出てきて人の姿で喋っている。それはつまり、そういうことであるらしい。

「指輪は使わないの？」

「るしぇら、と、おはなし。ひつよう、わかった。ゆびわ、たよる、ゆびわ、ない、とき、こまる」

「そっか……そうだよね」

ジゼルの指輪があるお陰で、幸いにも今、ルシェラとカファルはちゃんと話すことができる。それに頼るのは、きっと、別にズルくも悪くもないのだけれど。気持ちを伝えられないもどかしさを知っているから、一つでも多く、伝える手段が欲しくなる。

それはルシェラも同じことだった。

「うん。わたしもドラゴン語、頑張って覚えるから教えてよ」

「がんばる！」

一緒に勉強すると決めたことが、なんだか無性に嬉しくて、ルシェラはカファルに抱きついて、そのままカファルは一回転した。

「本物の親子にしか見えねえな」

「本物ですよ。少し前まで他人だったってだけです。……ね、ママ」

カファルは、ここに居る。ルシェラは抱きついたまま離れなかった。

あとがき

　はじめまして、もしくはお久しぶりです。霧崎雀です。

『災害で卵を失ったドラゴンが何故か俺を育てはじめた』、略して『災ドラ』。１巻をお楽しみいただけましたでしょうか。

　世の中には、人ではないものとの婚姻を描いた物語類型として『異種婚姻譚』というものがあります。有名な話を挙げるなら鶴の恩返しとかですね。

　対して、この『災ドラ』は言うなれば『異種養子譚』です。

　種族が違えば根本的に違う部分もあり、通じ合う部分もある。だからこそ、そこで結ばれる関係性はエモいのです。そして今の時代、冷たく荒廃した世界の中で、みんながエモく尊いものを求めているのでしょう。

『災ドラ』は私的には、割と真面目に親子愛をテーマに描いた作品です。親子愛を私の得意とするファンタジー群像政治活劇に漬け込み、流行りのテンプレで味付けし、ハードなアクションやサスペンスを添えた作品です。

　小さな子どもにとって母親は、それこそドラゴンのように強大です。そして小さきものはしばしば、とても可愛いのです。ですが子どもは、成長するにつれて自立した行動をするようになります。いつまでも小さくて可愛いだけだと思っていたら、驚くことでしょう。きっと。

　まあどうなろうが可愛いもんは可愛いので、変わるものと変わらないものがあり、親子愛は続いていく。そういう物語を書いたつもりです。

さて、この『災ドラ』は所謂ＴＳＦ作品です。転生や、魔法の力による性転換を扱った作品群をＴＳＦと呼んだりするんですが、私は今のとこ、そういう作品ばっかり書いてます。書きながら私は悩んでおりました。良きＴＳＦ作品とは何なのだろうか、と。定番のイベントを増やせば良いのか。性のギャップに戸惑わせるべきか。そもそも自分はどんな作品なら読みたいと思うか。

ＴＳ系ハイファンタジーばっかり書いてるおじさんでありながら私は未だ己のＴＳＦ道を見つけられていなかったのです。

そんな中、ご存知の方もいらっしゃるかと思われますが私はバーチャル美少女受肉してボイスチェンジャーも付けて、ちょうどこの『災ドラ』を書き始めた頃から零細の個人勢Vtuberなどやり始めました。私はこの活動が『災ドラ』に魂を吹き込んだんじゃないかと思ってます。

「自作品の宣伝のため」というのが活動開始の動機です。と言いつつ、結局は執筆メインで、Vtuberとしての活動は夜ごとのゲーム実況くらいだったんですけどね。

その準備のためこれまで見ていなかったYouTubeと、そこで活動するVtuber（ただし兎●まりさんとか魔王マ●ロナさんとか日ノ森あ●ずさんとか、一定の傾向がある方々ばっかり）を見て、そして自らもＶの世界に飛び込んだことでＳＡＮ値の最大値と引き換えに天啓を得ました。

女の子になることが目的とは限らない！　ただ可愛くなるために結果として女の子になる場合もあるのだと‼

そもそも私はだいたい思春期くらいから、ゲームのキャラメイクでは必ず女性を選ぶようになり、『女装』『男の娘』などを扱った作品に興味を持ち、夏になれば「女子小学生になって家からスク水着て市民プール行って、一泳ぎした後パンツ忘れたことに気が付いて白ワンピノーパンで帰りたい」などと妄言をのたまい、健全な青少年が好むような一般的エロ本には見向きもせず、可愛い女の子や女性キャラには見とれるより嫉妬するという恥の多い生涯を送ってきたのですが、しかして同時に性自認は男性であるという自分を「結局何なんだ！」と疑問に思っていました。今でこそ笑い話ですが。

その疑問に答えが出ました。私は可愛くなりたかっただけなのだと。

いわゆるバ美肉おじさんVtuberにも、あくまでも両方の気持ちがある中でのグラデーションですが『女の子になりたい』系と『可愛くなりたい（可愛く見られたい）』系が混在しているように思われ、そして私は後者でした。

ならば性転換が主題ではない、『可愛くなるためのTS』が存在しても良いのではないか⁉

TSは手段か目的か。両者を混同して考えていたのが私の混乱と迷走の原因でした。そして、可愛くなりたいというのは人間の根源的欲求でしょう……多分。ほら、可愛くなりたいけどTSまで振り切ってない男性読者向けに、ショタ転生する作品とかかなり存在しますし！

そうして（中略）『災ドラ』は完成したのです。

と言うわけでTSありきではありますが、この『災ドラ』はTSFだから成り立つ物語だと信じています。あくまでも親子愛を描こうと思っていたので、カファルをヒロインにしないよう主人公は女の子にしたいところでしたが、しかし女の子と母親の関係というのも難しいものです。その辺りいいとこ取りして書きたいものにフォーカスする上で、主人公がTS少女というのは都合がよろしかった。

この『災ドラ』、ありがたいことに『小説家になろう』では好評で、割といい感じにポイントを取っていたのですが、実はなかなか書籍化に至りませんでした。やっぱりTSFだったから？　ラノベ業界では「TSFは売れない」が常識みたいになってるんで……

そんな中で書籍化のお声がけをくださいました双葉社編集のS氏。もはや編集と言うよりただの『災ドラ』ファンで、「ありがたいけど企業人としてそれで大丈夫なのか」と思うほどに入れ込んで、書籍化に限らず『災ドラ』というコンテンツを強力に後押ししてくださいました。

また、体調不良を押して依頼をお受け頂き、『災ドラ』の世界観を最高の形で絵にしてくださいましたこずみっく様。なんと、絵の依頼をする前から『災ドラ』のweb版を読んでくださっていたとのことで、これは本当にありがたいご縁となりました。

高校時代の恩師、国語のS先生と司書のF先生。今の私があるのはお二人のお陰だと思ってますので新シリーズ立ち上げの度にしつこくお礼を言います。世の中が落ち着いたらまた学校に押しかけますので覚悟しといてください。

家族と我が愛猫くるみちゃん。『本が出ない作家』状態だった私を、急かすでもなく好きにさせてくれたのは本当にありがたかったです。

皆様のおかげでこうして私の作品は本になり、こうして世に問うことができました。

そして何より、今この本を手に取っているあなたに感謝を。読者の皆様あってこそ作家が存在できるというのは、誇張抜きの事実です。

本当にありがとうございます。今後とも『災ドラ』をよろしくお願いします。

それから、チャンネル登録高評価よろしくお願いします！

ノベルス

災《さい》害《がい》で卵《たまご》を失《うしな》ったドラゴンが何故《なぜ》か俺《おれ》を育《そだ》てはじめた

2021年12月１日　第１刷発行

著　者　霧崎《きりさき》　雀《すずめ》

発行者　島野浩二

発行所　株式会社双葉社
〒162-8540　東京都新宿区東五軒町３番28号
［電話］03-5261-4818（営業）　03-5261-4851（編集）
http://www.futabasha.co.jp/（双葉社の書籍・コミック・ムックが買えます）

印刷・製本所　三晃印刷株式会社

［電話］03-5261-4822（製作部）
ISBN 978-4-575-24467-0 C0093　

本書に対するご意見、ご感想をお寄せください。

あて先

〒162-8540 東京都新宿区東五軒町3-28
双葉社　モンスター文庫編集部
「霧崎雀先生」係／「こずみっく先生」係
もしくは monster@futabasha.co.jp まで

Mノベルス

勇者パーティーを追放された白魔導師、Sランク冒険者に拾われる
White magician exiled from the Hero Party, picked up by S rank adventurer
～この白魔導師が規格外すぎる～
水月 穹
ill. DeeCHA
『実力不足の白魔導師は要らない』白魔導師であるロイドはある日、勇者パーティーを追放されてしまう。職を失ってしまったロイドだったが、たまたまSランクパーティーのクエストに同行することになる。この時はまだ、勇者パーティーが崩壊し、ロイドが名声を得ていくことを知る者はいなかった——。これは、自分を普通だと思い込んでいる、規格外の支援魔法の使い手が冒険者になり、無自覚に無双する物語。『小説家になろう』で大人気の追放ファンタジー、開幕！
Mノベルス

発行・株式会社　双葉社

Mノベルス
魔王様、リトライ!
Maousama Retry!
神埼黒音 Kurone Kanzaki
[ill] 飯野まこと Makoto Iino
どこにでもいる社会人、大野晶は自身が運営するゲーム内の「魔王」と呼ばれるキャラにログインしたまま異世界へと飛ばされてしまう。そこで出会った片足が不自由な女の子と旅をし始めるが、圧倒的な力を持つ「魔王」を周囲が放っておくわけがなかった。魔王を討伐しようとする国やら聖女から狙われ、一行は行く先々で騒動を巻き起こす。見た目は魔王、中身は一般人の勘違い系ファンタジー!
発行・株式会社　双葉社